Amparo Laucirica

Relatos

Para

Escapar

Publicado por
D'Har Services
P.O. Box 290
Yelm, Wa 98597
www.dharservices.com
info@dharservices.com
dharservices@gmail.com

Derechos de autor © 2013 Amparo Laucirica
Arte para Carátula © Amparo Laucirica
Dibujos © Amparo Laucirica

Diseño y complemento a la carátula © Xiomara García

ISBN: 978-1-939948-05-2

ÍNDICE

Debo agradecer...

Supe que mi abuelo materno, Aurelio Díaz Ferrer, en las tertulias con familiares y amigos, sin dejar de atenderlos, era capaz de escribir poemas y versos. No tuve la dicha de conocer a mi abuelo, ni de leer sus escritos. Para calificarlo de creativo y no de mal educado, quiero pensar que lo que escribía en esos momentos, tenía que ver con quienes compartía.

Mi mamá nos dejó sus propios versos al igual que mi tía materna. ¿Qué tiene de extraño que a mi hermano Alberto Laucirica le pusieran desde temprano, el mote de poeta? También, yo en mi juventud incursioné en el derrotero romántico de las poesías; pero gracias a mi hermano escritor, he compartido y comparto en grupos literarios, donde me he convertido en "una cuentista". Créanme, si nos lo proponemos es fácil escribir, aunque estoy segura, de que en mi caso, me empujaba la herencia.

Les diré que me llegó un tiempo, en que era una necesidad escaparme. Escogí el camino maravilloso de la imaginación, y aquí encierro el producto de ese gran escape.

Agradezco, que ocho de estos relatos fueron premiados en:

Uno, en el "Círculo Cultural Panamericano". (New Jersey). Otro, en el Club Cultural de Miami "Atenea". (Florida). Dos en la Sociedad cultura de "Santa Cecilia". (Miami, Florida). Y cuatro en, "LiArt International, Inc". (Pembroke Pines, Florida).

Siempre hay que agradecer...

~ VII ~

BIOGRAFÍA

Amparo Laucirica nació en La Habana, Cuba, cursó estudios de magisterio. Trabajó en dibujos animados y en corte y edición en el ICAIC (Instituto Cubano del Arte y la Industria Cinematográficos). Salió para el exilio con su familia en noviembre de 1972. Vivió en España dos años, donde trabajó como editora de películas y como diseñadora de papel tapiz. Al llegar a los Estados Unidos trabajó en New York como diseñadora textil.

La Sra. Laucirica siempre sintió gran afición hacia la literatura. Escribe cuentos y poemas, y ha participado en antologías. Ha recibido premios por su actividad literaria. También se destaca en el mundo de la pintura y sus bellas obras han sido premiadas en varias exhibiciones.

Actualmente participa en grupos de interés literario.

Para conocer más de su obra, favor visite
www.amparolaucirica.com

PRÓLOGO

Cuán infinitamente maravillosos son los hallazgos que la mente humana puede llegar a descubrir, cuando logra no dejarse contaminar con los tóxicos apasionamientos mundanales, manteniendo así un limpio pensar y el espíritu por encima de las mediocridades del medio. De esta manera, los sentidos pueden estar bien orientados y obtener la sensibilidad necesaria que permite aflore ese mundo interior que nos hace viajar a parajes ilusorios, volar entre las nubes, cruzar mares, ríos y montañas, contagiarnos con las cosas sublimes de la naturaleza, sentir como caricia la fresca brisa, dejarse penetrar por la energía del sol mañanero, escuchar más musicalidad en el canto del ave y en el ruido de la cascada. En fin, es sentirse dueño de un mundo donde no se teme a nada ni a nadie. Hace falta talento con el que se nace, no del que se hace, para transformar todas estas emociones en multiplicidad de imágenes y situaciones, organizadas y expresada de tal manera, que sea un claro portador del mensaje que el escritor quiere ofrecer al lector. He compartido con la señora Amparo Laucirica por algunos años, actividades culturales y conozco su natural talento para la pintura y la poesía, pero en estos momentos que acabo de leer el borrador de lo que será su libro de cuentos, descubro con agradable sorpresa que también tiene una gran imaginación y dominio de la palabra en el arte de la prosa.

Puedo adelantarles a los futuros lectores que este material, que pronto estará en vuestras manos, es de autóctona calidad. Las historias muy bien estructuradas, argumentos muy disímiles, una excelente y fluida narrativa en un lenguaje sencillo con connotaciones profundas.

No es la clásica escritura del clásico escritor, más bien lo interpreto como un clamor, un escape que le permite a la autora liberarse de muchas y variadas emociones que ha mantenido encarceladas por tiempo indeterminado, siendo este el natural recurso al que acude para alcanzar un equilibrio para su inquietante vivir.

He disfrutado tanto la lectura de estas interesantes historias, que de ser necesaria una decisión sobre cuál o cuáles son los mejores me sería difícil escoger.

Agradezco a la amiga Amparo me haya concedido el privilegio y el honor de presentar las primeras palabras de este excelente trabajo que ha escrito con mucha devoción y dedicación, donde ella desnuda el alma y exprime los sentimiento dándonos una amplia muestra del variado y complejo comportamiento del ser humano en forma de ficción.

Ariel Arias

DELIRIO DE UN PAYASO

Risotada era el sobrenombre con el que se le conocía a cierto payaso, por la risa exagerada que se pintaba en su cara. Se movió por las calles de una ciudad desconocida para él, atrayendo las miradas curiosas con sus ropas llamativas. Caminó durante una hora alejándose del circo, donde era considerado el personaje más exitoso del programa que se presentaba bajo la carpa. Dobló por un callejón solitario, en busca de un lugar tranquilo para descansar unos minutos. Allí encontró una especie de carreta sin los maderos o lanzas a los que se enganchan animales, y prefirió acomodarse dentro de ella, que recostarse a una de las paredes de aquel sitio.

Risotada buscó entre las cosas que llevaba consigo, una pequeña botella de licor suave. Antes de beber, su sonrisa pintada que tanto divertía a todos se acentuó mucho más. "Quien solo se ríe, de sus maldades se acuerda." Sucedía que una joven mujer, llamada Alba, extraña y callada, pidió trabajo en el circo. Como era residente del lugar y demostró poder actuar en el trapecio, el director del evento la incluyó en la nómina, pensando que eso ayudaría a que le reanudaran el contrato para más presentaciones.

Risotada, el famoso payaso, había sido objeto de una broma muy desafortunada, en una de sus primeras actuaciones en el circo, y quería hacerle lo mismo a la compañera recién llegada. Él fue elegido para enseñarle, y practicar con Alba todo lo que debía hacer. También contaban con su cooperación para que el acto que realizaban los dos, en el circo, y que culminaba la función, resultara espectacular.

Algunas bromas pesadas pueden tener serias consecuencias, pero a Risotada no le importó. Desde temprano, se había arreglado con su atuendo de payaso para dar el gran paseo por la ciudad. Esperaba divertirse al regresar, y enterarse del desbarajuste que se habría formado buscándole un sustituto, cuando notaran su ausencia. Esa noche, él tenía esa única actuación junto a la nueva trapecista, y se presentaría sólo, en el momento exacto.

Aunque la carreta donde subió Risotada daba la impresión de estar abandonada, alguien, en espera quizás de su próximo uso, le colocó una cuña en una de sus ruedas de forma descuidada, para impedir que la carreta, se moviese sobre la pendiente en que la dejaron. La cuña se salió de su lugar cuando el payaso se acomodó y, libre la rueda, la carreta comenzó a andar. Él no supo qué pasaba. Se había quedado rendido por el sorbo de licor y la caminata. Con el rítmico movimiento del vehículo, disfrutó del sueño como si fuera un niño mecido en los brazos maternos.

La carreta, milagrosamente, rodó por el declive sin tropezar. Algunos transeúntes la esquivaron y continuó por esa senda un buen rato. Antes que la cuesta dejara de serlo, la carreta encontró un obstáculo y tomó una ruta bastante diferente pero también inclinada. Se movió libre sobre tierra, yerbas y pequeñas piedras hasta que se detuvo. Al faltarle a Risotada el vaivén que lo mantenía dormido, se despertó y miró su reloj. El tiempo transcurrido no era mucho, pero se sintió completamente desorientado. Lo rodeaba un panorama desprovisto de urbanización. Era como si sus nativos quisieran preservar aquella zona en su estado natural.

La carreta, al terminar la atrevida marcha dejó de crujir. Ese ruido lo sustituyó el sonido tenue del río que le corría al lado y, ligeramente distante de donde había ido a parar el payaso, se elevaba un majestuoso farallón que no dejaba que la luz del sol lo iluminara, a pesar de que la mañana ya era dueña del ambiente.

Al farallón se unía un bloque gigante y compacto formado por diferentes plantas que parecía guardar, celosamente, una extensión de tierra. Era casi tan alto como la roca. Por un reducido espacio, se colaban haces de luz solar. Risotada, muy curioso, abandonó la carreta encaminándose en esa dirección. Algo allí se movía y pensó: "Si se trata de una persona, ésta podrá indicarme cómo regresar a la ciudad. Aunque puede suceder que, si no sabe lo que es un payaso, como muchos de los habitantes de este pueblo, corro el riesgo de no conseguir su ayuda, ya que lo asustaría con mi indumentaria y mi cara pintada."

Efectivamente, Risotada se acercó y vio que alguien, desde dentro, regaba las ramas de las plantas que, por no haber crecido, crearon lo que podía llamarse "la ventana del bloque verde". El payaso miraba a la figura contra la luz y distinguía poco de ella.

-¡No se acerque!

Justo con esa orden, la mano abierta de la persona en cuestión se había adelantado. Risotada fue atraído por sus dedos. Sin saber por qué, su atención se quedó concentrada en ellos algunos instantes. El ánimo del payaso quedó especialmente estremecido.

-Necesito hacerte una pregunta...

-No lo puedo atender. Tengo que trabajar. Es imprescindible que estas enredaderas cubran este boquete abierto.

-Jovencito, estoy extraviado y tengo que regresar a la ciudad-. Replicó Risotada, convencido que se trataba de un muchacho.

El payaso pudo distinguir que se esforzaba por mantenerse alejado y con sus ágiles manos echaba agua que traía, no sabía de dónde, dejándola caer entre los tallos de las plantas.

-No me temas, lo que tengo puesto es un disfraz.

Risotada le explicó lo que era un payaso. Sacó de sus cosas la crema limpiadora y, rápidamente, como era su costumbre al terminar cada función, en breves minutos se quitó el maquillaje sin el auxilio de un espejo. Su maniobra fue persuasiva para que el jovencito, sin temor, se acercara al espacio abierto, lo mirara y le dijera:

-Te faltó la pintura de tus ojos.

-¿Qué cosa me quedó?

-Tus ojos también tienen color.

-Es cierto que no usé un espejo, pero estoy seguro que me quité todo lo que me pinto para actuar.

-No, tus ojos se quedaron azules.

-Se me quedaron… ¿Cómo? ¡Mis ojos son azules!

-Yo ya aprendí que hay diferencias pero…ojos tan azules…Y… ¿Tú usas un espejo?

Después de esto último se hizo una pausa. La actitud espontánea en que se había convertido aquel encuentro cambió. Se observaron llenos de interés. Risotada no le encontraba sentido a lo que decía el joven. Pero su gran asombro fue percatarse que los labios del muchacho no se movían al hablar. Sorprendido, trató de analizar su propio comportamiento y dudó de haber movido los suyos. Sintió que no había desaparecido la extraña emoción causada por los dedos de la mano del joven cuando los miró, y se puso realmente ansioso por comprobar qué sucedía.

-¿Por qué quieres que el lugar donde estas quede aislado por las plantas?

Esa fue la pregunta que Risotada creyó más importante en ese momento, y surgió tan rápida, que superaba el tiempo que se necesita para dar las pausas de una entonación normal.

-Queremos impedir que la preparación de nuestra alianza se conozca en el exterior.

Otra vez, el payaso consideró que cuando hizo la pregunta, sus labios solamente intentaron moverse, y que los del joven habían permanecido quietos para contestar. Al maravillado payaso, no le quedó alternativa. "Nos comunicamos sin hablar." Pensó Risotada y desistió de hacer más análisis. Se dejó envolver en aquella energía telepática, sobrenatural, y que le resultaba de muchísimo agrado.

-Por favor, no trabajes ahora. Yo puedo esperar un poco antes de regresar a la ciudad. Me quité el maquillaje para enseñarte mi verdadera cara porque quiero ser tu amigo. ¡Déjame saber de esa preparación de ustedes!

El joven parecía estar tranquilo y se aproximó más al boquete abierto.

-Lo haré, pero antes… ¿Qué sientes al mirarte en un espejo?

-Pues… yo siento alegría cuando, sin estar pintado, me rio frente a su superficie y aparece mi verdadera sonrisa. También cuando me refleja la profundidad que tienen mis pupilas… Por ellas entra todo lo que miro. Gracias al espejo, veo cómo es mi rostro y lo he visto cambiar progresivamente. Además, y muy importante, dependo de un espejo para mi trabajo. Con su ayuda me convierto en un payaso y así divierto al público que va al circo para verme actuar.

A Risotada le había parecido absurda la preocupación del joven en ese tema, pero había obedecido gustoso, con tal de averiguar la desigualdad de aquel lugar apartado.

-Muchacho, ¿tú has visto un espejo?

-No, no lo he visto, aunque sé lo que es. Nuestro aprendizaje es muy completo y, de seguro, no es gradual como debe ser en otras partes. En un principio, le damos importancia a ciertas materias de estudios que son superiores… desconocidas para un gran número de personas. Reconozco que mi pregunta no tenía sentido. Cuando salga de aquí, me comportaré casi igual que ustedes y sabré lo que se siente al usar un espejo.

-Deduzco que los ciudadanos que viven ahí dentro, tanto como los de afuera, ninguno tiene ojos azules como los míos. ¿Es así?

-Sí, todos los nativos de estas regiones nacemos con los ojos oscuros.

-¿Te tienen encerrado? Y… ¿qué es lo superior que aprenden?

-Primero te aclaro que no me tienen preso. Estoy bien. Me encontraste porque tengo la tarea de cerrar los espacios que se le hacen a nuestra pared de plantas...

El joven hizo una ligerísima pausa fijándose en Risotada.

-Puedo captar que eres un forastero bueno. Mientras el bloque dure abierto permaneceré a tu lado, pero promete que este encuentro no lo divulgarás. Si nos volvemos a encontrar podremos seguir siendo amigos.

-Te prometo que no lo haré. Continúa.

-El progreso de los habitantes de estas zonas del país, quizás te pareció de gran atraso, pero los guías de nuestra agrupación tienen grandes conocimientos. Ellos compraron esta parte del territorio y lo rigen con sus leyes. Muchos, como yo, nacimos en este lugar. Tenemos la suerte de despertar a esta vida, sin el contacto de comportamientos inútiles o innecesarios, que atrasan e impiden el desarrollo de la sabiduría esencial. La del poder interno y sagrado. Como un paradigma de nuestra extensa preparación, es que tenemos capacidad de poder ver o tener consciencia de situaciones que no entran por las pupilas. No usamos los espejos porque sus beneficios los encontramos en la cooperación del prójimo. Igual que no podemos ver nuestras espaldas, dejamos que sean otros quienes nos miren el frente. Sabemos que las aguas siempre reflejan las imágenes distorsionadas. Primero debemos mirarnos dentro, en la energía del agua sabia que nos ha formado. Tratamos de rectificar las imperfecciones que ella refleja, y que son la mayor fuente de trabajo para el espíritu. Si no lo logramos, al menos, no nos sentiremos engañados por los espejos, que aunque nos reflejen un exterior hermoso, sabemos que la imagen interna es la que vale.

Risotada acababa de recibir una lección sobre moral. No se explicaba cómo un muchacho tan joven se expresaba de esa manera, y fascinado por lo que significaban esas enseñanzas, pensó: "¡Qué fantástico estudiar ahí dentro! ¡Acabaría por ser un fabuloso prestidigitador!"

El líquido utilizado por el joven para regar era una sustancia con magia. El payaso veía brotar de los tallos nuevas ramas con sus hojas de verde claro, saludables y relucientes. Miró atónito, como se empeñaban en entrelazarse para cubrir la ventana del bloque verde que, tan oportunamente, estaba abierta para que él resolviera su problema, y que le permitía vivir esa extraordinaria experiencia.

-¡Cuéntame más de ustedes! ¡Apúrate!

-A los que nacemos aquí nos llaman "Despertar", y se nos agrega un número por el orden de llegada. Como yo he decidido al terminar mis estudios, integrarme a la vida regular del país, escogeré el nombre que me guste y lo uniré a los apellidos de mis padres. Es excelente que decidamos cómo llamarnos para sentirnos mejor.

-A los que salen-, siguió diciendo el muchacho -cuando se les presenta la oportunidad de conocer a personas especiales, con capacidad para asimilar la preparación que se lleva a cabo en nuestra alianza, se les conquista para que disfruten de todo lo que representa vivir aquí. La mayoría de nuestros miembros son personas que vienen de afuera. Nuestros guías saben considerar si conviene aceptarlos.

-¿Por qué has confiado en mí develándome esos secretos?

-Tú tienes características especiales. El enlace mental entre nosotros fluyó fácilmente, cuando te presenté la energía de mis dedos. Gracias a eso, pudimos comunicarnos telepáticamente. Me gustó que me enseñaras tu rostro para ser mi amigo y sé que puedo confiar en ti. De alguna forma trataré de darte a conocer un poco más. Ahora tenemos que poner fin a este encuentro. Falta poco para que quede aislado.

Las ramas continuaban su crecimiento y el payaso dijo muy nervioso:

-¿Cómo regreso a la ciudad? ¡Ayúdame!

-La lancha que hace el recorrido por el río en dirección al pueblo, está a punto de pasar. ¡Apresúrate amigo! - Le indicó Despertar.

Los nuevos retoños de las plantas, al fin habían sellado la eventual ventana y Risotada corrió. Su aparatosa llegada al río llamó la atención del timonel en la barcaza, quién solícito, le permitió abordar.

Los viajeros evitaban mirar hacia la pared verde. El payaso era el único que, absorto, la contemplaba. No parecía terminar el notable suceso en el bloque de plantas. La imagen enigmática del joven, acaparó la mente de Risotada y a la distancia, recibió parte de la información prometida: "Nosotros tenemos el propósito de depurarnos, para aportar mejores eslabones a la cadena humana porque, en este tipo de existencia que todos tenemos ahora, arrastramos imperfecciones y temores desde el punto de partida, hasta lo que somos."

La lancha avanzaba en el río. El encantamiento terminó. El farallón y la pared verde quedaron atrás, lejos del alcance de la mirada del payaso.

Risotada pudo aprovechar la travesía para pintarse la cara. Al terminar su transformación, los pasajeros hicieron comentarios ofensivos. La exagerada expresión de alegría les pareció tan misteriosa, como el lugar desde donde él había corrido. El payaso los tranquilizó contándoles de su trabajo y algunos, hasta se embullaron para verlo actuar.

Risotada regresó con suficiente tiempo a la ciudad. Había desechado la idea de la broma, y Alba no pasó por el disgusto tan desagradable, de ver que llegaba su actuación y que el payaso no apareciera.

Al espectáculo de esa noche acudió buena parte del pueblo. De los números que se anunciaron en la cartelera faltaba el de Risotada. El público se inquietó.

Cuando ya empezaban los murmullos la trompeta, como era costumbre, se encargó de anunciar al famoso payaso. Lo habían dejado de finalista con toda intención, para que Alba, la nueva trapecista, se destacara en su primer trabajo.

Al fin, apareció Risotada. Era el foco de toda la atención. Por un rato, sólo la música acompañó las gracias y piruetas que él realizaba con entusiasmo desmedido, ganándose los aplausos del público.

De repente, detrás del payaso, Alba descendió en un trapecio. Abandonó la barra y, con perfectas mímicas teatrales, hizo creer a los asistentes al circo, que estaba rezagada, y que debía haberse ido con los demás para que el payaso se quedara solo.

La trapecista, muy coqueta, en lugar de abandonar la pista, se adelantó en el escenario. Le pasó por delante a Risotada, contorneándose provocativa, y las risas del público aceptaron su picardía con comentarios y risas.

Al verla, el payaso suspendió las cabriolas, dio un salto y se desparramó enamorado delante de la recién llegada. La trapecista insistió con sus modales voluptuosos, y él respondió a sus requiebros. Un corazón rojo encendido y de tamaño exagerado, salió de su camisa movido por un resorte. El mecanismo también lo hizo palpitar sobre el pecho en señal de que ya estaba rendido de amor.

Los espectadores reían delirantes. De pronto, la trapecista sacó una gran lupa de sus ropas. Se acercó a Risotada, y dio vueltas a su alrededor para observarlo. Terminado el recorrido se distanció. Con elocuente actuación, de desdén y rechazó a las demostraciones de amor del payaso, Alba le dio la espalda y se alejó indiferente.

Risotada, hábilmente, se había puesto una careta que expresaba el dolor y la angustia que sentía al verse despreciado. Se tambaleó para que creyeran que desfallecía por el desengaño. Buscó donde apoyarse para no caer al suelo y se aferró al trapecio que había quedado tras él. Sorpresivamente, éste se elevó con el payaso, llevándolo hasta una altura peligrosa.

De inmediato, los músicos dejaron de tocar sus instrumentos para crear suspenso. No sólo eran los pequeños, engañados con la careta triste del payaso, los que manifestaban preocupación. Todos gritaban viéndolo en apuros.

Risotada pataleaba en el aire como si se fuera a caer al vacío. Aterrorizado, y con la voz cómicamente rajada, pidió auxilio. La trapecista se detuvo. Dio la vuelta, lo miró, y en señal de arrepentimiento, abrió los brazos y echó a correr para socorrerlo.

Alba subió por una cuerda e hizo gala de ser una magnífica acróbata, balanceándose repetidas veces, de un trapecio a otro y buscando la manera de ayudar a Risotada.

Redobles de tambores dieron más tensión al ambiente. La trapecista se detuvo junto al payaso. Comenzaron un forcejeo y el público creyó que se estrellarían en la arena del circo. El payaso aprovechó esa confusión para quitarse la careta y… ¡Al fin, vieron la contagiosa risa de Risotada! Alba lo había salvado y estaba seguro.

¡Viva! ¡Viva! Gritaron los asistentes que no dejaban de aplaudir, como tampoco la orquesta dejó de ejecutar fanfarrias mientras duró el lento descenso de los artistas.

Alba, muy contenta, saludaba a los espectadores cuando el payaso se sintió atraído por su mano levantada. En ese instante, sucedió lo que él, menos podía imaginarse. Nuevamente, mientras contempló los dedos de la trapecista, su espíritu se había estremecido de manera particular. Le causaron lo mismo que los dedos de Despertar.

-Risotada, muchas gracias por cooperar a mi triunfo-. Dijo Alba feliz.

Efectivamente, se repetía la experiencia anterior, la trapecista se comunicó sin mover sus labios. El payaso se portó cauteloso. Le dedicó una sonrisa a Alba, y esperó a que finalizara toda la faena o el barullo de la presentación del circo para contestarle. Estaba convencido que sería de la misma forma telepática con que podía hacerlo con el joven, y así fue.

-Alba, yo tengo que sincerarme contigo. Me tienes que perdonar. Quise hacerte pasar un mal rato antes de empezar el espectáculo. No tienes que agradecerme. Tú eres una artista magnífica.

-Olvida tu preocupación. Crecí aprendiendo a controlar los sufrimientos morales y físicos. Nunca me sentiré traicionada por cosa alguna. Lo importante es tener aspiraciones y tratar de cumplirlas. Eso permite vivir. Mis anhelos son muchos. ¿Y los tuyos cuáles son?

A Risotada le resultaba imposible responder a la pregunta de Alba. Se sentía incapaz de razonar lo que sería una nueva aspiración para él, porque lo que vivía desde que despertó cerca del bloque hecho de plantas, y se acercó a su ventana, parecía un delirio. Recordó la fantástica entrevista con Despertar, la promesa que le hizo y prefirió dejar que fuera la trapecista, quien dirigiera la relación diferente que acababa de empezar entre ellos. Se preguntaba, seriamente: "¿Acaso tiene ella la preparación que se da detrás del bloque verde...?

¿Querrá reclutarme para que entre allí?" El payaso no esperó más y dijo:

-Alba, perdona si te defraudo, pero ahora no sabría qué contestar a tu pregunta.

Terminaba la noche. Risotada, casi dormido, recibió la imagen de Despertar en sus pensamientos. Como él había prometido se comunicaba, una vez más, con otra nota:

"Atiéndeme hombre de ojos tan azules, de insospechadas y desconocidas formas, nos llegan las motivaciones que obligan a seguir, cuando parece que todo ha terminado, o a concluir, cuando apenas se comienza."

Sobre esto último, Risotada reflexionó antes de descansar plenamente."¿Será que entre las enseñanzas de esa alianza se aprende también, que nuestros pasos se ajustan a huellas previamente marcadas?"

LA ROSA ROJA

María y Julio tenían caracteres diferentes, pero se enamoraron y se casaron. Aunque él era muy serio, la joven consiguió que cada dos semanas, recibieran invitados en la casa para dar pequeñas fiestas. Julio se comportaba como un amable anfitrión y María, extrovertida y alegre, podía divertirse con los visitantes, entre los que se encontraban algunos tan efusivos como ella.

María sabía desempeñar todas las labores de una casa con eficiencia y llevaba las riendas del hogar, prestando su ayuda desde la cocina hasta el jardín. Cumplía con un famoso lema: "Para poder mandar hay que saber cómo se cumplen las órdenes".

Un lunes, después de la consabida reunión del sábado con los amigos, la joven encontró en el buzón una rosa roja y una carta dirigida a ella sin remitente. Se sorprendió al leer lo que decía:

"Dulce señora, usted merece el fervor rendido del amante. La belleza de su sonrisa puede competir con esta flor. Por favor, guarde en secreto mi atrevimiento. Gracias.

Su gran admirador".

Muy contrariada echó la rosa en la basura y rompió la misiva sintiéndose culpable. Pensó que, tal vez con su manera de ser, había faltado a su condición de mujer honesta, logrando confundir a uno de los hombres que visitaban la casa, y repasó mentalmente la actuación de cada uno de ellos. Sospechó, tanto del cantante soltero que animaba las veladas con canciones románticas mientras la miraba con picardía, como de un viudo muy amigo de Julio. Sin poder evitar que la vanidad se apoderara de ella por haber despertado la atención de otro hombre, se hizo el propósito de controlar su carácter en las próximas reuniones.

Las luces de la casona se fueron apagando cuando finalizó el siguiente encuentro con los invitados de siempre. Todos se despidieron con la promesa de volver; pero el cantante retuvo la mano de María más tiempo de lo normal. Ella creyó advertir que era el autor de la carta y se alegró que el viudo no fuera un traidor.

Al llegar el lunes, el presentimiento de la joven esposa fue cierto. En el buzón, acompañada de otra rosa roja muy lozana, estaba una carta anónima para ella. Esta vez sintió lástima por la flor y la conservó en agua dentro de un pequeño jarrón y, muy nerviosa, leyó la carta también escrita en máquina:

"Señora, debe saber que a usted hay que admirarla y quererla con ternura y pasión. Deseo tener el coraje para no seguir escondiéndome en líneas escritas. Le suplico que no tome a mal mi nueva carta. Gracias.

Su gran admirador."

María, desesperada pensó: *"¿Hasta cuándo seguirá esta experiencia tan difícil de afrontar? ¿Piensa que no soy feliz y pretende conquistarme con flores y cartas amorosas? ¡Yo soy feliz! Julio no aprendió a darle rienda suelta a sus sentimientos, pero no me importó. Es emocionante desconocerlo un poco para tener el reto de conquistarlo cada día. A su lado tengo la seguridad de estar protegida por alguien responsable. Desde un principio, descubrí en sus ojos que tiene el alma buena, sencilla y que sus miradas están llenas de amor para mí. ¿Qué más puedo pedir? ¿Cómo lograré el fin de todo esto?"*

María se entristeció. La provocación de esas cartas podía descontrolar su vida y su hogar. Pasó todo el día lloriqueando hasta que Julio regresó, y cuando entraron en la habitación donde estaba colocado el pequeño jarrón, los dos, al mismo tiempo, miraron la rosa. Ella pensó que Julio se extrañara al verla, porque nunca se cortaban las flores del jardín, y sintió que se vería obligada a dar una explicación sobre la hermosa rosa roja.

Para la joven había llegado el momento de compartir con su esposo el secreto de los anónimos y, muy decidida, comenzó a decirle:

-Mi amor, voy a contarte... Pero Julio no dejó que continuara hablando, la abrazó, la besó apasionadamente, y acariciándola le susurró al oído:

-¡Te quiero, te amo, tu significas toda la alegría y la luz de mi vida!

Nunca, ni cuando Julio enamoró a María había sido tan expresivo. La sorpresa paralizó a la joven y, más aún, cuando su esposo continuó diciendo:

-Sabía que descubrirías que las rosas eran de nuestro jardín. Yo quise practicar con las cartas a expresar lo que me inspiras. Estoy celoso de verte tan contenta mientras recibes los halagos de todos, menos los míos, siendo yo quien te quiere con toda el alma. ¡Es maravilloso no reprimirse! Desde ahora, si te empalago con mi amor, es para demostrarte que así de intenso lo he sentido siempre.

María no contestó. ¿Para qué reprocharle lo que había sufrido con su ocurrencia? Feliz y emocionada, se dejó arrullar por el gran admirador.

¿QUIÉN ERA ÉL?

Muchas veces caen en las redes de mi imaginación relatos tan reales que me llenan de dudas. ¿Alguno será el hecho verdadero que pasó desconocido para la mayoría, y quien lo vivió, regresa a mi lado, me lo comunica y desea que lo divulgue?

Sé, como todos, que lo único presente es el instante en que confecciono cada palabra; después de escrita, en relación a la medida de tiempo que nos rige, ha pasado a la historia tal y como la conocemos. Pero... ¿Acaso tengo la premonición de sucesos futuros y soy la vía para contarlos antes que ocurran?

-¡Diantre con mi suerte, con el coro celestial y las once mil vírgenes si es que todavía existen! ¿Por qué me vuelve a traicionar? —Vociferó Ermú dando un portazo al salir de su casa, cuando apenas parecía que despuntaba el día. Distinguía poco, pero él conocía de memoria el sendero que iba conduciéndolo al río. Allí, durante su juventud, solía nadar en contra de la corriente para calmar el mal humor, ya que su carácter, irascible y dominante, le provocaba muchos problemas. Esa vez, a pesar de haber envejecido, después que pasó dos noches sin dormir dominado por la soberbia, su intención era repetir lo mismo, y no le importaba el riesgo de quedar exhausto en sus aguas profundas.

Las sombras de la noche, no querían alejarse. A la floresta la abrazaba un embrujo singular y, además de estar alterada con las fuertes pisadas de Ermú, se estremeció cuando él gritó la retahíla de frases que acostumbraba decir siempre que lo contrariaban:

-¡Diantre con mi suerte, con el coro celestial y las once mil vírgenes si es que todavía existen!

Ermú tuvo que detenerse porque algo le obstruía el paso. Al acercarse vio tirada en el camino a una criatura que podía ser un muchacho semidesnudo. Deseos no le faltaron de esquivarlo y seguir andando, pero estaba en sus tierras. Se agachó junto a él y lo tocó. Tenía la piel fría como un muerto y respiraba lentamente. El hallazgo terminó con el propósito del hombre de ir al río. Lo cargó sin dificultad, regresó a la casa y antes de entrar, el desmadejado cuerpo se recuperó parándose frente a él.

En la visibilidad escasa del tardío amanecer, Ermú consideró que era un niño raquítico de diez años, o uno estirado de siete. De mala forma lo interrogó para saber, quién era y qué buscaba en esa zona. El aparente muchacho no se inmutó con las insistentes preguntas; pero cuando el hombre repitió la retahíla de frases en contra de su suerte y, colérico, lo tomó de la mano para entregarlo a las autoridades del pueblo, diciéndole: -¡Vamos! Allá investigaran quién eres-, se aferró a su brazo e hizo la suficiente resistencia para que lo dejara en el lugar.

Sin poder definir sus facciones, Ermú lo miró fijamente, y sintió que estaba obligado a cumplir su deseo. No llegó a comprender qué sucedía y se preguntó: "¿Por qué tengo que hacerlo? ¿Por qué quiere quedarse conmigo? ¿Qué me pasa con este niño enclenque que no me habla? ¿Será anormal?". Extrañamente, en la confusión de su mente, se impuso otra pregunta que tranquilizó el malestar que lo embargaba: "¿Será el llamado de la sangre y este niño es mi nieto?"

****

Ermú tenía un hijo. En el tiempo que vivió a su lado, había sufrido el rigor de su disciplina equivocada y además, siendo una época de gran progreso, vio a su madre tratada por él como una esclava, hasta que enfermó y murió. Cuando Ermú se casó de nuevo, su hijo no soportó a la madrastra y apañado por su tía, hermana de la madre, se fue de la casa. Ella complacía a su sobrino para que Ermú no supiera cómo él vivía, y era el único contacto que podía unirlos.

Al igual que no toleran el desprecio algunos arrogantes que se creen poderosos, así sucedió con

Ermú. Este hombre nunca superó el coraje y la indignación que el rechazo de su hijo le causó. Su forma de ser, plagada de exabruptos que unía a la lamentable retahíla de palabras mencionando al diablo, provocó la infelicidad de su segundo matrimonio del que no tuvo descendencia. Los años pasaron y otra vez viudo, no resistió verse viejo y tan solo. Fue entonces que, furioso, mandó una orden a su hijo mediante su cuñada: "¡Tiene que volver! ¡Qué me obedezca!" Y el ataque de impotencia que sentía al salir de su casa esa madrugada se debía, a que la respuesta que había recibido a su exigencia parecía una burla.

****

Ermú creía ver a su nieto en la criatura que encontró en su camino al río. Como no llegaron a entrar en la casa, donde por algún motivo que él desconocía faltaba el fluido eléctrico, con la luz imperceptible que le brindaba la aurora, hizo esfuerzos por reconocer en él, algún rasgo de la familia. No lo logró, pero acostumbrado a que sus ideas no se discutían exclamó: -¡Ya sé quién eres! ¡Eres mi nieto! ¡Te quedas aquí!

Aquel pequeño personaje ganagueó un sonido corto que se quedó vibrando en el ambiente y el hombre lo interpretó de agradecimiento por haberlo aceptado.

-¿Cómo perdiste las ropas?- Preguntó Ermú.

-Seguramente en ellas traías una carta explicando por qué llegas solo. Veo que eres desordenado, travieso, - y el hombre agregó manoteando: -¡Prepárate a las consecuencias!

La reacción de su supuesto nieto a la descompuesta amenaza, fueron movimientos de cabeza que acentuaban expresiones de reproche y lástima.

Las sombras no se despejaban y Ermú, no distinguió esos gestos. Él había recibido el especial y silencioso mensaje de la criatura, directamente en su subconsciente: "Reproches por sus acciones y lástima de los resultados". Era un juicio categórico que estremeció al hombre y terminó con la agresividad que lo dominaba.

El espíritu de Ermú, atormentado por el cúmulo de equivocaciones cometidas, se dejó arrastrar dentro de la misma paz mágica que tenía detenida la marcha del tiempo, y que hacía persistir la oscuridad. A Ermú se le presentó la visión de un túnel. El fulgor de su fondo iluminaba las paredes y en ellas, se destacaba el curso de lo que había vivido.

En aquel amanecer frío y estático, ráfagas de aire caliente golpearon la cara del hombre, transportándolo al momento que señalaba el túnel con el comienzo de su desdicha. Ese aire desagradable y húmedo, Ermú lo había sentido igual cuando, siendo un niño, tembló por el miedo a la soledad y a lo desconocido.

Las imágenes que proyectaba el túnel de esa experiencia dolorosa, convertidas en emociones, dieron paso a razonamientos que Ermú siempre rechazó. Decidido, sin mirar al pequeño; con la vista perdida en las tinieblas que cubrían el campo, el hombre se enfrascó en un monólogo trascendental:

-Puedo recordar... Viajamos horas y horas... Me dejaron solo... El tren se fue... Se llevó con mi padre, lo que era mi vida hasta ese instante. Tuve miedo, mucho miedo. Todo se veía triste; ni un árbol en derredor con aves trinando en sus ramas para sentirme acompañado... Delante de mí, un camino. El camino angosto que me llevaba directo a la hacienda de mi tío, quien me adoptaba como hijo propio. Tenía que obedecer... Tenía que llegar a mi nuevo hogar y obedecí. Fui sometido por mi progenitor. Sus órdenes no las cuestionaba y no me atreví a preguntar: *"¿Por qué me obligas a este destino? ¿Por qué me separas de mi madre?"* Eche a andar y pensé en ella. Débil, tranquila. Mi madre sabía justificar todo lo que sucedía, así fuera bueno o malo. Sus cuentos y sus juegos, fueron el ensueño y la alegría de mi infancia. Yo entendía su bondad, su dulce serenidad...

Ermú cambió su expresión sosegada. Este punto de la historia, era la realidad a la que le había dado la espalda; y recordándola exclamó:

-¡Ahora razono claramente! Ahora reconozco que debo haber heredado la esencia noble del alma de mi madre porque, no solo la entendía. ¡Sentía y era como ella! Soy como mi madre y por miedo me he comportado diferente. Tuve miedo a ser bueno. Quería triunfar como pensaba que mi padre lo hizo. ¡Lo imité y lo logré! Le demostré, aunque jamás volví a verlo, que podía ser como él; y hasta conseguí la admiración de su hermano que en vida me cedió todas sus propiedades. Más... ¿De qué me valió? Ahora sé, qué conseguí: ¡Estoy vacío! ¡Muy vacío! Necesito demasiado a mi hijo mientras que él, por los motivos que fueran, pudo abandonarme. ¡Soy diferente de él!

Los juicios del hombre, logrados a una velocidad sin medida, lo llevaron a descubrir sus errores. La misteriosa presencia de la criatura le facilitó el aliento preciso. Los razonamientos se hicieron tan presentes y brillantes como el sol que no aparecía. Él había conseguido el privilegio, en parte, de enfrentarse al resplandor de la sabiduría que todos, al final de nuestra existencia, esperamos encontrar. Ermú continuó el monologo:

-¡Falso! ¡Me engañé! Sufrí imponiéndome, como propio, el comportamiento de mi padre. Repetí su retahíla de frases que mencionan al diablo y no conocía el origen de esas palabras. ¡No, no tenía que ser él! Yo no lo admiraba. ¡Le temía! Nunca lo quisieron, ni a mí tampoco. ¡La agresividad destruye! ¡Me hice, y he hecho mucho daño! Ahora acepto que me equivoqué. Terrible ha sido vivir con el miedo de no saber imitarlo. Y más grave aún, el miedo a liberar de su encierro a mi verdadera personalidad. ¡Lástima que no me atreví! ¡Qué distinta hubiera sido mi vida! Por ser como él ahuyenté a mi hijo. ¡Ahora me aterra la soledad que me rodea!

Derrumbado, pero satisfecho del análisis que le devolvió su identidad agregó: -¿Qué hacer? Ya no tengo tiempo para rectificar. ¡Estoy acabado!

El sonido inesperado de un timbre de teléfono puso fin al sorprendente monólogo de Ermú. Aturdido, corrió al interior de la casa que nuevamente tenía luz eléctrica.

-¡Escucho! ¿Quién habla? ¡Si ya estoy oyendo! ¿Qué pasó? Sí...sí, entiendo... ¿Cómo? Repite eso último por favor... ¿Qué yo pedí perdón a mi hijo y le supliqué que volviera? No entiendo... Yo no dije... Está bien, está bien. Te creo, si fue así... Yo... Si, si. ¡Me alegro! Si... todo está bien... Gracias. ¡Seguro que los espero a todos! ¡Gracias, gracias...!

-Gracias... Gracias...- Siguió diciendo Ermú como un autómata después de terminar la comunicación. De pronto pensó en la criatura. Muy exaltado salió al exterior. Ya había amanecido. Estaba roto el hechizo. Las sombras habían desaparecido. La luz del sol le permitió ver el verdor del campo y los colores de las flores. El día avanzaba normalmente, pero el pequeño personaje había desaparecido. Preocupado lo buscó a su alrededor hasta que le pareció divisarlo alejándose por el camino del río. Eufórico comenzó a gritar:

-¡Espera! ¡No te vayas! ¡Déjame contarte! ¡Tú no eres mi nieto! Mis nietos llegan hoy. Dos varones y una niña. ¡Vienen todos! Una gran turbulencia en el cielo les impidió venir antes. Los equipos electrónicos se descompusieron y no pudieron avisarme a tiempo. ¡Regresa! ¡Quédate también conmigo!

Ciertamente, Ermú no había vuelto a ver a la criatura pero se sentía feliz, cambiado, libre de miedos. Lloraba y era de alegría. Iba a tener la compañía de su hijo para siempre.

Faltaban unas cuantas horas para el maravilloso encuentro con la familia, y Ermú pensó en la insistente sombra y el encuentro con el raro visitante. Su mente se llenó de preguntas:

"¿Quién era él? ¿Qué poder sobrenatural ejerció sobre mí? Quería quedarse. Entonces... ¿Por qué se fue? ¿Cómo era realmente? ¿No era un niño? ¿Qué tipo de ropa lo cubría? ¿Sería de otro mundo? Y... ¿Quién pudo tergiversar la orden que le mandé a mi hijo? Yo no pedí perdón ni supliqué... ¿Sería la encarnación de mi madre que habló por mí y se atravesó después en mi camino, para salvarme de morir en el río? ¡Cuánta ayuda recibí! Pero... ¿De quién?"

La fantástica experiencia se desvaneció a medida que Ermú compartía con su hijo y reía con las ocurrencias de sus nietos. En el resto de su vida, atesoró orgulloso la herencia hermosa de su madre siendo comprensivo y amoroso con todos.

Algunas veces, entre sueños, Ermú se preguntaba: "¿Quién era él? ¿Sería la acción de mi conciencia? Entonces, Él... ¿Era la imagen de mi mismo cuando niño?"

LA CORTINA

Poco a poco, en aquel despoblado barrio, las sombras se hicieron presentes al declinar el Sol. La casa de la anciana Olga, quedaba en la esquina de una de sus calles; donde vivía con su hija soltera y un perro fiel.

La anciana ocupaba el cuarto alto del costado de la casa. Una doble puerta, comunicaba su habitación con la espaciosa y techada terraza que daba para el jardín. Esas puertas permanecían abiertas durante el verano, pero una ligera cortina cubría el espacio, protegiendo y separando a la anciana del mundo exterior.

La luz de la lámpara de noche impedía que la penumbra se apoderara completamente de la terraza, proyectándose a través de la cortina y ésta, parecía tener vida cuando esa iluminación, sobre sus ondulaciones, daba cambiantes puntos de luz y sombra. Era el baile nocturno de la cortina con el aire.

Terminado el día, el bullicio de la calle iba desapareciendo y la amiga inseparable de Olga era la cortina; muda compañera que motivaba los recuerdos agradables de la anciana con sus suaves movimientos y, hasta con los más fuertes, golpeando rítmicamente sus dobleces entre sí. La brisa separaba sus telas dejando escapar los pensamientos de Olga, que volaban a los escenarios del pasado, donde disfrutaban repitiendo alegrías y éxitos. El sueño era quien daba por terminada la representación, trayendo esas memorias a la cama, que se desvanecían en los brazos de Morfeo, y se iban al mundo irreal donde podían compartir situaciones nunca vividas, con personajes desconocidos. En todo momento, la cortina acompañaba a la anciana. Su encaje era la entretenida filigrana donde ella descubría formas con significados, al igual que muchos lo hacen mirando las nubes.

La muchacha, que durante el día trabajaba en la casa, antes de irse había dejado a la anciana acostada y tranquila pero..., al llegar esa noche, la cortina no se movía. El ambiente plomizo saturado de humedad, la mantenía casi inmóvil y, presagiando raros acontecimientos no se presentaba el fluido invisible que la hiciera danzar. Ni una rendija pequeña se producía en la unión de sus telas, por donde pudieran salir los pensamientos de la anciana.

Cuando la negrura y la tranquilidad fueron las dueñas de la barriada; ya Pedro esperaba agazapado en un lugar estratégico cerca de la casa de Olga. La cortina también era algo muy valioso para este joven, porque había recibido de ella mensajes importantes para su plan.

Pedro era introvertido y veía aburrido el desarrollo común de la vida. Estaba confundido por el comportamiento destructor de algunos seres humanos, dirigiendo los destinos del mundo. A su juicio, se contradecían en la práctica, muchos de los conceptos sobre lo bueno y lo malo. Le resultaba más fácil ser rebelde aferrándose a todo lo que le agradara. Tenía la edad en donde no se miden las consecuencias. No le importaba oír la música con decibeles muy por encima de lo normal. Disminuiría su capacidad auditiva en el futuro pero, oyéndola así, resonaba en su pecho como si él la produjera y sus vibraciones, que podían ser las más bellas del universo, le golpeaban el cerebro con máximo placer.

Sin caer en las cosas más nocivas que están al alcance de los jóvenes, destruyéndoles el equilibrio físico y mental, Pedro quería tener una doble vida llena de riesgos y aventuras. Se emocionaba al ver la sangre fría de los malvados de las películas, que mantenían el triunfo de sus acciones hasta casi el final, cuando de forma forzada y a veces sin sentido, el bueno dominaba la situación convirtiéndose en el héroe.

La dosis de emoción que pedía Pedro para su rebeldía, era el estimulante juego prohibido de convertirse en ladrón. No en un simple ratero; sería el ladrón inteligente que, con el tiempo, logrando robos espectaculares, estudiados y planificados, llegaría a ser un personaje de leyenda para los demás.

En la casa de la anciana Olga, ejecutaría su primer robo. Entraría en su habitación por la puerta de la terraza ya que, en los momentos de observación, su aliada la cortina, revoloteando su vaporoso tejido, le aseguró que estaba abierta todo el tiempo. El resto era sencillo; durante el día, entraban y salían varias personas, pero en la noche, sólo quedaban la anciana, su hija que dormía en la planta baja y el perro que siempre vigilaba fuera de la casa. El canino tampoco sería un problema porque Pedro, acariciándolo por entre el alambrado que cercaba la casa, se había ganado su confianza.

El joven estaba seguro que ese asalto era el inicio de una carrera productiva cuyo botín, pequeño o grande, sin ayuda ni testigos sería sólo suyo.

Pedro levantó la cabeza y miró la cortina. No se movía, pero su transparencia permitiendo que la luz de la lámpara se proyectara en la terraza, le comunicaba que el paso seguía abierto.

Imaginando los rótulos de los periódicos; contando de un escurridizo y astuto ladrón que no dejaba huellas, el joven empezó a prepararse. Agregó a la ropa negra y los zapatos especiales que usaba, el antifaz y los guantes.

Decidido y alerta llegó a la vivienda de Olga. Sin dificultad le dio al perro el pedazo de carne preparada con un somnífero y, en pocos minutos, la posible bravura del animal se rendía ante su falso amigo.

Con la agilidad de un gato, Pedro saltó la cerca y caminó por el jardín hasta la casa. El bajante del agua, conectado al canalón del techo, estaba cerca del cuarto de la anciana. El joven había previsto apoyarse en sus anillas de sujeción para poder escalar. Con gran habilidad así lo hizo. Alcanzó la balaustrada de la terraza, la brincó y sigilosamente, llegó al lado de la doble puerta abierta.

Cuando Pedro se disponía a mojar un pañuelo en cloroformo, escuchó una voz que decía:

- No por favor, vete... no me hagas daño...

El joven se quedó sin respiración. No dudó que aquella voz temblorosa y sin firmeza en el acento, era la de la anciana. En el silencio de la noche se oía claramente cuando seguía diciendo:

-¡Oh Dios mío! Quieres matarme..., traes una pistola con silenciador...

A Pedro, con la espalda pegada a la pared lo recorrió un escalofrío, las piernas le flaquearon, se doblaron sus rodillas y fue cayendo hasta quedar sentado.

Olga seguía hablando:

- Me acusas sin pruebas. Yo nunca te denuncié. Usa esa pistola contra tu egoísmo no contra mi vida... Por favor, comprende mi fidelidad. Te quiero tanto que hago míos tus pecados. Yo guardo el secreto de tu gran falta y vienes a silenciarme con la muerte...

El joven, paralizado por lo que escuchaba, sintió terror de ser descubierto.

En las películas de bandidos, llenas de violencia, aprendió mucho para llegar a ser un delincuente pero, no le explicaron cómo desarrollar el coraje que hace falta para enfrentarse a un asesino, y mucho menos a una muerte tan temprana. ¿Dónde era que se aprendía a no sentir miedo? El joven tenía mucho miedo y no podía creer lo que estaba sucediendo. "¿Qué hacía esa visita siniestra, a esa hora de la noche?" Se preguntaba Pedro sudando copiosamente. "Debe estar en combinación con la hija para eliminarla", seguía razonando.

Después de cortas pausas, se volvía a oír la voz de Olga:

- La prueba de que te quiero como a un hijo es la de haber callado siempre... No me mates... Tus manos juegan con esa pistola, y las mías tienen ansiedad de querer ayudarte. Te quiero igual que a mi hija y recibo en cambio tu brutalidad.

El miedo y lo imponderable encontrado en su primera fechoría, fueron creando en el joven la decisión de dar por terminada su carrera de ladrón; pero tenía que salir de ese atolladero.

Continuaba la anciana quejumbrosa:

- Hubieras preferido encontrarme enfurecida para hacerte más fácil la tarea de matarme, pero mírame postrada e indefensa. Debo tener la imagen de una presa acorralada. Tú me quieres matar, no para que subsista tu buen nombre... Me quieres matar porque eres un asesino...

La anciana respiraba agitada. Pedro ya no pensaba en sus intenciones de robar. Tenía que huir. Miró la cortina que tanta seguridad le dio al planificar el asalto y no se movía. Él necesitaba sus ondulaciones para disimular la huida; porque sabía de dónde venía la voz de la anciana, pero no podía adivinar la posición en que se encontraba el cínico criminal.

De pronto, Pedro sin proponérselo, pensó que debía salvarse para salvar a la anciana. El susto, el arrepentimiento y la preocupación por ella, era una extraña combinación latiendo al compás de su corazón.

Pedro seguía oyendo la voz de Olga cada vez más apagada:

- No me importa seguir viva, pero te suplico que no me mates... Desde el otro mundo, no resistiría ver el castigo que te dieran...

El joven quería intentar salvar a la anciana y no pudo seguir esperando. Salió de su inmovilidad y, temiendo que le dispararan, se arrastró hasta la baranda de la terraza. Descendió por donde había subido y apresurando el paso, cruzó el jardín pudiendo ver al perro todavía dormido. Después de saltar la cerca le pareció mentira estar vivo. Se quitó los guantes y el antifaz, respirando profundamente aliviado. Parecía que, al despojarse del atuendo de ladrón se quitaba la intención de serlo. El terror vivido lo descalificaba para convertirse en el bandido que él quería ser. No fue el momento de pensar en otro tipo de futuro, pero el sudor frío que cubría su piel, le había arrancado de los poros la necesidad de riesgo o de aventura.

El joven corrió hasta el teléfono público más cercano y llamó a la policía. Con voz atropellada pidió que salvaran a la anciana porque querían matarla, y dio detalles exactos de la dirección incluyendo la terraza y la cortina. Suplicó que no perdieran tiempo y colgó el auricular, evitando comprometerse contestando preguntas.

Pedro abandonó el barrio sintiéndose como el héroe de la película, que impide al asesino matar a la protagonista.

Aunque la denuncia no fue hecha por alguien que se identificara, la policía actuó rápidamente. La patrulla rodeó la vivienda. Algunos policías cruzaron la verja que, por suerte, no tenía candado. En ese momento la hija de Olga abrió la puerta principal muy asustada por la llegada de las autoridades. La retuvieron en la entrada y después de hablar lo necesario, los policías entraron y se orientaron hacia la habitación de la terraza. Desplegando la táctica de asalto penetraron en el cuarto y vieron a la anciana respirando muy agitada. Su mano derecha se crispaba sobre la sábana y el rictus de su boca delataba extrema angustia; pero dormía.

Allí no estaba el asesino. Ni registrando la terraza y toda la casa se encontró rastro alguno que aclarara lo ocurrido. Decidieron interrogar a la hija de Olga que les explicó:

- Yo sólo les puedo decir que entre sueños, oí que mi mamá hablaba un poco alterada. Cuando logré levantarme e ir a su cuarto, supe que se trataba de otra de sus crisis, porque repetía: "Te quiero como a un hijo no me mates…"

- Sé que le hablaba a mi hermano de crianza. Él está preso porque se volvió un criminal. Ella sufrió mucho y temía que en algún momento quisiera matarla. A veces, cuando mi mamá se pone mal, habla sola como sucedió esta noche. Traté de tranquilizarla y me quedé en su cuarto hasta que las luces de la patrulla me hicieron bajar para saber lo que sucedía. No entiendo lo que ha pasado pero les suplico que la dejen tranquila.

El policía que iba al frente de la operación fue el mismo que recibió la llamada de Pedro. Pudo imaginarse lo que pasó después de este relato y ver al perro guardián de la casa caminando sin estabilidad y completamente errático. Era obvio que el personaje que llamó denunciando el posible crimen, había estado en la terraza, al lado de la puerta abierta oyendo las quejas de la anciana.

Hizo el reporte y ordenó una investigación, pero deseando que no se lograra identificar al de la llamada porque, por arriba de las malas intenciones de ese personaje, allanando la propiedad ajena, quiso evitar un crimen.

Al fin, la fuerte brisa movió la cortina. El frescor de la madrugada penetró en el cuarto, acarició el rostro de la anciana y éste recobró su plácida expresión. Por unos momentos, Olga abrió los ojos mirando a su vaporosa compañera. Ese amanecer hasta llegar el nuevo día, disfrutó de bellos sueños.

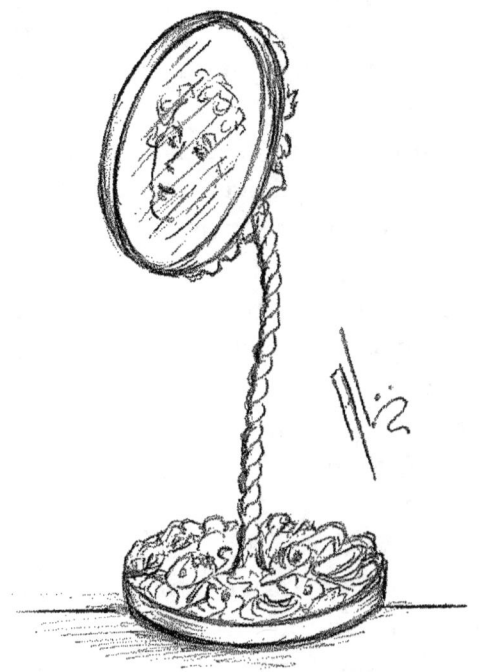

LOS DOS ESPEJOS

Una buena mujer, se las pasaba inventando para favorecer a los pobres. Ella tenía recopilados, en perfecto estado, muchos objetos de cierto valor que le habían dado sus amistades para que los vendiera. (El dinero recaudado se emplearía en una obra benéfica.) A ella se le ocurrió hacer trato con una tienda de artículos usados, o de segunda mano que estaba en construcción. Le hacía falta un espacio amplio y le pidió a los dueños del futuro establecimiento, que se lo facilitaran en la entrada del local. Felizmente, aceptaron su propuesta. La venta benéfica de la señora representaba una propaganda, ya que equivalía a una primicia del futuro negocio. El público se embullaría comprando cosas buenas, muy por debajo de su costo original, y regresaría después de su inauguración buscando más artículos.

Contemplando una fotografía de sus abuelos, Carolina se encaprichó en conocer el sitio donde fueron retratados y que era el lugar donde habían nacido. Se les veía tan contentos que confiaba en que si ella caminaba por dónde ellos lo hicieron, se le pegaría una buena parte de la alegría que debían irradiar aquellas calles. Allí planificó Carolina sus vacaciones, y aunque en esos días, dedicaba todo el tiempo a los preparativos del viaje, no se pudo negar a ir con Margot a la venta benéfica.

Carolina se divertía sobremanera con el carácter díscolo de su amiga quien, constantemente, buscaba motivos para que estuvieran juntas.

En la tienda, Margot se portó como una compradora compulsiva, mientras que Carolina no lograba decidirse por qué cosa comprar. Todo lo que Margot tomaba en sus manos, se lo enseñaba a su amiga exagerando su uso beneficioso, y tanto insistió con un espejo que Carolina, casi sin mirarlo y convencida que le resultaría un estorbo, lo compró.

Carolina ignoró la compra hasta que volvió a ver el envoltorio poniendo un poco de orden en su apartamento. Mientras buscaba dónde colocar el espejo, lo observó. Estaba unido por un tubo flexible a su base, también circular y con el mismo diámetro. Al dorso del espejo y sobre la base, se les había hecho un trabajo artesanal con nácar. Para Carolina, la sorpresa fue hallar que en el fondo de la base había otro espejo de los que magnifican la imagen. Es decir, sujetando el artículo por el tubo y volteándolo, cualquiera de las partes, indistintamente, funcionaba como espejo o como base. Al espejo que ella acababa de descubrir, y que suponía era su base, comúnmente se le dice de aumento. Es muy útil, y la joven acabó por pensar que la compra había sido buena. Esa noche, soñó que bailaba entre muchos espejos que la reflejaban en varios tamaños.

Al día siguiente de la venta benéfica, cuando ya estaban aceptadas sus vacaciones, Carolina se enteró en el trabajo, que las tenía que posponer. Pero por suerte ese mismo día logró, en la agencia de pasajes, que le cambiaran la fecha del viaje y le dieran un nuevo boleto sin penalidad.

Ya era el atardecer, cuando Carolina regresó a su apartamento. Entró y se sintió cubierta por una rareza muy agradable. Siempre en su hogar, recibía suficiente paz para elaborar sueños felices, como si fuese la joven más soñadora del mundo; pero era indiscutible que, en esa ocasión, algo había variado. Sin percibir que el aire de mar la golpeara, escuchó su rumor y respiró su salitre con la dulce sensación de estar a la orilla de la playa. Ella tenía por costumbre averiguar en su casa, la causa de cualquier ruido u olor que fuera diferente, y no podía pasar por alto sentirse así, sin saber por qué. Antes se salir, la joven cerraba las ventanas para impedir que entrara el polvo de la calle y la luz que, poco a poco, afecta el color de los cuadros. Como la ligera claridad del final del día no era suficiente, no demoró en accionar el interruptor de la luz eléctrica. Entonces, además de sentir a su alrededor el ambiente del mar, la joven estuvo fuertemente atraída por la adquisición hecha en la venta benéfica: los dos espejos.

Carolina, mirándose en el espejo normal se alarmó. El rostro que aparecía no era el de ella, sino el de otra muchacha risueña. Después se miró en el que magnificaba la imagen, y le reflejó la cara de una mujer mayor un poco triste. De la impresión que se llevó, casi los deja caer al suelo, pero no por haber experimentado miedo. Ella estaba completamente dominada, por la fuerte emoción de sentirse trasportada muy cerca del mar. Carolina devolvió los espejos a su lugar y, muy excitada, llamó a su amiga Margot.

-¡Tienes que venir a mi casa rápidamente! ¿Me entendiste? No te digo más. ¡Ven para acá, que te necesito!

Margot, suspendió lo que hacía para obedecer al llamado de su amiga. Le notó la voz alterada pero no era para preocuparse. Con ella, nunca sucedían cosas malas. Debía tratarse de un asunto muy especial y pensó divertida: "¡Qué bueno que nos volvemos a ver antes de su viaje!"

Cada minuto, sin que apareciera Margot, era una eternidad para Carolina, y cuando llegó, no perdió tiempo en saludos. Mientras buscaba los dos espejos exclamó:

-¡Mira lo que pasa con la compra que tanto insististe en que yo hiciera!

Carolina se los había dado a Margot, de manera que se pudiera mirar en el que agrandaba la imagen, y ansiosamente esperó la reacción de su amiga que dijo sonriendo:

-¡Pero si tienes otro espejo que aumenta! ¿Te los vas a llevar en el viaje? ¿Me quieres decir, que era para esto que me necesitabas?

-¿Qué estás viendo? —Preguntó Carolina.

-Hasta la más pequeña peca de mi cara pecosa. ¡El espejo es magnífico!

-¿Pero no ves otro rostro, diferente al tuyo?

Margot se echó a reír antes de decir:

-Creía que la loca era yo, pero tú me ganas por algunos puntos. ¿De qué estás hablando?

Carolina estaba perpleja. Tenía la esperanza que a Margot le sucediera lo mismo. Le quitó los espejos, comprobó que seguía viendo otras caras reflejadas que no eran la suya, y le dio vergüenza confesarle a su amiga que había perdido la razón. Ella era la única que veía caras extrañas en los espejos. Margot tenía fama de tarambana, de inconsistente, cuando ella se las daba de inteligente y serena. ¿Cómo explicarle que se sentía, agradablemente, cerca del mar sin estarlo y que, además, veía cosas que no existían? Decidió que Margot era la persona ideal para ayudarla porque la embulló a comprar esos espejos. Casi calmada, le contó desde el retraso de su viaje, hasta lo increíble de ver otros rostros de mujeres en los espejos.

Decididamente, el temperamento de Margot, inquieto y desenfadado, era el perfecto para tranquilizar a Carolina. La felicitó por tener facultades extrasensoriales y quiso que le describiera los rostros reflejados, la sensación de estar cerca del mar, y el lugar de sus vacaciones para saber si tenían alguna relación. Como al terminar la explicación, sólo los adornos de caracoles y la playa donde ella decía sentirse, era lo que podía concordar y no se entendía, propuso visitar a un espiritista. Rotundamente, Carolina dijo que no, y opinó que lo mejor era deshacerse de los espejos botándolos a la basura.

-¡No, no puedes hacer eso!- Gritó Margot con aspaviento. -Esos rostros te deben estar pidiendo algo. No les niegues tu ayuda. Los que están en el otro mundo saben conectarse con el plano terrenal, como ahora lo están haciendo contigo. Yo sé que nosotros debemos buscar a los espiritistas porque ellos son los indicados para ocuparse de estos asuntos. ¡Te quedarías fría si te contara alguna de esas historias! Pero no te angusties, si consultar a un espiritista no te parece bien, y las mujeres no te molestan, déjalas metidas en los espejos y vamos a resolver el problema de otra manera.

Margot se sentía feliz involucrada en la experiencia de su amiga, y a Carolina le pareció perfecta la idea que ella sugirió, de devolver los espejos a quien los había donado. Posiblemente, el ambiente de las muertas estaba en esa casa, y... ¿No sería eso, acaso, lo que ellas querían?

Sin perder tiempo, se comunicaron con la organizadora de la venta benéfica, pero surgió un contratiempo. Conocieron al señor que hizo la donación y resultó que los espejos no le pertenecían. Se los dio una mujer que, según él dijo, no podía estar bien de la cabeza, pues cuando caminaba frente a su casa, la señora en cuestión, le salió al paso suplicándole que los aceptara como un obsequio, porque estaba dando todas sus cosas en vida. Cuando muriera, no quería que fueran a parar al medio de la calle.

Las jóvenes seguían su plan con firmeza, y le comentaron al señor que, a lo mejor, la señora cambiaba de parecer al tener de vuelta los espejos. Él no les auguró éxito, pero gracias a los datos que muy amable dio, ellas se presentaron en la dirección de la dueña de los espejos.

Inmediatamente que apareció la mujer, Carolina supo que estaban en el lugar exacto. La señora tenía un gran parecido con el rostro que se reflejaba en el espejo de aumento. Muy nerviosa, lamentó no poder decírselo a su amiga y se preguntó: "¿Será pariente de la mujer mayor que veo en el espejo?" Margot captó perfectamente en Carolina, su expresión llena de asombro y, sin saber lo que sucedía, su razonamiento no fue igual: "¿Nos habrá recibido el mismísimo espíritu de una de las muertas?"

No se podía discutir que las dos amigas pasaban por un momento bien excitante. La señora saludó cuerdamente, y Carolina le expresó la necesidad que tenían de conversar con ella. Así fue que entraron en la casa, cuyo exterior era de abandono absoluto y por dentro, lucía desmantelada para una inminente mudada.

Gracias al apoyo de Margot, de cierta forma, Carolina disfrutaba el trance que vivía. Estaba convencida que debía vanagloriarse por estar conectada con el más allá.

Las jóvenes lo observaban todo, cuando una pista impactante aceleró el curso de los acontecimientos. Sobre una mesita, en medio del gran desorden, un retrato enmarcado llamó la atención de Carolina. La foto que tenía era de la muchacha que reflejaba el espejo normal. Enseguida alertó a Margot apretándole la mano, porque el marco estaba decorado como los espejos.

Carolina, ya tenía la idea fija que los espíritus de esas mujeres le pedían ayuda. Para resolverles, había decidido no entregar los espejos hasta saber, lo más posible, sobre el insólito asunto. Aprovechando el detalle del marco trabajado con nácar, le preguntó a la señora dónde había comprado algo tan precioso y original.

La pobre mujer, como su casa, también sufría de abandono. La compañía de las jóvenes le cambió el día porque tenía la oportunidad de hablar. Parecía estar contenta que alguien apreciara lo que había hecho su papá y, despreocupada, les contó una historia:

-Mi papá quiso mucho a mi mamá. Cuando se casaron, compró dos portarretratos iguales, y les hizo ese trabajo tan bonito pegándoles trocitos de nácar. En este marco está la fotografía de mi mamá, y en otro la de mi papá, que él debe conservar. Los cuadros son de aquella época pasada; pero les diré que, además, decoró dos espejos unidos por un tubo flexible y se los regaló a mi mamá. Le pidió que los usara toda su vida. El espejo normal le sirvió para mirarse mientras fue joven. Cuando pasaron los años, con su vista cansada, se miró en el otro que era de aumento. Mi madre ya murió…

La señora quería seguir hablando. No le importaba otra cosa, que no fuera lo que ella necesitaba, hablar.

-Mi madre era preciosa… Ahora que yo estoy vieja, con la misma edad que ella tenía al morir, es que me le parezco, ligeramente…

Carolina, mientras escuchaba atónita, corroboraba sus sospechas. Ya tenía claro, igual que la avispada Margot, que los dos rostros que aparecían en los espejos, pertenecían a la misma mujer ya fallecida. Las jóvenes cruzaron una mirada inteligente para aplaudir que todo marchaba bien. La señora no daba señales que le interesaran los comentarios de ellas y continuó diciendo:

-Mi papá se quedó con mi hermana la más pequeña. ¡Allá lejos, donde nacimos todos! A veces pienso, que no estuvo bien, presionar a nuestra madre para que viniera a vivir conmigo, pero la vida es así, necesitaba su ayuda con mis hijos y la traje. ¡La convencí y la separé de mi padre y de ellos! Aquí dejó de existir. ¡A mi lado, como yo quería! Como mi mamá se me fue…ya no necesito de algo más. ¡Mis hijos que sigan su vida y que me dejen tranquila!

La forma de hablar de la señora se había tornado agresiva. El señor que donó los espejos tenía razón. La mujer no tenía estabilidad. Dejó de mirar a las jóvenes y afanosamente, buscó un papel con el que envolvió el retrato. Carolina no encontraba palabras para dirigirse a la señora, ni tampoco ella le dio tiempo, porque sin terminar lo que hacía, agregó con el mismo tono descompuesto:

-Me imagino que ustedes se enteraron que regalo lo que tengo y por eso están aquí. No piensen ustedes que estoy loca. Al morimos lo dejamos todo, y lo mío, no quiero que acabe tirado en el basurero. ¡Te doy el cuadro que te gustó! Si la fotografía no te interesa mándasela a mi padre. Yo le envié todas las fotos de la familia que tenía guardadas. Él es fuerte y vivirá mucho tiempo.

Definitivamente, la señora era digna de lástima. Seguramente regalaba sus cosas porque, ni ella misma, había sabido darse valor. Margot razonó que ya no tenía sentido devolverle los espejos porque volvería a regalarlos; y no creía que el interés del espíritu que veía su amiga, fuera estar en esa casa. Con el temor que Carolina pensara diferente a su análisis, se adelantó a decir:

-¡Mi amiga está encantada de llevarse el portarretrato! No se preocupe por la fotografía, ella la puede enviar a donde usted le diga.

En cuanto se despidieron de la señora y se alejaron con los datos que necesitaban, Carolina se miró en los espejos. Los rostros estaban ahí, y seguía con la sensación de estar a la orilla del mar. Para ella fue una pena que fallara el plan de entregarle lo que le llevaban, porque quería dar por terminada su experiencia.

Margot, por el contrario, seguía entusiasmada y exclamó: -¡Ese espíritu todavía pide tu ayuda! Tú misión terminará después que le entregues los espejos y el portarretrato a su verdadero dueño.

Aunque Carolina, nuevamente aprobó lo que planteaba su amiga, no iba a renunciar a las vacaciones que tanto la ilusionaban. Sólo en unos en días, salía de viaje para el pueblo donde habían vivido sus abuelos. Las jóvenes analizaron con calma la situación, y quedaba resuelta, si le hacían llegar al padre de la señora el retrato y los espejos por mediación del correo. Cuando comprobaron que el destino del envío, o la dirección dada por la señora, estaba muy cerca del pueblecito donde Carolina iba a pasar sus vacaciones, Margot no pudo reprimir sus pensamientos, y volvió a intervenir con el tono de voz que advierte al que escucha, que lo que va a decir, no admite discusión:

-¡El espíritu que ves en los espejos se confabuló con los de tus abuelos! Tus vacaciones no fueron preparadas por ti. Ellos trabajaron tu mente, para que pudieras llegar a donde está ese anciano. Creo no equivocarme si te digo más. El retraso de tu viaje lo logró la muerta para que se diera nuestra entrevista con su hija enajenada, y que, en el reparto de sus cosas, cayera el retrato en tu poder. ¿No está claro que ese espíritu quiere que lleves su fotografía a su esposo? ¡Te felicito! ¡Es fabuloso lo que estás viviendo! A mí también me utilizaron porque te embullé a comprar los espejos. Eso me tiene contenta.

"¿Por qué discutir quién me trajo al pueblo de mis abuelos?" se preguntó Carolina, mientras disfrutaba caminando por sus calles como si hubiera regresado al fin, al lugar que añoraba y del que había sido separada por el tiempo. Sintió que reconocía en sus habitantes sencillos, amistades que extrañaba desde la infancia. De todos recibió desinteresado afecto y hasta calor familiar.

Carolina seguía interesada en darle ayuda al espíritu que veía en los espejos, y los del pueblo la guiaron para que llegara fácilmente donde vivía el anciano.

La joven se conmovió cuando estuvo en la playa. Lo que percibían sus sentidos desde que empezó su experiencia con el más allá, paulatinamente se desvanecía. Ya escuchaba el verdadero rumor de las olas del mar, y la brisa que antes no existía, golpeó suavemente su cuerpo, cargada del salitre que ya se quedaba en su piel. Carolina disfrutó extasiada, el silencio de grandeza que encontramos en el mar, y agradeció poder estar allí. No se miró en los espejos, porque estaba segura que reflejarían su cara.

Muy cerca de la dirección que buscaba, Carolina divisó un anciano sentado en la arena con un bastón de ciego a su lado. Se le acercó. Era quien ella buscaba. Observó que sacaba de un saco piezas pequeñas de nácar. Con mucho esfuerzo, les ponía pegamento y las colocaba sobre una superficie lisa que, mirada con imaginación, tenía forma de corazón. A la joven le dio pena interrumpirlo, pero como él, se iba a alegrar con lo que ella le llevaba, sin preámbulos de ninguna clase, le dijo: -Aquí le entrego trabajos que usted hizo.

El anciano la escuchó sin inmutarse y abrió sus manos para recibir lo que le daba Carolina. Primero acarició la foto, diciendo: -Este retrato tiene que ocupar su puesto al lado del mío-. Después puso frente a su cara el espejo de aumento y mirándolo sin ver, le habló: -Ya no estés triste querida mujer.

Las manos del anciano eran torpes por el cúmulo de años vividos. Demoró en voltearlos y cuando lo logró, se sonrió emocionado frente al otro espejo y volvió a hablar: -Yo sabía que algún día estarías de regreso, mi linda chiquilla.

Carolina se quedó sola en la playa. El anciano había vaciado el contenido del saco. En su lugar, cargaba con cuidado los espejos y el retrato. Eran su tesoro de amor. La joven, satisfecha por la misión cumplida, lo vio alejarse trabajosamente, mientras movía el bastón de un lado al otro para despejar su camino, que quizás podía ser el último, después de haber recuperado lo que esperaba.

Sobre la arena, entre los recortes de los caracoles, sobresalía el trabajo inconcluso del anciano; el que le faltaban pedacitos de nácar para formar el corazón. Carolina lo recogió. Le recordaría su experiencia. Al guardarlo en su bolso, deseó que le presagiara la dicha de amar tan intensamente, como lo hacían el anciano y el espíritu de los espejos, con la diferencia que en un su caso, ella nunca permitiría una separación mientras existiera el amor.

ESTOY MAL

"Oliver Cruz. – 1835 – 1873." así rezaba, escuetamente, la lápida del panteón que Fausto tenía delante. Escribió esos datos en un cuaderno. Sacó una cuenta y razonó: "Este Oliver tampoco llegó a los cuarenta años; está claro que los hombres muertos recientemente, han vivido mucho más." Cuando Fausto pensaba que su fecha de nacimiento estaba cerca, la vibración de su celular le avisó que tenía una llamada.

Rápidamente leyó en el pequeño aparato de quién se trataba.

-Buenas tardes Cynthia... Contestó Fausto, y después de escuchar el saludo de la joven con la pregunta ya de rigor sobre su salud, siguió diciendo: -Estoy mal... - Y sin perder tiempo se excusó por no haber cumplido con el nuevo encargo: -En estos momentos no puedo concluir el trabajo que está esperando. Mañana tengo cita con el médico. Al terminar el tratamiento que ya me anunció, si no me he muerto, la lámina quedará lista para entregársela.

La conversación entre Fausto y Cynthia no se extendió. Fausto quería acabar el recorrido por ese cementerio, al igual que hacía en otros. Le interesaba saber el tiempo de vida que tuvieron las personas que descansaban ya, para siempre.

Gracias a Catalina, una prima de Fausto, Cynthia lo conoció y había sabido del gran talento de él como acuarelista. Mientras conversaron después de la presentación, Fausto aceptó hacer las ilustraciones que ella le pidiera. La obtención de cada acuarela resultaba un agobio para la joven porque el pintor, aunque visitaba a los médicos, parecía tener más interés en esperar la muerte, que en realizar sus maravillosos trabajos. Cynthia, en cambio, pensaba muy optimista en su futuro. Gran parte de los fines de semana, mientras cuidaba a tres pequeños, les impartía clases, y de ese modo, reforzaba sus estudios de pedagogía. Los niños aprendían mejor viendo las láminas hechas por Fausto y este, poco a poco, trató de tenerlas a tiempo.

En una de sus tardanzas, él tuvo que llevar la pintura al patio de la casa de Cynthia, donde ya ella les decía a los niños:

-Todos mírense las palmas de las manos.

Los niños obedecieron. La joven era para ellos la amiga grande que les enseñaba juegos diferentes y divertidos.

-Ahora levanten las manos como yo lo hago sin dejar de mirarlas.

Cynthia había puesto el dorso de sus manos contra la luz del sol y los niños la imitaron.

-¿Vieron como cambiaron de color?

-¡Sí, están rojas! – Exclamó una de las niñas que apenas llegaba a los siete años.

-Casi son rojas porque la luz del sol es tan fuerte, que se transparenta un poco la sangre que las manos, y todo nuestro cuerpo tienen dentro. Cuando nos cortamos o nos pinchamos esa sangre sale por la herida.

-¡Yo me corté con un vidrio y me salió roja, muy roja! - Gritó el varón.

En ese momento, Cynthia notó la presencia de Fausto. Se alegró al ver al hombre que ya consideraba su amigo, trayéndole la lámina que esperaba. Hizo un alto en la clase para saludarlo y al acercársele, él le indicó que siguiera en lo que estaba haciendo uso de la pintura.

La joven agradeció su señalamiento. Tenía la oportunidad de demostrarle cómo usaba sus maravillosos trabajos, y continuó explicando a sus escasos pero atentos alumnos:

-El sol es esta bola grande y nosotros estamos en esta bola tan chiquita que es la tierra…

Fausto lograba transparencias perfectas. La acuarela era una verdadera obra de arte. Encerraba la idea del Universo dándole toda la importancia a nuestro sol, tal y como quería la futura pedagoga, y en relación a los otros componentes de la lámina, era sorprendentemente luminoso. Su efecto visual, y la adecuada enseñanza de Cynthia, les hizo comprender a los niños, que viajamos alrededor del astro rey y que éste, no sale ni se esconde por la raya que llamamos horizonte. Los chicos también quedaron preparados para que, llegado el momento de aprenderlo, les fuera fácil entender que la influencia de esa estrella logró que tantos seres vivos poblemos la tierra.

La clase terminó justo cuando los padres de los niños llegaron a buscarlos. En esa tarde quedaba tiempo para conversar. La joven le pagó al pintor su excelente trabajo, y le pidió opinión sobre lo que acababa de presenciar. Para ella, era importante. Fausto había cursado varios estudios superiores y su entretenimiento era leer sobre ciencia.

-¿Le pareció bien cómo desarrollé el tema? - Preguntó la joven, y él la felicitó sinceramente.

-Me apasiona mi carrera.- Quiso comentar Cynthia - Teniendo el hábito de ilustrar las clases, ellos adquieren una mejor comprensión. A los niños que tenga cerca quiero que aprendan; pero sobre todo, saber que los ayudo a crecer disfrutando la niñez, para que cuando sean adultos, sientan que no se olvidaron de vivir esa maravillosa etapa. La vida es hermosa.

-Admiro esa espontánea definición tan ilusoria sobre la existencia. Es un mecanismo de defensa para pasar lo mejor posible tanta incongruencia-. Dijo Fausto ligeramente alterado y continuó: - Le diré algo más, la vida es una broma de mal gusto-. Aseveró categóricamente; y convencido de estar diciendo la verdad concluyó: -al fin, cuando me muera, acabará todo.

-Amigo Fausto-, contestó Cynthia muy sorprendida -creo que tendría que ir más despacio para pensar, de manera tan rotunda, que alcanzará el final. Mi hermano también tiene pensamientos muy propios. Considera a la vida una aberración. ¿No es un atrevimiento, de parte de ambos, semejantes conclusiones? Le he escuchado varias veces decir: "Estoy mal". Empiezo a comprender su afán por estarlo; pero respecto a que todo termina con la muerte, las investigaciones hasta ahora, no lo complacen.

A Cynthia, la conversación que sostenía con Fausto, le trajo a la memoria la primera vez que visitó a la amiga más simpática de Catalina. Era tan práctica y despreocupada de los comentarios ajenos que, justo a la entrada de su cuarto de trabajo, ridículamente, había colgado un largo calcetín rojo, de la punta sobresaliente de una repisa, para que le llamara la atención y así, evitar golpearse la cabeza. Pero lo que impresionaba, además de tener tiras y cintas amarradas a los muebles, para que el santo San Dimas la ayudara a encontrar todo lo que distraídamente iba perdiendo, era que tenía un ataúd blanco ocupando gran espacio en la habitación. Ese recuerdo le pareció un buen tema para tratar con Fausto, que acababa de hablar sobre la muerte.

-¿Conoció a la amiga de Catalina que se compró un ataúd?

-Sí, la conocí pero no la traté.

-Yo quise visitarla varias veces. ¿Quiere escuchar algunos de sus razonamientos?

-Cuéntemelos, siempre me van a divertir después de haber hecho algo tan original como comprarse su propio sarcófago.

A Cynthia la había impactado aquel suceso tan peculiar con la amiga de Catalina, y comenzó el relato tratando de no olvidar detalle.

-Al ver el ataúd, la sorpresa se debió reflejar en mi cara porque aquella muchacha, rápidamente dijo:

"Una vez a la semana yo duermo en él, para irme acostumbrando a mi caja mortuoria. Por escrito lo he dejado todo resuelto. Quitando a los desesperados que se matan, o los

que desean la muerte, a todos nos sobrecoge ese momento. Hay que prepararse. Los creyentes o religiosos le entregarán el alma a Dios, y esa idea los reconforta. Por eso han surgido tantas religiones. Algunas realmente consuelan, y no son pocas, en las que sus representantes se aprovechan económicamente. Pero lo más común, es que las personas se aferren a la idea de la reencarnación. Con ella, no pierden la identificación que ya tienen con la forma de vida que conocen."

- Fausto, así hablaba la amiga de su prima Catalina-, seguía explicando Cynthia- y me interesó escuchar todo su razonamiento relacionado con la vida. Se lo pedí y ella agregó:

"*Sé que por evolución somos lo que somos, y tengo un análisis sencillo. Fui consciente que vivía después de llevar varios años jugando como una niña. Eso fue una mínima muestra que no soy dueña de mi persona. Por lo tanto, mejor será no preocuparme. Mi cuerpo se acabará dentro del sarcófago, pero Él, o quien haya traído mi energía vital o espiritual al plano donde estoy, tendrá planificado su futuro. En el alma sí creo, porque los espiritistas me han demostrado que existe.*"

Fausto comenzó a reír. Sentía que poseía la verdad y no demoró en decir:

-Querida amiga, trate de entender: Imagínese desconectar un equipo eléctrico de la electricidad. Deja de funcionar, e igual sucede con nuestro organismo. ¡Cuando llegue la muerte se acabó todo! Quizás sabe que esa muchacha murió. ¿Pero se enteró de cómo murió? Es posible que eso sucediera muy poco tiempo después que la empezó a tratar. Pues le diré… un día, esa joven fue a la playa, la atacó un tiburón y sus restos no se encontraron. ¿Por qué los espiritistas no le dijeron que no iba a poder usar su ataúd blanco?

-Ella les tenía fe-. Replicó Cynthia – Es posible que le ocultaran la verdad de su muerte para no asustarla.

Cynthia respiró con calma y continuó: -Créame Fausto, yo no puedo ni quiero contradecirlo en sus ideas, pero es lógico que yo también piense en el tema de la muerte. Hasta ahora, lo único cierto es, que estamos marcados para que suframos un total desconocimiento sobre la verdadera respuesta, a la gran pregunta que nos abruma: ¿Por qué estamos aquí? Yo creo que debemos admitir que la energía vital que tenemos perdurará después de la muerte. ¿Qué pasa si efectivamente no se destruye? De ser así estimado amigo, en su caso que espera terminar cuando se muera, no debió completarse el mecanismo que hizo posible su creación, porque tendrá que considerarse una víctima en este Universo tan lleno de misterios. ¿Acaso tendríamos que aceptar que llegar a la vida es una trampa?

Para Fausto era una tontería todo lo que había escuchado. Su respuesta fue otra risa, todavía más burlona que la primera, y prefirió no contestar. Se interesó por la siguiente lámina que debía realizar y le prometió a Cynthia que no demoraría en hacerla.

La joven quedó satisfecha. No le importó el poco caso que le hizo Fausto a sus palabras. Las había dicho. Sus pensamientos tenían el derecho de dejar de ser algo guardado. Pero como lo importante en ese momento, era su próxima clase con los niños, llena de entusiasmo le explicó a Fausto lo que necesitaba. A pesar de todo, al despedirse, ellos eran más amigos que antes.

A Fausto, no le importó quedar como un engreído, desestimando los planteamientos de Cynthia, y esa noche, tampoco quiso analizarlos. Sí pensó mucho en ella. Deseaba ponerla contenta. Admiraba la soltura con que se dirigía a los pequeños, y antes de acostarse, el pintor boceto su nuevo pedido. También se apresuró a dejar listas otras acuarelas. Les había prometido a los niños que los complacería en pintarles alguna cosa que quisieran tener.

Ese acercamiento con los pequeños y lo que conversó Cynthia, le había cambiado a Fausto su estado de ánimo. Mientras pintaba, sus pensamientos viajaron en el tiempo hacia atrás, cuando no tenía el peso de tantos años, y era un joven estudiante universitario. Recordó de esa época a una compañera que había nacido en la India.

Fausto y aquella muchacha, formaban una pareja que coincidía siempre en gran número de actividades. Ellos se ayudaban en múltiples tareas. Pero cuando él se hizo la idea, que ella estaría pensando que la iba a enamorar, puso un freno definitivo. En sus planes no existía el matrimonio, y se empeñó en darle a conocer la verdadera opinión que tenía sobre a la vida. Buscó el momento exacto para pronunciar la frase que resumía su gran desencanto: "La vida es una broma de mal gusto." No le bastó, y agregó a ese concepto otra frase que describía su posición en la sociedad: "Es un error traer criaturas al mundo, y yo no las traeré."

Fausto no contaba con que la joven hindú, desde su niñez, había recibido un entrenamiento especial para su desarrollo mental. Ella lo conocía más de lo que él se imaginaba, y no se sorprendió que mirara a la vida tan extrañamente. Le fue fácil intuir su preocupación y para que ésta desapareciera, decidió alejarse de los lugares donde compartían juntos. Entonces Fausto, se iba sintiendo mejor al dejar de verla.

En el último encuentro que tuvieron se aconsejaron mutuamente; para futuros proyectos. La joven lo alabó por su interés en superarse, y después del fuerte apretón de sus manos, como había sido la costumbre, la enigmática universitaria dijo: "Disfrutarás en las alturas como quieres... Aquí hay unos niños..." Al escuchar esas últimas palabras Fausto, bruscamente, dio por terminado aquel encuentro. Él entendía que, gracias a sus logros como buen estudiante, la joven quisiera ponerlo por las nubes, pero mencionar a niños, era querer entrar en una conversación sobre las parejas y los hijos. Ese asunto le resultaba completamente adverso. Así finalizó entre ellos la despedida de aquel día, y nunca más se volvieron a ver.

Fausto siguió el curso de su vida, y sólo vagamente, había recordado a la muchacha hindú hasta esa noche, en que distraído mezclando colores, atrajo a los hilos misteriosos del recuerdo, para que se entretejieran con la actualidad que vivía.

A la mañana siguiente, Fausto terminó la nueva lámina para Cynthia, y quiso llegar a su casa antes que los niños. Colocó las pinturas de los pequeños en el lugar ideal para que las contemplaran. Su intención era estar allí, porque deseaba observar sus expresiones en el instante en que las vieran. ¿Qué pasaba con este hombre, tan apático y nada amante de una convivencia normal?

Durante la espera, en que Cynthia necesitó ocuparse de otras cosas, regresaron a la mente de Fausto situaciones pasadas. Revivió la emoción fantástica que le producía volar en una avioneta. Ya no era tan joven cuando, por largo tiempo realizó el trabajo de fotógrafo aéreo, y había constituido lo único interesante de su vida. Estando en el espacio, donde las aves demuestran que son libres, él disfrutaba extraordinariamente; pero tuvo la fatalidad de enfermar y se lo prohibieron. Desde ahí, hizo suya la frase: "Estoy mal." Inexplicablemente, o tal vez, por el afán de ver a los niños, esas memorias no traían consecuencias. Respiró profundo y con el aire, se llenó de enorme consuelo por la satisfacción de haber podido ser un aviador. Que Fausto tuviera que esperar, fue la ocasión única para captar del pasado, y traer a ese presente que vivía, algunas de las últimas palabras de la joven hindú antes de dejar de verla: "Disfrutarás en las alturas…" Rápido, él razonó en silencio: – ¡Vaya tontería recordar lo que dijo! No era una predicción. ¡Pasaron tantos años antes de convertirme en aviador! – Y concluyó: - Es una simple coincidencia.

Con la llegada de los pequeños terminaron los recuerdos de Fausto.

-¡Qué lindo es mi gallo verde! – Gritó el niño grande al ver realizado su pedido. Enseguida, entró una de las niñas. Se paró frente a la pintura que le pertenecía y comenzó a dar saltos. Había pedido un perro con alas, y al animalito, Fausto lo pintó volando entre las nubes. Para imitarlo, la pequeña saltaba entusiasmada.

Fausto disfrutó sus demostraciones de júbilo, pero su interés, era ver llegar a la nena más pequeña que, por pena, había guardado silencio y no dijo lo que quería tener.

Ella llegó un poquito retrasada y tímida en extremo. Miró a todos de reojo. Tenía encogidos los hombros, y retorcía las manitos con sus ropas.

-Ven, yo quise hacer algo para ti -. Le dijo Fausto acercándola a las pinturas y continuó: - Seguro que te gustan las muñecas… Mira, ésta es tuya.

A la pequeñita se le iluminaron los ojos. Fausto pintó una muñeca vestida con flores, y la inocente criatura, con sus dedos, quiso agarrar uno de los pétalos de la falda. No entendió, por qué no podía hacerlo; pero llena de alegría comenzó a reírse feliz, mientras acariciaba la cara y el pelo de la linda muñeca.

La emoción de Fausto no tenía precio. Las flores parecían tan reales, que habían confundido a la niña. Por primera vez, él valoraba su trabajo.

Entonces, Cynthia pidió un poco de orden para dar la clase. La seriedad no podía faltar en su desarrollo. Habló sobre la lluvia y sus beneficios. La contribución de Fausto había sido otra ilustración perfecta, y los niños, teniendo en cuenta sus edades, aprendieron mucho de la importancia de ese líquido esencial para la vida.

Cuando Cynthia terminó la clase, Fausto no se pudo contener y abrazó a la futura pedagoga felicitándola. A él, todo le parecía maravilloso en ese día. Le dio las gracias por haberlo elegido para que hiciera las acuarelas, y casi le suplicó que no dejara de hacerlo. La joven también estaba muy contenta. Su amigo, el fantástico acuarelista, el que siempre quería estar atado a la frase: "Estoy mal.", ya daba señales de cambio.

Después, Fausto se embulló con los niños para cantar y jugar. Dio tantos brincos que terminó cansado. Él se había puesto viejo sin que la muerte llegara rápida como la deseaba, pero fue el primero en aplaudir. Sus aplausos significaban mucho. Aplaudía por la inocencia de los pequeños, por la perfección de sus acuarelas, y también, sin darse cuenta, le dedicaba los aplausos a los momentos felices que se pueden tener cuando se vive.

"Pintaré para los niños." Se dijo Fausto al entrar en su casa. Y los hilos misteriosos del recuerdo, entretejieron a su propósito, las últimas palabras de la joven hindú: "Aquí hay unos niños…" Sí, estaban ahí. El mundo siempre estaría lleno de niños. Ellos lo obligarían a decir: "No estoy mal…"

PROBLEMAS DE UN PIANISTA

Sergio se mudó al edificio donde vivía Rosaura. Como ella era su vecina más próxima, en el primer encuentro, además de los saludos, ofrecieron ayudarse mutuamente.

Rosaura, alegre y atractiva se quedó prendada de Sergio; su trato era muy agradable y, por las escasas palabras que habían cruzado, él demostró que tenía gran preparación académica. Pero la presencia de su vecino era de abandono, y daba mucho que desear. Esto último podía cambiar, pero ese detalle resultaba importante en la vida solitaria de Rosaura. Lo señalaba como un hombre sin compromiso serio. Rosaura razonó: "Si tuviera una mujer cerca, el arreglo personal no le hubiera faltado". A Sergio, en cambio, la joven le fue completamente indiferente.

El hombre acomodó sus cosas, cuidando que sus libros sobre temas policíacos estuvieran al lado de su cama. Esa lectura le importaba y cualquiera podía decir que habían influenciado en su carácter, siempre hermético y actuando a la defensiva. En realidad había algo más. Sergio arrastraba una situación inconclusa. Extrañaba un amor. Desconocía su paradero. En las noches, él se enfrascaba en los relatos donde los policías ponen en práctica recursos especiales en sus investigaciones y pensaba que al leerlos, sería posible que llegara a saber cuál había sido el paso que no dio para resolver su problema.

Rosaura vigilaba las entradas y salidas de Sergio. Su intención era la de coincidir y conversar. Él no era comunicativo porque, las pocas veces que se habían encontrado, apenas cruzaron dos o tres palabras. Una tarde, con el pretexto de arreglar un mueble, la joven tocó a su puerta y le pidió un martillo. Tuvo la ilusión que él se ofreciera para esa tarea y no sucedió. Cuando Rosaura fue a devolverle la herramienta logró colarse en el apartamento de su vecino. Se puso contenta al ver que tenía un piano. Enseguida surgió la pregunta de rigor:

-¿Sergio, tú eres pianista?

El hombre la miró contrariado. Como no tenía la menor intención de hablar de su vida privada, respondió secamente: -Sí, estudié piano.

Rosaura se alegró, sobre manera. A ella le encantaba la música. Ese instrumento musical formaba parte esencial de la personalidad de Sergio y, mientras acariciaba la tapa del piano insistió: -¿Nunca lo tocas?

Sergio se aguantó las ganas de decirle a Rosaura que era una entrometida, pero el hecho de no querer hablar de sus actividades, no le permitía ofenderla. Pretendiendo dar la explicación perfecta para que se terminara esa situación con el piano contestó:

-Cuando era un niño, mis padres me conquistaron para que estudiara música. Fui un buen alumno y pronto completé el aprendizaje. Tocaba el piano siempre que podía, y… ya no quiero hacerlo-. Sergio guardó silencio. Ella no tenía que saber de su infelicidad, y terminó la visita en forma rampante diciendo: -Espero que hayas resuelto el defecto del mueble.

El tiempo, imparable, no fue capaz de desalentar a Rosaura. No pasaron muchos días, cuando el destino hizo su aparición animándola. Sergio se había enfermado. Tosía sin parar y no atinaba a abrir su puerta. La joven salió apresurada al pasillo para auxiliarlo. Lo entró en su apartamento, le dio a beber agua y después lo convenció para que cenara con ella. Él saboreó una exquisita sopa de pollo que le recordó la comida que le hacía su mamá. Se sintió mucho mejor, y agradecido dijo: -Es excelente tu manera de cocinar-. Rosaura pensó: "El amor entra por la cocina. No puedo perder esta oportunidad". Y propuso: -Cuando yo tenga alimentos sustanciosos para la cena, te invitaré. Será un placer tenerte en mi mesa. No te puedes negar.

A Sergio se le hacía menos llevadera la soledad a la hora de comer y no rehusó a que ella le hiciera esas invitaciones hasta el punto, que llegaron a ponerse de acuerdo en reunirse para comer todas las tardes. Él, igual que casi todos los hombres, prefería delegar en la mujer la engorrosa tarea diaria de inventar el menú que se pone en la mesa y había aceptado, poniendo tres condiciones. Una, que compartirían gastos. Otra, que en los fines de semana no se reunirían y, la última, que no sería un problema si cualquiera de ellos, por supuesto con previo aviso, se ausentaba alguna vez. Sergio también se comprometió en compartir los viajes al mercado más, era indiscutible, que él tenía la mayor ventaja. El trabajo de cocinar y lavar los trastes lo realizaría Rosaura.

Lo que él no sabía, era que su vecina, astutamente, lo había llevado a donde quería. Valiéndose de la sonrisa que suaviza, conquista y que hasta domina, cuando él acabó de plantear sus reglas, ella lo comprometió a que tocara el piano en alguna sobremesa. Sergio volvió a ceder con la esperanza de no tener que hacerlo.

Los vecinos comenzaron a cenar juntos. Los asuntos personales no eran temas que se trataran, pero Rosaura dejó de sentirse tan sola. Ella esperó con paciencia, y al fin, llegó el momento en que a Sergio no le quedó otro remedio que tocar el piano. Terminaron de cenar y fueron a donde él vivía. Mientras buscaba una partitura fácil de interpretar, Sergio sintió con mayor fuerza, los deseos que no se le quitaban de estar junto a Eugenia. Se recriminó por estar flaqueando; estaba a punto de tocar el piano cuando su intención era la de separarse de la música hasta saber el paradero de ella.

Rosaura, ajena a lo que le ocurría a su vecino, agradecía estar dentro de su mundo y pensó: "Es una pena que con esa habilidad, no disfrute de tanta música maravillosa que existe tocándola él mismo. ¿Estará aburrido del piano? Yo lo ayudaré. A medida que me complazca, como lo hará ahora, puede ser que cambie".

-No sigas buscando. Toca algo que te sepas de memoria-. Dijo Rosaura, impaciente para que acabara de empezar. –Te aseguro que me va a gustar.

Sergio se sobrepuso a su malestar; obedeció y, sin leer la partitura, tocó un trozo de música muy bonita que había formado parte de sus estudios. La interpretación fue impecable y Rosaura se maravilló. Su vecino era un músico auténtico. Sin remedio, su corazón se enamoraba más y más.

Al acostarse, la joven no podía dormir. Mantenía los ojos abiertos deseando que ese día no hubiera terminado. Compartió su alegría con la quietud de la noche y se dedicó a soñar despierta con situaciones todavía más excitantes. Sergio, por su parte, descansando en su cama, trajo a su memoria todo lo que había vivido con Eugenia. Él seguía convencido que entre ellos no existieron los secretos, sino un amor verdadero. Creía que Eugenia estaba secuestrada y se empecinaba en achacarle a la mala suerte su desdicha. Lo cierto era que, sin esperarlo y sin saber por qué, ella desapareció y no la hallaba. Habían sido en vano sus pesquisas. Lo único que le quedaba era el recuerdo de su amor apasionado y las palabras de su última despedida, que no lo consolaban ni las entendía: "Encontré en ti a un hombre bueno". Desesperado, Sergio siempre se preguntaba: "¿Por qué tengo que quererla tanto?"

Rosaura no era tonta. El comportamiento de su vecino era rutinario y lo calificaba como un hombre sin aspiraciones. Era cierto que la soledad de la joven había terminado desde que Sergio llegó al edificio, y como se sentía agradecida pensó: "Mis sueños de amor pueden deshacerse, pero usaré la música como un arma. ¡Lucharé, y mi querido vecino cambiará su actitud!"

Gracias a la insistencia de Rosaura, Sergio se identificó, nuevamente, con su piano. Todavía era joven y volvió a valorar su capacidad como pianista.

Ciertos fines de semana, en lugar de salir, tocaba el piano interpretando a grandes compositores. La excelente música atravesaba las paredes que los separaban y Rosaura agudizaba el oído para que no se le escapara ni una sola nota. Ella pensaba que, aunque no lo dijera, Sergio tenía que estarle agradecido y que, seguramente, le profesaba un cariño especial.

Un domingo, se escuchó una música preciosa que Rosaura no conocía. Se sorprendió y, rápidamente, agregó a sus sueños, que se hacían tan comunes cuando estaba despierta, que la había creado para ella. Cuando se presentó la oportunidad, lo felicitó y le suplicó que esa pieza en particular la repitiera más a menudo. A tal pedido, Sergio tampoco se negó y la repetía con frecuencia.

La motivación ideal para vivir, es que alguien nos necesite. Esto lo había puesto en práctica Rosaura, convencida que Sergio la necesitaba. Él estaba achantado y debía progresar como pianista. La joven se trazó un plan y buscó toda la información posible relacionada con la música.

Debíamos dar por cierto que la fuerza formidable de nuestros deseos, es capaz de convertirse en hilos invisibles que avanzan, quién sabe en cuántas direcciones conectándonos, apropiadamente, para resolver lo que anhelamos. Lo que deseaba la joven tenía suficiente potencia. Gracias a ese misterio, o a su afán, se tropezó con el anuncio de una convocatoria para pianistas. Había caducado la oportunidad de concursar, pero era interesante que Sergio asistiera al mismo. La presentación de los pianistas se realizaba un domingo. Rosaura lo embulló y decidieron ir juntos.

Ese día, ellos viajaron muy temprano para llegar a tiempo al distante pueblo. El concurso se realizaba en una plaza. Se habían colocado muchas sillas en círculo y frente a ellas, improvisaron un estrado donde sobresalía un flamante piano de cola. Cuando llegaron sólo alcanzaron asientos en una de las últimas filas. Rosaura ya sabía que varios pianistas tenían que concursar con piezas inéditas, deleitando a sus familiares y a todos los que acudieran a presenciar la función. Al ganador se le otorgaría una medalla, un diploma y una recomendación valiosa para su carrera de concertista. Los aplausos no determinarían cuál era la mejor obra. La decisión estaba en manos de un jurado compuesto por destacados maestros de la música.

Comenzó la competencia. El tráfico, escaso en las estrechas calles que rodeaban el lugar parecía disminuir, aún más, uniéndose al silencio expectante que guardaban todos durante las presentaciones. Al concluir cada una, las mejores eran congratuladas con expresivos aplausos de la concurrencia y Sergio no se inmutaba, permanecía quieto. Su mente estaba ocupada con los recuerdos de Eugenia.

La función llegaba al final. Así como la música selecta hace vibrar el espíritu, también en el aire latía la indecisión de cuál sería la pieza elegida, porque todos los que habían sido examinados, menos uno que faltaba, cautivaron al auditorio con magníficas composiciones.

El último pianista colocó la partitura en el piano. Se guardó silencio, y éste quedó roto por un prolongado arpegio. A Rosaura le llamó la atención que su vecino se erguía atento. El concursante quitó las manos del piano. Dio la impresión de no querer continuar, pero los murmullos de los espectadores lo obligaron a comenzar de nuevo. Cuando repitió el arpegio, Sergio se levantó como un resorte. Abandonó la silla y gritó: -¡Eugenia! ¡Te voy a encontrar Eugenia-! Y continuó a voz en cuello: -¡Esa pieza es mía, te la robaron Eugenia! ¡Lo demostraré-! Sergio corrió por entre el público, inmovilizado por la sorpresa, hasta llegar al estrado.

El que competía, desde que escuchó la primera exclamación, con el temor reflejado en la cara, se había levantado y se quedó inmóvil en un borde de la tarima. Los componentes del jurado estaban perplejos. Vieron a Sergio llegar junto al piano, ocupar la banqueta y, de un manotazo tirar la partitura. Sentado con la postura de un concertista había repetido, de manera vibrante, el mismo prolongado arpegio y continuó el desarrollo de la exquisita pieza musical, que un domingo sorprendiera a su vecina.

Uno de los jueces, en su camino para poner fin a semejante atrevimiento, se tropezó con el manuscrito, lo recogió del suelo y comprobó que el intruso ejecutaba la misma música. Entonces, miró acusador al pianista que pretendió hacer trampa. Sin la opinión de los otros jueces, con la mano en alto, exigió el silencio de los que murmuraban desconcertados, porque no tenía dudas, que el que interpretaba tan magistralmente la formidable pieza, era el autor y demostraba que le habían robado su autoría. Acto seguido, retuvo al concursante que tan burdamente cometió el plagio, para que lo juzgaran de acuerdo al caso.

Para Rosaura era un momento difícil. Estuvo de pie durante la interpretación, y amargamente pensó: "Esa estupenda composición que creía para mi, mi vecino se la dedicó a Eugenia. Ella es el amor de Sergio"

Al terminar la interpretación, Sergio enfrentó al ladrón y, sujetándolo por los hombros le gritó: -¡Yo compuse esta pieza! ¿Dónde está Eugenia? ¡Si tú tenías la partitura la tienes a ella! ¡Dímelo!

El profesor trató de calmar a Sergio que zarandeaba al ladrón y le decía con voz amenazadora: -Me vas a llevar, ahora mismo, al sitio donde robaste mi composición. ¡A Eugenia la tienes secuestrada!

El policía asignado para cuidar el concurso intervino con su autoridad. Evitó que Sergio se violentara cometiendo un error, e interrogó al impostor.

Éste temblaba de miedo. Admitió ser culpable del pretendido plagio, pero dirigiéndose a su acusador dijo: -Yo no conozco a Eugenia. El manuscrito se lo quité a otra mujer. ¡Se lo juro!

Secuestro era una palabra mayúscula. El representante de la ley tenía la obligación de investigar, hasta que quedara aclarado, si el pianista que dijo ser culpable de un robo había cometido el delito imperdonable de tener secuestrada a Eugenia.

Sergio miró al policía suplicando: -Por favor, déjenme llevarlo conmigo.

Mientras tanto, Rosaura, sin decir palabra, había guardado la partitura que, por petición de Sergio, le entregó el maestro de música. La joven había leído el hermoso título de la pieza: "Eres mi amor." Rosaura lamentó, nuevamente, no ser la mujer a quien estaba dedicada. Ella no tuvo ánimo para preguntarle a su vecino los pormenores de lo que sucedía, pero estaba dispuesta a seguir a su lado hasta que resolviera lo que, sin dudas, era lo más importante en su vida.

Como el promotor del concurso no podía negar que el intruso lo impresionó con su creación musical y la forma tan profesional de ejecutarla, antes que se fueran, tuvo la precaución de tomar sus datos para tenerlo en cuenta en futuros eventos.

Los jueces se quedaron finalizando el acto que terminó sin el lucimiento y la alegría que se esperaba. Rosaura, Sergio, el policía y el impostor, se dirigieron a donde éste último dijo que se podía aclarar su inocencia, sobre todo, en la acusación de secuestro que le hacía Sergio.

****

El ambiente donde estaba ubicada la vivienda en cuestión, podía pasar entre las más comunes de una gran ciudad. Desde dentro, antes de abrir la puerta, una mujer quiso cerciorarse que a ella era a quien buscaban. El pianista del plagio la llamó por su nombre: -Eva...Eva... -Y en el umbral apareció una joven trasnochada y escasa de ropa. Sergio, al mirarla, recibió un gran choque emocional. Ella se puso nerviosa, y con un movimiento que parecía natural, cogió un mechón de su pelo tapándose un poco la cara. Tenía la esperanza que él no la identificara, pero era tarde.

Desafortunadamente, para los dos, Sergio la había reconocido. Era la Eugenia que él buscaba, tan cambiada que daba pena. Él no sabía que pensar ni qué decir, pero su corazón, lleno de angustia, le preguntó mientras la contemplaba: *"¿Por qué te llaman diferente? ¿Cómo puedes ser la Eugenia que yo perdí? ¿Acaso, a medida que pasó el tiempo sin encontrarte, te idealicé demasiado?"* Al instante, Sergio reaccionó: -¿Qué haces aquí Eugenia? ¿Cómo dejaste que te robaran tu música?

El impostor no la dejó responder. Intervino muy alterado para defenderse: -¡Ella tenía ese manuscrito abandonado en una gaveta! Es verdad, que se lo quité cuando estaba borracha, pero estoy seguro que no le importaba. Ella no se llama Eugenia. ¡Diles que tu nombre es Eva! ¡Ese que yo he visto en tus papeles oficiales! ¡Aclara de paso, que yo no te tengo secuestrada! No esperes más. ¡Díselo al policía!

La falsa Eugenia, prefirió emplear las menos palabras posibles, dirigiéndose a Sergio:

-Te engañé, mi verdadero nombre es Eva. No podías encontrarme porque te mentí al contarte mi historia. No es para mí tu música. Sólo tengo la fortuna, sin merecerla, de poseer en mis recuerdos el haber conocido a un hombre bueno.

Sergio, paso a paso, retrocedió distanciándose de la mujer que tanto había amado. ¿Para qué preguntar el por qué de su engaño llevándose la partitura? ¿Qué otra mentira tendría que escuchar? Era preferible huir de aquella escena grotesca.

Sergio retiró su acusación, y el policía creyó innecesaria su permanencia en el lugar.

Rosaura había logrado asirse de la mano del pianista. Ella quería que él estuviera seguro que, en su derrumbe, contaba con su apoyo. La buena vecina pensó: "Eugenia no se merecía que Sergio le dedicara su bella composición. Con el título: *Eres mi amor,* Sergio tiene que dedicársela a lo que sale de su sensibilidad, de su genio musical, de él mismo, porque sin dudas, por ahora, la música es su amor. La vida tiene sus misterios, y nos unió para que yo lo ayudara, a que él descifrara su problema."

El provechoso viaje terminó. Sergio y Rosaura regresaron al edificio y siguieron compartiendo como buenos vecinos. El futuro de los dos seguía en manos del destino.

LO BUENO Y LO MALO DE UNA SONRISA

La señora caminaba de prisa. Había recogido una cosa de un tanque de basura, que por la imprudencia de alguien, estaba volcado en la calle. El sol iluminaba su espalda en el despuntar de aquella mañana. A instantes, con el movimiento de sus brazos, se veía relucir el pequeño objeto que sostenía en una mano.

-¡Ahí va! ¡Se lo lleva! Veo su brillo. ¿Cómo fui capaz de semejante error?- Rezongaba Antonio, acelerando el paso para alcanzar a la señora. La vio doblar la esquina de la calle, y cuando él hizo lo mismo, había desaparecido. No lo comprendió. Él iba suficientemente rápido y ella era inconfundible por el arreglo alto que tenía hecho en el pelo. Ese detalle poco importaba. Los transeúntes escaseaban en esa cuadra, donde sólo existían comercios y a esa hora, todavía estaban cerrados.

Antonio continuó caminando por varias calles con la ilusión de encontrar a la señora. Ella tenía lo más importante para él en ese momento. Ya no la volvió a ver. Decepcionado, desanduvo el camino pensando: "No la alcancé...No la encontré... En poco tiempo me veo sentado en un tribunal acusado de homicidio."

En su rápido andar, la señora había acortado camino atravesando un estrechísimo corredor que separaba dos tiendas, y estaba feliz por haber llegado a su apartamento. Ya retirada del trabajo, disfrutaba de su tiempo libre. Se sentía joven y como le horrorizaba quedarse en la casa con los brazos cruzados, era emprendedora. Vendía adornos originales hechos con cristales, piedras, tablitas y otras cosas, pero en ese momento, quería llevar a cabo, cuanto antes, un proyecto especial que se le había ocurrido.

Esa mañana, el llamativo portarretrato que recogió en la basura, completaba la cantidad de marcos que necesitaba para trabajar en pequeñas cajas, que ya tenía pintadas en azul turquesa. Todos los portarretratos eran de metal dorado o plateado, y del tamaño necesario para que la señora los ajustara con pegamento sobre las tapas de las cajas. Su idea era colocar en los preciosos portarretratos, letreros adornados con flores que rezaran: "Momentos para no olvidar". A ella no le quedaban dudas que el resultado final sería el de unos hermosos estuches. Al venderlos, los compradores recibirían un grupo de tarjetas para guardarlas dentro, y éstas llevarían un mínimo y sugestivo encabezado: "Ha sucedido." Como el tiempo se hace cada vez más escaso, a diferencia de las páginas de los "Diarios personales", donde se escribe con lujos de detalles lo que se va viviendo, en las tarjetas sólo se escribirían los asuntos importantes de manera extractada. También pensó en la propaganda: "Este es un bellísimo obsequio para regalar a las mujeres jóvenes."

La señora razonó: "En los marcos se colocan fotografías que recuerdan instantes memorables, pero los pequeños portarretratos de mis cajas, anuncian que en ellas, se atesoran sucesos de gran interés. Cuando a su dueña se le antoje sacar una tarjeta al azar, y lea la fecha, el nombre, o los nombres de personajes implicados en un hecho que la relacionaron, sentirá la emoción de aquel momento pasado. Si le falla la memoria, hará ese gran ejercicio que es esforzar la mente. Tenemos ese gran privilegio que tantas veces satisface: Recordamos para volver a vivir."

-¡Manos a la obra!—Exclamó la señora y decidida, reunió sobre su mesa de trabajo lo que necesitaba para seguir en su proyecto: Destornillador chico, tijeras, pegamento, pinturas, y otras cosas, además de las cajas y los pequeños portarretratos. Le faltaba quitar la fotografía del marco recogido en la basura y al hacerlo, se llevó una sorpresa cuando la miró. En ella aparecía una pareja y había sido doblada para que, solamente, se viera a la joven. En el reverso, dentro de un corazón, tenía una dedicatoria que decía: "Antonio, mátame si dejo de quererte." Y firmaba: "Leonor".

Esa dedicatoria tan rara hizo que la señora observara la fotografía. Siempre le gustaba estudiar a cuanto personaje conocía, para saber un poco de su personalidad; pero esa vez sería diferente. Como simple entretenimiento, sin conocerlos, escudriñaría sus rasgos. Primero se fijó en el hombre que, en lugar de haber mirado a la cámara, contemplaba a la muchacha.

-¡La mira con ojos de enamorado idiota! - Exclamó la señora en voz alta como si quisiera convencer a cuanto la rodeaba que él, solo tenía ojos para su compañera.

"Y... ella... es una joven... que tiene la sonrisa más bella que he visto en mi vida..." Razonó la señora, y soltó su pelo como tenía costumbre al estar sola, con pensamientos muy interesantes.

"Aunque yo sea una mujer, reconozco que con su sonrisa dice demasiado, y... esta joven Leonor puede, fácilmente, provocar o enamorar a todos los hombres..." Siguió pensando la señora. De pronto, se le ocurrió algo y concluyó nuevamente, en voz alta: -¡Creo que aprovecharé lo bueno que tiene su sonrisa!

****

Con el ánimo completamente derrumbado, Antonio regresó a su casa.

Él había recogido y tirado en la basura todas las cosas que lo unían a su novia. La carrera detrás de la señora era para recuperar el pequeño portarretrato que, por una imperdonable negligencia, botó sin haber destruido la fotografía de Leonor. La dedicatoria era una prueba en su contra.

"Eso me delatará en cuanto los diarios publiquen la fotografía de Leonor. La señora que recogió el marco la reconocerá. Si es curiosa y desmonta la fotografía, leerá la dedicatoria y pensará que es su deber presentarse a las autoridades. Leonor me pedía que la matara. ¿Por qué tuve que volverme loco? Sí... Ella tuvo la culpa...

Tendrán que creerme cuando les diga que los celos me enloquecieron... Me volví loco por quererla tanto... Sí, yo fui incondicional a sus deseos... Todos sabían que los planes que existían entre nosotros, eran los que ella quería y decidía. ¡Por eso, y por tantas cosas más, merecí la burla de todos! ¡Estaba celoso! ¡Sí! Estaba celoso que su adorable sonrisa, la que me cautivó, la derrochara a diestra y siniestra provocando a cuanto hombre se tropezaba..."

Antonio tenía mucho que pensar. Tratar de justificar lo que le hizo a Leonor, era el único consuelo que le quedaba en medio de su tormento.

¡Cuántas veces se encuentra ese detalle o razón, que hace menos censurable a un delito cometido! Hasta la persona más noble y ecuánime puede cambiar, en un momento, y volverse impetuosa, agresiva, y hasta llegar a matar, si la provocación es suficiente para que pierda el control. Ese era el caso de Antonio.

Todo comenzó cuando este hombre quiso celebrar el compromiso que tenía con Leonor, desde el día anterior al aniversario del noviazgo. No logró comunicarse con ella, y sus planes cayeron como columnas de naipes al llegar la noche sin noticias de su paradero. No podía dormir y muy inquieto, mucho antes del amanecer, se apareció en la casa de su novia. Al ver el automóvil estacionado, pensó que algo terrible le había ocurrido dentro de la vivienda, y que no era capaz de pedir auxilio, pero entonces..., por ese mandato raro que todos experimentamos alguna vez, y que nos hace cambiar de rumbo, decidió acercarse al automóvil de Leonor y lo tocó. Todavía conservaba calor. Antonio concluyó que ella llevaba poco tiempo en la casa, y no parecía que hubiera tenido algún percance. Era ella quien no había querido comunicarse con él.

Tocó a su puerta y no tuvo respuesta. Ellos habían intercambiado las llaves de sus respectivas viviendas, y buscó en su billetera la de la casa de Leonor. Al entrar, le llamó la atención una chaqueta de hombre puesta en el respaldar de una silla. Era de piel y muy elegante. Un escalofrío lo recorrió y dejó de razonar con cordura. No le importó que el dueño de aquella prenda de ropa, que despedía un fuerte olor a colonia, tan diferente a la que él usaba estuviera allí. Sólo pensó en enfrentarse a Leonor para pedirle cuentas.

Se dirigió al cuarto. La vio acostada boca arriba con los ojos cerrados. Él le gritó:

-¡Leonor!

Ella abrió los ojos sonriendo y los cerró de nuevo. Antonio no encontraba las palabras, suficientemente hirientes para insultarla. Ciego de celos la zarandeó como a un trapo y al fin, en un tono de voz bajo, pero cargado de desprecio, le murmuró:

-Sonríe como le haces a todos. Esto se acabó. He comprobado que me engañas y… ¡No puedo perdonarte!

Ella no hacía ni el más mínimo esfuerzo para deshacerse de sus manos. Por unos instantes, él apretó su cuello. Leonor quedó inerte, desvanecida. Antonio, al darse cuenta, la soltó. Sintió el horror de haberla matado. Despavorido, huyó de la casa sin preocuparse por confrontar al dueño de la chaqueta.

La permanencia de Antonio al lado de su novia había sido muy breve.

Mientras tanto, la señora trabajaba en el proyecto de los estuches. Había empezado con el marco encontrado en la basura. Quiso usar la fotografía; y en la parte que correspondía a la joven tenía espacio para colocar el letrero: "Momentos para no olvidar." Puso la primera palabra sobre la cabeza, y las otras tres debajo de la cara.

La mirada de Leonor, no tenía interés comparándola con su maravillosa sonrisa, pero era parte de su rostro. Sin tocarla, pintó algunas flores, indispensables para la belleza del trabajo. Finalmente, restituyó la fotografía al marco y lo pegó a la caja. Satisfecha, la señora contempló su obra recogiéndose el pelo y exclamó: -¡Cumplí el objetivo de darle uso a lo bueno que tiene esta sonrisa! ¿Será la primera caja que me compren…?

Ya terminaba el día del aniversario. Antonio no había probado bocado. Permanecía sentado e inmóvil como un poseído. De lo único que se sintió capaz fue de pensar, empeñado en justificar lo que había hecho:

"¡Fui un estúpido! ¡Excesivamente consecuente con el comportamiento frívolo de Leonor! Además… ¿Por qué le di cabida a los celos…? Yo, que no podía ni matar una mosca, por celos he matado a quien tanto quería… *"Mátame si dejo de quererte"* No tenía sentido mi carrera detrás de la señora para recuperar la fotografía con esa maldita dedicatoria de Leonor. No es ella, sino su amante, quien habrá denunciado mi crimen. Desde su escondite, escuchó mi voz y hasta pudo verme. Él y todos los que la trataban a ella, saben bien quién soy. La policía no demorará en venir a buscarme."

Cuando tocaron a su puerta, Antonio no se atrevía a abrirla, pero un dicho famoso lo levantó: "Al mal paso darle prisa." Tambaleándose logró abrir. Su estado anímico era pésimo y como no se encontró con un policía, creyó estar viendo una visión de ultratumba. En el marco de la puerta, parada frente a él, estaba Leonor.

El silencio jugó el papel más importante de esta escena. Se miraron por unos segundos. Leonor tenía un aspecto tan deplorable como el de Antonio. Él no lo comprendía y, mucho menos, el que Leonor estuviera viva. Observó su cuello. No tenía la marca de sus dedos y se preguntó: "¿Fue mi amor por ella, lo que no dejó que la apretara con fuerza...?". Había sido algo milagroso y lo agradeció infinitamente. Trató de serenarse. Tenía que ser fuerte y comportarse como un hombre normal, si la presencia de ella allí, era para terminar la relación.

Leonor comenzó a reír débilmente y lo abrazó, o más bien se colgó de Antonio sin que él, incrédulo al máximo, pudiera esquivarla. De parte de Antonio, no existía el ánimo para que el abrazo fuera fuerte y prolongado como sucedía siempre que se encontraban.

Leonor daba señales de caerse y él la sostuvo. Creyó oportuno entrarla y la acomodó en una butaca al tiempo que ella lograba hablar:

-Necesito un café bien amargo.

Antonio había recibido una nueva orden de Leonor, y la costumbre de obedecerla lo puso en movimiento. Atacado por la incertidumbre, se fue a la cocina. Mientras el café colaba buscó galletas y preparó bocaditos. Era evidente que los dos necesitaban reanimarse, no sólo ingiriendo café, sino alimentándose con algo mejor. Durante la pequeña cena improvisada, los dos estuvieron callados.

Leonor, que se había ido reanimando, se levantó sonriendo y le dijo a Antonio:

-Ahora vengo-. Y salió de la casa dirigiéndose a su automóvil.

Antonio estaba confuso. Tenía demasiadas preguntas a las que no encontraba respuestas.

La joven regresó cargando un paquete y con cara de angustia lo puso delante de Antonio diciendo:

-Perdona mi falta de consideración hacia ti, hacia nuestro amor. Créeme que tuve presente nuestro aniversario. Lo malo fue mi antojo, queriendo regalarte lo que sólo podía encontrar fuera de nuestra ciudad. Me cansé demasiado con un viaje tan largo, y para colmo, haber sufrido el alboroto y los empujones de la gente tratando, todos a la vez, de adquirir lo mismo, me dejaron exhausta. Tomé unas pastillas que me recomendaron para quitarme el cansancio y el efecto que me hicieron fue terrible, casi de muerte. Me tumbaron por muchísimas horas. Yo puedo asegurar que casi me llevaron a la inconsciencia. Me atormentaron pesadillas extrañas donde tú estabas colérico. Por suerte, ese sueño espantoso no fue una realidad y vengo a verte antes que nuestro aniversario se termine. Mi amor, ¿verdad que podrás perdonarme?

Era indescriptible lo que experimentó Antonio mientras escuchó a Leonor. Gran parte de las preguntas que se hacía ya tenían respuesta.

Antonio empezó a abrir el paquete y Leonor se apresuró a explicarle:

-¡Ten cuidado! Hay dentro un regalo pequeño sin su caja. Lo dejé así por falta de tiempo. Estoy segura que te va a gustar.

El regalo de Leonor, era la chaqueta de piel que él vio en el respaldar de la silla y con el mismo olor. Antonio no dudó que el regalo pequeño, era esa colonia y más calmado dijo:

-Claro que te perdono. Muchas gracias por tus regalos. El mío para ti no lo tengo. Consistía en llevarte a pasear a varios lugares que te iban a gustar. Será en otra ocasión.

Alegremente, Leonor terminó de componer la situación:

-¡Ya verás que pronto encuentro la ocasión para celebrar nuestro aniversario!

Todo continuaba igual en esta pareja. Ella, ayudada por el destino era la que disponía y era cierto que quería a su novio. La vibración más fuerte y sincera de su alma, le pertenecía.

Antonio había sufrido inútilmente. No dejaba de razonar: "Tengo que admitir que Leonor me quiere, pero me hace daño por culpa de su carácter incontrolable e independiente; resumido en esa frase que repite como un postulado: *"Se vive porque se vive, y hay que sonreírle al mundo entero mientras lo merezca."* Yo no podré evitar que mi novia siempre esté rodeada de amigos y que comparta con ellos."

Los dos se habían abrazado. Así quedaron un largo rato. Los pensamientos de Antonio eran los más interesantes:

"Cambiaré, por completo, la historia que viví durante su desaparición. Si Leonor pregunta por el retrato que recogió la señora de la basura, le diré que lo tiré porque estoy seguro de su amor y no me gustó la dedicatoria que le escribió, y porque yo nunca iba a ser capaz de matarla."

Antonio seguía siendo el verdadero dueño de la seductora sonrisa de Leonor. Como también, que era difícil, que él se librara de los celos que sentía por culpa de esa misma sonrisa.

Terminemos con la señora. El esmero conque trabajó el único estuche que llevaba fotografía la volvió egoísta. Ella lo guardó entre sus cosas. Aunque con el tiempo, quedara terminado y alejado su proyecto especial, poseía una caja pequeña color azul turquesa, recordándole que la sonrisa más bella que había visto, alguien la tiró en la basura.

EL RETRATO

En una calle donde abundaban las galerías de cuadros, había una galería pequeña que no trataba de competir con las demás, y se identificaba por un antiguo rótulo ininteligible borrado por el tiempo, porque a Felipe, su último dueño, no le importaba el nombre de su tienda. Él tenía motivos para ser un hombre extraño.

A sus sesenta años, Felipe pudo sobrevivir el terrible golpe emocional de perder a toda su familia en un accidente aéreo. Dejó su trabajo de arquitecto porque fue recompensado económicamente, y empleó parte del dinero en esa tienda, que no importaba lo que le produjera. Allí tendría su refugio lejos de lo que había sido su ambiente. Su dolor lo convirtió en un ser raro y olvidó a sus amigos y demás familiares.

Felipe consideraba que lo bueno para él se había terminado. Estaba lleno de rencor hacia el razonamiento humano, con sus límites aplastantes. Hubiera preferido no tener el don de recordar y en su caso, parecía que nunca llegaría ese punto interesante de la vida, que es la conformidad ante lo inevitable.

Inmerso en el aislamiento que él se había creado, pero sin poder renunciar a esa fuerza interna y tan compleja que nos hace vivir, comenzó a pintar.

Siempre supo de su talento artístico y, aunque casi no los había practicado, se dedicó al estudio de distintos estilos y técnicas.

En su soledad, no quería la cooperación de otros pintores, y todo lo que se exponía y vendía en la galería, eran sus obras.

La trastienda era su mundo escondido donde, poco a poco, inventando o tomando ideas de láminas y fotos de revistas viejas, lograba interesantes trabajos. Al venderlos, evitaba dar detalles de sus procedencias, porque careciendo de autoestima, prefería el anonimato. Las firmas y las fechas eran inventadas. El engañado público, también recibía de Felipe un trato impersonal y hasta desagradable. Los conocedores lo tenían por loco e interiormente se reían de él, pero no obstante, compraban las pinturas que, a sus precios económicos, se les sumaban sellos de calidad y belleza.

En un lugar de preferencia en la pequeña galería, solamente había un cuadro que tenía su firma, la cual estaba tapada con un letrero que decía: "Vendido". Se trataba de un retrato que Felipe llamaba "La muchacha y su pañuelo".

Cada día, Felipe recreaba la vista sobre el cuadro y también, cada día, se enfrentaba a los remordimientos de su conciencia porque Sofía, la muchacha del retrato, había desaparecido sin que él se lo entregara. Muchas veces, queriendo volver el tiempo atrás, repasaba todo lo que había sucedido.

Recordaba aquella tarde en que Sofía, con su cara triste, se atrevió a pedirle que la pintara, después de haber ido por la tienda varias veces vendiendo pasteles horneados por ella.

Su voz fue firme y decidida, y le aseguró que pagaría lo que costara el retrato. Explicó que sólo quería el torso y que el pañuelo que llevaba sobre los hombros, quedara como el tema principal del cuadro.

La forma de hablar de la muchacha, además de la frescura de su juventud, tuvieron el efecto del hechizo. Felipe no le preguntó cómo supo que él era el artista, le atrajo el reto de lograr un retrato cuando nunca lo había hecho y, sin más averiguaciones, acordaron las sesiones en que ella posaría para que él la pintara.

El espíritu de Felipe, aletargado, casi muerto, había empezado a reaccionar con la presencia de Sofía. Él identificaba su pena con aquel rostro lleno de tristeza y esperaba la llegada de la muchacha como en otro tiempo, hubiera esperado a un buen amigo.

No hablaban; Sofía era hermética, sus labios apretados eran un silencio sin sonrisa, pero sus ojos, tenían el brillo de la esperanza de vivir que a él le faltaba.

El pañuelo era grande y tenía hermosos claveles rojos jaspeados en rosado, que estaban pintados a mano y se entrelazaban en una forma bien original, sobre un fondo blanco perlado.

Felipe había hecho las pinturas anteriores mediante un tecnicismo estudiado, pero gracias al pedido de Sofía, descubrió que era capaz de pintar un buen retrato. Había puesto todo su empeño como artista y, además, tuvo la ayuda de esa inspiración misteriosa que a casi todos nos acompaña.

Al final, quedó tan satisfecho de su obra que, celoso por la vida que había plasmado en el lienzo, sintió que le pertenecía, y fue su deseo quedarse con la pintura. Era un deseo egoísta, sin sentido, que no tenía por qué cumplirse.

Al saber Sofía que el cuadro estaba terminado y que podía llevárselo, la expresión de su cara no fue de contento. Explicó, en el tono decidido de siempre, no haber recibido el dinero, con el que contaba para pagarlo. Le pidió a Felipe el favor de exponerlo con el letrero de "Vendido" y, como no sabía cuando tendría el dinero, suplicó poder amortizar la deuda pagándolo con sus pasteles.

Felipe prefirió no dar otra solución porque estaba contento sabiendo que su deseo de quedarse con el cuadro se cumplía y, rápidamente, lo colgó en el lugar más visible de la galería.

Sólo por lo que Felipe había padecido, se le podía justificar su forma infantil de creer que él era el único necesitado de alegrías. Debió pensar en el malestar de la joven al no poder tener su retrato.

Sofía, durante algunas semanas, religiosamente llevó los pasteles. Lo que hablaban no era mucho más que los saludos de rutina. A la muchacha se le acentuaba la tristeza y Felipe, admirando su obra, tenía estímulos para pintar con más ánimo.

Sucedió entonces, algo que el pintor no esperaba, Sofía no volvió. Cuando su desaparición parecía definitiva, Felipe se sintió muy mal. Su mente no descansaba analizando todo lo ocurrido. Reconoció que, aunque ninguno de los dos hiciera esfuerzos por entablar una amistad, la presencia de la joven había cambiado su vida. El poco acercamiento sirvió para aliviar su alma, levantándola del derrumbe moral en donde llevaba tanto tiempo. Razonó que, si el dinero era lo que menos le importaba, pudo ajustar el pago del retrato de otra forma, para que Sofía no tuviera que esperar tanto para llevárselo.

Gracias a la muchacha, saboreó de nuevo la satisfacción de hacer algo con gusto pero, ese algo no era de él, sino de ella. Pensando así, y reconstruidos sus buenos sentimientos, su egoísmo se transformó en un gran agradecimiento hacia Sofía, pero ya no se lo podía demostrar.

Felipe llevaba tiempo con esta pesadumbre, cuando un hombre joven entró en la galería y se quedó arrobado mirando el cuadro de "La muchacha y su pañuelo". Con gran impaciencia quiso saber todo acerca del retrato. Preguntó quién lo había pintado, a quién se lo vendieron y cómo podía encontrar a Sofía, la joven que posó para el cuadro.

Felipe se sintió muy mal al confesarle al joven ser el pintor. Le dijo que Sofía era la dueña del retrato y que no había vuelto para recogerlo. Agregó, apenado, no haber tenido la precaución de pedir sus datos personales y, por el tiempo que llevaba esperando su regreso, temía le hubiese sucedido algo serio.

Aquel joven le comentó a Felipe que el pañuelo estaba muy bien logrado, pero que a Sofía le faltaba su espléndida sonrisa. De un cuaderno que llevaba, arrancó una hoja y escribió una carta que entregó a Felipe, pidiéndole que al volver Sofía se la entregara.

A los pocos días de que el visitante tuviera tanto interés por el retrato y dejara la carta para Sofía, apareció ella, pálida, explicando que había estado enferma y disculpándose por no haber llevado los pasteles.

Mientras ella hablaba, Felipe no sabía qué hacer, si abrazarla por la alegría de volver a verla o correr a entregarle el retrato; pero se acordó de la carta del joven y prefirió entregársela primero.

Felipe no pudo imaginarse el cambio que se produjo en la joven al leer la carta. Convirtió su tristeza en la expresión más franca de alegría, y su espléndida sonrisa, tal y como dijera el visitante, iluminó todo a su alrededor. El brillo de la esperanza de vivir en sus ojos, tenía destellos de júbilo y triunfo.

Sofía dio saltos y vueltas por la galería en una incontenible manifestación de felicidad. Atónito, Felipe se sintió tan joven como ella, viéndola reír, y faltó poco para que también saltara de alegría. Al fin se paró frente a él y comenzó a decir:

-¡Lo logré, funcionó mi idea! Perdóneme pero yo lo engañé y lo utilicé. Pude averiguar que usted era el artista y con su gran talento, al pintar mi retrato con el bello pañuelo, contribuyó a mi plan premeditado...

Felipe no entendía lo que ella le decía, pero no le importaba oír en lo que consistió su engaño. Si lo hizo cómplice para que ella dejara de estar triste, también él se había alegrado. Verla reír, era la recompensa que aliviaba su conciencia.

Sofía seguía con su voz firme pero alegre:

-Perdóneme, pero yo no iba a recibir dinero alguno. Pagar el retrato lentamente con los pasteles, junto a su comportamiento de comerciante, reteniendo el cuadro, me dieron todo el tiempo que yo necesitaba.

-Mi interés no es el cuadro. Yo no soy como usted me pintó, al contrario, soy alegre como me ve ahora...

Felipe seguía sin entender, pero al oír que a Sofía no le interesaba el cuadro, consideró que sería suyo y, rápidamente, imaginó que ella posaba de nuevo para poder cambiar los labios apretados que él había pintado, por su linda sonrisa.

Y continuó Sofía suplicante:

-Por favor, tiene que perdonarme, porque todo lo hice por la gran ilusión que empezó un día dentro de mí...

Felipe le repitió varias veces a Sofía que la perdonaba, sintiéndose orondo de haber sido el cómplice que ella necesitaba.

La joven, después que estuvo segura del perdón de Felipe, terminó diciendo:

-No se imagina lo agradecida que le estoy por la ayuda que me ha dado sin saberlo. Yo soy la prueba de que el amor a primera vista existe, y en esta carta, está el resultado fantástico que obtuve con mi plan.

Sofía le entregó la carta a Felipe y, mientras ella usaba el teléfono de la galería para llamar al joven, él leyó la carta.

"Sofía, hace muchas semanas que nos conocimos y compartimos todo aquel único día, que es algo inolvidable para mí. El gentío de la tienda nos arrastró cuando perseguían al ladrón. No me imaginé que algo así nos separara.

Tú confiabas en que yo corría detrás de ti, pero me tumbaron sobre algo que había en el suelo y perdí el conocimiento. Cuando me recuperé, estaba en otro sitio y no tenía tus datos para buscarte, ni había persona alguna que pudiera unirnos nuevamente.

Aquel paseo por tantos lugares, fue una distracción maravillosa. Nos identificamos como uno solo en muchos de nuestros gustos, y supiste de mi manía, casi obsesiva, de visitar todas las galerías de cuadros. ¿Es por eso que encuentro tu retrato aquí, luciendo el pañuelo que te regalé? Tú no querías aceptar un regalo mío tan pronto, pero te convencí, y al llegar a este lugar, el pañuelo es lo primero que he visto, tan bello, tan perfectamente reproducido que mi corazón no deja de latir lleno de emoción.

Al cuadro le falta tu espléndida sonrisa, pero tus ojos dicen lo mismo que me dijeron aquel día.

El pintor considera que algo grave te ha pasado, pero yo confío en que lo nuestro tendrá un final feliz, porque no tengo dudas que tú has querido que te encuentre, así que volverás, leerás esta carta y sabrás cómo encontrarme...".

El pintor quedó sorprendido con la lectura de la carta. Sintió una inmensa alegría por haber ayudado al enlace de los jóvenes quienes, con cariño y agradecimiento, se convirtieron en una nueva familia para él.

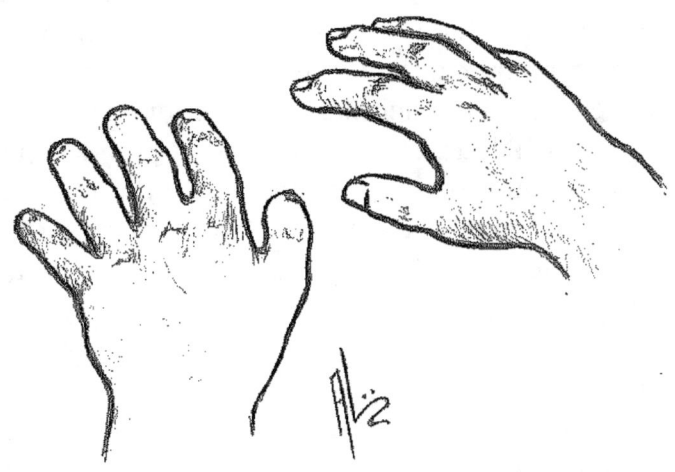

MANOS QUE EMPUJAN

René y Alfonso se conocieron siendo unos niños. Alfonso era mayor, y cualquiera se daba cuenta que René sentía admiración por su amigo de la infancia. Compartían muchas actividades y juntos, eran los promotores a la hora de planificar las salidas con los demás muchachos.

Hacía dos años que Alfonso estaba graduado de secundaria, cuando a René, igual que a los otros tres compañeros que formaban el grupo de amigos, les llegó ese feliz momento. La graduación fue un viernes, y el miércoles de la misma semana, había sido el cumpleaños de Alfonso. Los nuevos graduados, pendientes de la trascendencia que tenía para ellos la culminación de sus estudios, descuidaron felicitar al amigo.

Desafortunadamente, Alfonso se dejaba llevar por susceptibilidades que le hacían daño. Era engreído y no quiso justificar como un olvido, el que no lo felicitaran en ese día. Tampoco les llamó la atención; para él, habría sido rebajarse si admitía que no tenían interés con la fecha de su nacimiento. Se enojó tanto que, a pesar que les había prometido a todos, que se irían de pesquería después de la graduación, decidió irse solo.

Por un problema de salud, a René le hacía bien estar cerca del mar y estaba muy entusiasmado para ir a pescar. Gracias a Alfonso, haría lo que tanto le gustaba y lo llenaba de vida. Al igual que otras veces, pero ignorando que su amigo estaba arrepentido y no cumpliría su promesa, se adelantó, y casi al amanecer de ese día, dejó en la embarcación lo que Alfonso le había encargado para la travesía. También acomodó en el camarote a su inseparable mascota dentro de su jaula, porque siempre los acompañaba en las aventuras del deporte favorito de estos jóvenes.

Poco antes de la hora en que debían reunirse para salir, Alfonso se comunicó por el teléfono con cada uno del grupo, para decirles que no podía llevarlos a pescar y que hicieran otra cosa ese domingo. Fue muy grande la decepción que sintieron todos. René, en particular, no lograba entender. Le faltó ánimo para reclamar y ni se acordó, durante la llamada, que a su mascota ya la había dejado en la lancha.

Alfonso se encaminaba al sitio donde guardaba su embarcación cuando sintió unas manos que se ponían sobre sus hombros y lo empujaban hasta tumbarlo. El joven se levantó del suelo con movimientos rápidos. Quería ver quién lo había hecho. Mientras se volteaba pensó: *"Ese fue René que me castiga por no dejarlo seguir celebrando la graduación yendo a pescar."* Pero para su sorpresa, al mirar en todas partes, seguro de encontrar al amigo, él era el único que estaba allí, lleno de cólera y con las palmas de sus manos magulladas por aguantar el golpe. Lo raro era, que en todo aquel lugar abierto, si alguien lo empujó no tenía donde esconderse, y la reacción de Alfonso fue tan rápida al ponerse de pie, que de haber habido un agresor tampoco pudo contar con el tiempo físico para huir o alejarse.

"¿Fue una ilusión sentir que me empujaban? ¡No lo fue, yo lo sentí! Y yo no me caí por haber tropezado." Siguió razonando Alfonso, consciente de no haberlo hecho. Efectivamente, a su alrededor, el suelo no presentaba irregularidad alguna que le provocara el traspiés. A Alfonso lo sobrecogió el miedo, al recordar lo que había durado unos segundos, y sin recursos para analizar, revivió la sensación de sentir unas manos que, desde arriba, lo empujaban.

Alfonso se repuso de la caída y trató de olvidar lo ocurrido. Acabó por creer que todo había sido producto del mal humor que sentía. Necesitaba pescar para distraerse. Salvó la distancia que lo separaba del bello barrio residencial en donde vivía su tío y, sin detenerse a saludarlo, fue directo al atracadero del pequeño muelle construido allí. Él tenía el consentimiento para resguardar su lancha siempre que quisiera.

Alfonso no se sentía mal por haber dejado a sus amigos. Subió a la lancha y vio que los avíos de pesca estaban listos en la embarcación: El vivero para guardar la carnada viva, el cebo artificial o los señuelos plásticos con ojos pintados y plumas de colores para atraer a los peces, anzuelos, varas de pescar con líneas de varios calibres y hasta los jamos que son tan útiles para finalizar la pesca, sobre todo con los peces grandes. En el camarote vio que René ya había puesto lo que le encargó: Bocaditos de jamón, pasteles y otras cosas para comer, además de refrescos y agua potable.

Para su sorpresa, Alfonso también encontró en el dormitorio de la lancha a la jaula con Aristóteles, que era como se llamaba la mascota de René. La cotorra gruñía como sabía hacerlo al igual que un perro cuando lo disgustan. Por primera vez, Alfonso estaba solo con su compañía, y pensó que sería un excelente momento para ganarse la confianza de esa ave tan inteligente.

-¡Vamos, da el grito de salida! El viaje será corto. En poco tiempo estarás con tu dueño-. Dijo Alfonso dirigiéndose a Aristóteles, después de encender el motor.

La cotorra repitió el nombre de René, varias veces, antes de chillar: -¡Tierra, tierra!

Alfonso comprendió que el pájaro iba a ser un estorbo. Al decir tierra, anunciaba o quería el regreso, pues para la salida, Aristóteles gritaba *"¡Al agua! ¡El mar nos espera!"* Esa era la señal que daba, batiendo las alas, para que no se demorara la partida.

Alfonso no quiso prestarle atención a los gritos de la mascota de René. Su meta en ese día era pescar solo, y enfiló la embarcación mar adentro. Antes de ponerle carnada al anzuelo se acercó a la jaula y le dio a la cotorra, que no dejaba de chillar, un pedazo del queso que le gustaba. La situación empeoró, el ave erizó las plumas de su cabeza, botó el queso y al gritar: -¡Tierra!- se le achicó la pupila en señal de extremo enfado. Entonces, Alfonso buscó una lona y tapó la jaula, pero Aristóteles no se tranquilizó. Daba gritos estridentes y el mar pareció unirse a su malestar. Olas que no eran comunes a esa hora de la mañana comenzaron a golpear fuertemente la lancha.

Los animales saben mucho del comportamiento humano, pero también podemos aventurarnos a creer que la naturaleza es capaz de castigar. La soberbia de Alfonso recibía una reprimenda por no haber llevado a sus amigos, a que tuvieran los beneficios y el disfrute enorme que siempre conseguían en las aguas del mar.

Joaquín se aturdió con los chillidos de Aristóteles. La idea de pescar con mucho oleaje no le gustó y renunció a navegar solo.

Al descubrir a la cotorra en la lancha, Alfonso debió esperar a que René la recogiera; pero a pesar de su error, tuvo suerte de no tener que dar explicaciones de su salida, porque había atracado en el muelle, cuando apareció René buscando a su mascota.

-Tenemos que repartirnos los gastos que hiciste para ir a pescar-. Se adelantó a decir Alfonso mientras veía las muestras de alegría que Aristóteles le dedicaba a su dueño.

-No nos preocupemos, guárdalo todo en casa de tu tío para la próxima ocasión-. Se limitó a decir René, alegrándose que la cotorra había tenido alguna compañía durante el tiempo que demoró en reunirse con ella.

Pero sucedió un imprevisto. El médico amigo de la familia que atendía el caso raro de anemia padecido por René, aconsejó su ingreso para estudios y tratamientos especiales. El grupo decidió no salir a pescar durante ese tiempo.

A René le permitieron tener a su mascota en aquel plantel. La recomendación del médico se escuchó. Había asegurado que la cercanía de Aristóteles, anímicamente, representaba parte de su futura mejoría, y se tomaron precauciones para que la presencia de la cotorra no lo perjudicara a él, ni a los otros enfermos.

A pesar que el lugar donde estaba recluido el joven quedaba alejado del centro de la ciudad, todos los amigos lo visitaban menos Alfonso. René trataba de justificar su ausencia porque no había variado la admiración que le tenía. Lo seguía queriendo como si fuera su hermano mayor.

"¿Por qué al pasar el tiempo nos hemos alejado?" Se preguntaba René cuando salía al pasillo de su habitación, y miraba una franja de mar que se veía a través de una ventana. Contemplándola, añoraba su presencia, como a sus otros amigos, la lancha y la pesca. La miraba al mediodía, cuando el azul de sus aguas era más hermoso y los altos edificios que se destacaban al fondo parecían, a la distancia, estar todos pintados de blanco. *"¡Sería maravilloso poder llegar hasta allá!"* Se repetía René cada vez que se acercaba a la ventana.

Una noche, Alfonso soñó con René. Lo vio triste. Su amigo trataba de entregarle a Aristóteles y la cotorra se negaba aferrándose a su hombro. Batía las alas gritando: *"¡Al agua! ¡Al agua!"* El joven se despertó impresionado, su conciencia le reprochó el que no hubiera ido a ver a su amigo y se hizo el propósito de visitarlo cuanto antes.

Alfonso, sigilosamente, entró en la habitación donde estaba René. Lo que vio era un cuadro tierno y difícil de creer. Él descansaba con los ojos cerrados en un sillón, y Aristóteles estaba echado con las patas hacia arriba sobre sus piernas. Tenía su cabeza medio escondida debajo del brazo del joven y se dejaba acariciar la barriga en señal de franco abandono. René movía suavemente los dedos sobre las plumas de su mascota, y canturreaba en voz baja como si quisiera dormirla.

Alfonso demoró unos minutos en saludar y no le quedó dudas de la estrecha relación que existía entre esos dos seres. Después carraspeó suavemente.

René abrió los ojos y, de momento, se quedó sin habla por la alegría. Con cuidado, llevó a Aristóteles a su jaula, y muy emocionado abrazó a su amigo. Los dos se saludaron como acostumbraban hacerlo cuando eran niños y se querían tanto. Eran frases cómicas que sólo ellos entendían y rieron a carcajadas. La cotorra se portó disciplinada, tal y como la entrenaron para poder estar allí con su dueño. Sin interrumpir, solamente miraba a los jóvenes que, atropelladamente, se preguntaban y contestaban sobre situaciones interesantes en las que René, no había podido compartir.

La visita de Alfonso fue extremadamente corta y René quiso despedirlo en la puerta principal. Caminaban por el pasillo fuera del cuarto, cuando el joven enfermo señaló la franja de mar que se veía por la ventana exclamando: -¡Voy a pedir permiso para que me lleves hasta allá! Me dieron la noticia que en una semana, termina mi tratamiento aquí, y no debe importar que salga hoy mismo por un rato. ¿Me llevas?

Alfonso se negó a complacerlo. Inventó una disculpa y con otro abrazo se despidieron. René se quedó conforme. Tener la visita del amigo había significado algo fantástico para él.

Alfonso estaba intrigado cuando llegó a la calle. Miró a todas partes y no localizaba el mar que se veía desde la ventana. Anduvo unos bloques y se dio cuenta que se trataba de una pared enorme pintada de azul. La equivocación de René le dio risa en lugar de compadecerse. Debió haber pensado que, como su amigo estaba separado de una vida normal, era fácil que se despertara su imaginación, y que ilusionado confundiera aquella pared azul con el verdadero mar.

"René debe estar contento porque ya lo visité." Pensó Alfonso satisfecho, yendo en busca de su automóvil. Entonces, unas manos se pusieron sobre sus hombros y, sin que pudiera evitarlo, lo empujaron hasta tumbarlo. Se levantó, rápido, y comprobó que estaba solo en el lugar. En ese instante, le vino a la mente la caída que sufrió cuando se disponía a salir a pescar sin sus

amigos. Era, exactamente, una repetición de la anterior y se alarmó. Se frotó las manos. No se atrevía a moverse. Tenía que descubrir el por qué de esos empujones inexplicables. Trató de memorizar, detalle a detalle, lo sucedido en el primer empujón. Recordó que su reacción había sido culpar a René, pero... pensó en algo que lo sobrecogió con una sensación extraña. En aquella ocasión él se había negado a llevar a René a pescar, y ese día acababa de inventar una excusa para no acompañarlo, nuevamente, al mar.

"El afecto que me tiene René es sincero, entonces... ¿Hay alguien que me castiga en su nombre? ¡Quiero saberlo ahora mismo!" Después de esa reflexión, Alfonso regresó al plantel sin saber para qué.

Otra vez, René se llenó de alegría viendo a su amigo. Le pareció perfecto que al rectificar que la cita de la que había hablado no era en ese día, prefiriera regresar para seguir conversando. Aristóteles lo recibió gruñendo como sabía hacerlo y René tuvo que regañarlo.

-Creo que ya nos pusimos al día, en cuanto a lo ocurrido en nuestro barrio y con el grupo-. Comenzó a decir Alfonso todavía aturdido e incrédulo, de poder resolver la incógnita de los empujones. No sabía qué tema de conversación debía tratar. Vio a la cotorra subiendo en el hombro de René, y dijo por decir algo: -Cuéntame de Aristóteles. En los años que llevas con tu mascota, nunca supe quién te la regaló.

-Tienes razón, nuestras aventuras nos tenían en constante acción y dejábamos de conversar asuntos particulares— Contestó René, acostumbrado a justificar la falta de interés del amigo por sus cosas, y poder hablar de Aristóteles le fascinó. Su mascota era su compañero cercano, el que atendía y aprendía de su conversación.

-Pues te diré, yo contaba unos meses de nacido cuando me llevaron en mi primer viaje largo, hasta la hacienda de Demetrio para que me conociera. El fue el entrañable amigo de mi padre. Ellos dos habían crecido juntos y, aunque de adultos escogieron rumbos diferentes, la amistad entre ellos resultó indestructible. Lo interesante de ese día, era que él, también tenía algo nuevo que enseñarle a mi padre. Una criatura pequeña que apenas había emplumado. Un pichón de cotorra macho al que, muy orondo, presentó con el nombre de Aristóteles, por ser el ave más inteligente. Es la clase de cotorra llamada "África grey". Viven un promedio de cincuenta años y aprenden durante toda su vida, mientras que las otras, sólo lo hacen en la época de crecimiento. Su plumaje es oscuro con plumas rojas en la cabeza y la cola.

René se sonrió recordando las veces que usó esas plumas en la carnada artificial, y continuó:

-Para Demetrio-, continuó René –conocerme fue un acontecimiento importante, y cuando se despidió, me contó mi padre que él le dijo: *"Así como entre nosotros no existe el olvido, mis pensamientos ya tienen, hasta siempre, una energía de protección especial para tu hijo, porque lo considero mío también."*

-A mi padre le era más fácil viajar para ir a ver a su amigo y trataba de llevarme siempre. Aristóteles aprendió a decir mi nombre. Lo repetía al verme, al igual que frases de cariño que Demetrio, en los momentos de esparcimiento lograba que aprendiera.

En nuestra última visita nos pusimos muy tristes. Él estaba enfermo y había sufrido un accidente que le desfiguró el rostro. Se disculpó por no haber contado de su situación, y explicó: *"-No busqué atención médica para mejorar mi aspecto, porque no quise dejar de trabajar. Y además, mi organismo completo empeora sin remedio. Sólo a ustedes les dejo ver mi rostro deformado."* Después de decir esto, se fue. Regresó con Aristóteles y me lo entregó. Desde entonces soy su dueño.

René tenía al ave sobre su brazo. Pensó con cariño en Demetrio, y siguió hablando:

-Ahora recuerdo que el deseo del amigo de mi padre, de no querer que vieran su rostro tan deforme, efectivamente era una orden. A los pocos minutos de nuestra amistosa entrevista, dos empleados se acercaron por un costado del lugar, y se pararon de espaldas en el umbral de la puerta. En esa posición, sin dar el frente, caminaron unos pasos hacia atrás para acercarse. Uno de ellos dio serias quejas del otro. La falta parecía grave y perjudicaba a todos los trabajadores. Yo comprendí que Demetrio, sin que dejara de ser bueno, era justiciero. No se conformó con una simple amonestación. Exasperado, sin poder contenerse, mientras le decía al acusado que ahí terminaba su contrato como empleado en la finca, le puso las manos en los hombros y lo empujó con tal fuerza, que el desprevenido individuo cayó al suelo. Cuando se levantó, tanto él como su acusador se alejaron sin que hubieran mirado su cara.

René vio palidecer a su amigo. A Alfonso, se le hizo un vacío en la boca del estómago. La explicación que buscaba de los sucesos sobrenaturales o los empujones, estaba allí con Aristóteles. Por telequinesia, la presencia del ave cumplía el gran propósito de Demetrio, que era mantener sobre René una energía de protección para siempre.

-Perdona Alfonso, no sé por qué te conté tanto sobre la amistad que tuvo mi padre con Demetrio. Debo haberte cansado.

-No René, estoy bien. ¿Qué te parece si averiguas, cuándo puedes ir conmigo a pasear en la lancha?

René saltó de emoción, y enseguida, perdió un poco el entusiasmo para decir: -Hoy, casi se acabó el día. Si me dejan ir mañana mismo-, ¿podrás llevarme?

Alfonso no se detuvo a pensar y contestó: -¡Seguro que vamos mañana mismo! Y… ¿Tú crees que le puedas enseñar a tu mascota, desde ahora, que me quiera? Necesito tener la confianza de Aristóteles.

René no podía creer que en unas horas estaría en el mar. Su felicidad era inmensa cuando dijo: -Yo me encargaré de que mi mascota te quiera mucho. Eres mi mejor amigo. Fíjate, sólo a ti te voy a contar el plan que tengo y que quiero poner en práctica cuando regrese a mí casa. Mientras Aristóteles vivió en el hogar de Demetrio estuvo libre para volar. No quiso la libertad a pesar de ser un pájaro. Yo, por desconfianza, puse en práctica lo que comúnmente se hace: Para que las aves pierdan el equilibrio y no puedan volar, se le abre una de las alas y las plumas del centro se recortan. ¡Nunca más le haré eso a mi mascota! Sé que fielmente me acompaña y la dejaré libre como lo estaba con Demetrio. ¿Verdad que puedo confiar en que Aristóteles se quedará a mi lado?

-Estoy mucho más que seguro, que siempre estará contigo.

Alfonso, por haber alimentado actitudes superfluas, menospreció a quien lo admiró y quería desinteresadamente. Por eso recibió el regaño de unas manos justicieras. Sin perder tiempo, se dispuso a conciliar sus ambiciones con sus verdaderos sentimientos. Le demostraría a René, el más pequeño pero el más franco, su leal amistad.

LA VERDAD QUE QUEDÓ MÁS ALLÁ

Es indispensable para una buena apariencia, tener los cabellos y las manos bien arregladas. Infinidad de mujeres y hombres acuden a los salones de belleza en busca de personas especializadas que realizan esa labor.

Para algunas damas como Clara, lucir bien representaba una necesidad porque el trabajo de la joven con el público lo exigía. Alegre y jaranera iba todos los viernes a la peluquería, donde Manolo se había convertido en el estilista preferido de ese salón y, generalmente, él era quien la atendía.

Clara y Manolo se hicieron amigos. Por la diferencia de edad entre ellos, casi no comentaban sus asuntos personales. Se identificaban como compatriotas porque los dos estaban lejos del mismo lugar que los vio nacer. En el país de ambos, se implantó un gobierno dictatorial, tan duradero, que parecía estar protegido por la política internacional, y los padres de la joven lograron que ella, desde muy pequeña, saliera de él, acompañando a su hermana mayor con la esperanza de una reunión familiar que, por diversos motivos, nunca sucedió.

Clara estaba ávida de conocer más de su verdadera tierra, y le interesaba ver los dibujos y grabados con temas de su patria que Manolo coleccionaba.

Una vez, cuando el estilista comenzó a peinar a la joven, una inspiración caprichosa se adueñó de sus manos. Sin usar el secador conservó el rizo natural del pelo, lo levantó despejando el cuello donde hubiera quedado bien una punta de encaje, y sus hábiles dedos movieron algunos mechones cortos, que se rizaron como caracol en las patillas al igual que sobre su frente.

Durante unos minutos, Manolo la contempló pensativo, el espejo reflejaba una Clara muy diferente, pero decidió deshacer el arreglo porque la joven había fruncido el ceño desaprobando cómo lucía. Ella, mientras el peluquero se ajustara al estilo de moda, no daba sugerencias pero, en ese caso, no podía admitir el raro peinado.

Esa noche José, el padre de Manolo, lo descubrió registrando el contenido de una caja vieja de tabacos. Cuando ellos salieron del país, obligados a dejar casi todas sus pertenencias, José pudo sacar esa caja donde, durante años, conservó algunas cosas. Por estar ocupado en ese momento, siguió de largo sin prestar atención a cuál sería el interés de su hijo. Manolo siguió buscando minuciosamente en la caja hasta encontrar al fin, lo que pensó que ya no existía. Antes de guardarlo en su billetera, lo contempló con expresión triunfal.

Como José veía a Manolo ponerse viejo sin una mujer a su lado, asintió complacido cuando él le pidió que compartieran los dos con una joven que seguramente los visitaría. La desaparición de la esposa de José se produjo teniendo Manolo tres años. Desde entonces, habían estado solos y ya era hora de tener más compañía.

El siguiente viernes, el estilista llegó más temprano a su trabajo y coordinó los turnos en el salón de belleza para que nada le impidiera arreglar a Clara. Tenía el propósito de invitarla a su casa para enseñarle la colección de grabados. La joven aceptó ir el domingo en la tarde. Contenta por la invitación se dejó peinar, sin protestar, de la misma forma rara que él quería, con rizos en las patillas y sobre la frente.

Clara fue recibida por Manolo mientras su padre, que había sentido el timbre de la puerta, se disculpó desde la cocina por no presentarse. Preparaba algo para obsequiar a la invitada, y no corrió a conocerla para no interrumpir tan pronto aquel encuentro. José pensó que al fin su hijo tenía una relación seria.

Clara y su anfitrión charlaron durante un buen rato en espera de José. En vista que no aparecía se dirigieron al cuarto de las láminas. Estaba a oscuras y de ella salía una suave música instrumental compuesta por el coterráneo e insigne maestro, Ernesto Lecuona. Se encendieron las luces. Estaban colocadas como en una galería profesional para mayor disfrute de las obras expuestas. Era una habitación completa destinada a la colección de grabados, como un sentido tributo de los dos hombres a la patria, y la joven recibió instrucciones del orden en que debía verla. Ella obedeció y comenzó a observar las láminas antiguas, más algunas vistas actuales con los bellos palmares, el cielo azul y las hermosas playas de su tierra natal.

La música de fondo contribuía a la emoción del momento, pero un espejo que ocupaba el lugar de un grabado, rompió el encanto que dominaba a Clara en su viaje solamente visual. Por un instante, miró su cara reflejada con el raro y caprichoso arreglo hecho en su pelo por el estilista amigo. Extrañada se volteó hacia él y este, con un gesto malicioso, le indicó que prosiguiera el recorrido.

La joven, algo divertida, movía disimuladamente los pies al compás de *La comparsa*, y después de mirarse de nuevo en el espejo fue en busca del próximo grabado. Entonces creyó que estaba siendo objeto de una broma. Encontró la fotografía de su cara impresa en sepia y ampliada a tamaño natural.

"*¿Cómo Manolo consiguió retratarme?*" Se preguntó Clara. "*Seguramente fue el día que experimentó con mi pelo. Usó una cámara trabajada a distancia, y se retocó la fotografía en un estudio logrando este increíble resultado.*" Razonaba la joven contemplándola.

José, al no escuchar la conversación de la pareja, quiso unirse a ellos. Ya no resistía los deseos de conocer a la visitante, pero al llegar, ella le daba la espalda y su mirada se fijó en el retrato que nada tenía que ver con los grabados. La impresión que se llevó al verlo, lo remontó a la etapa más feliz de su vida, convertida después en la ruina más atroz. Como un relámpago, recordó el registro que Manolo hizo en sus cosas guardadas en la caja de tabacos. "*¿Por qué se atrevió a exponer aquí esa fotografía? ¿Cómo se me escapó, sin* *romperla, la pequeña foto que esa maldita me dio cuando nos conocimos?"* Pensó el padre de Manolo crispando los puños y apretando las mandíbulas.

Clara dio la vuelta y quedó frente a José. La tarde que prometía ser maravillosa para este hombre se convertía en una pesadilla. No podía articular palabra alguna mirando atónito a la joven. Su hijo, sin saberlo, había provocado el desenlace vengativo del destino. *"¿Quién es esta muchacha?"* Fue la pregunta que no logró pronunciar José mientras seguía observándola desconcertado.

Manolo, al imitar el estilo de otra época en los cabellos de Clara, no imaginó que su habilidad como peluquero lograría semejante resultado de igualdad con la joven del retrato. Entusiasmado, en lugar de hacer la presentación formal de su amiga preguntó:

-¿Verdad qué es sorprendente el parecido? Todos tenemos dobles; pero con mi trabajo en su pelo, logré un parecido casi perfecto. Padre, la joven de la fotografía, ¿es familia nuestra?

-Sí, estuvo en la familia.- Respondió José con evidente malestar.

Para Clara, lo que acababan de hablar echaba por tierra su idea. La joven de la fotografía era otra persona. *"¿Quién puede parecerse tanto a mi?"* Pensó, al mismo tiempo que Manolo, estremecido al escuchar la respuesta de José se preguntó muy intrigado. *"¿Por qué no me contesta claramente?"*

El estilista no podía evitar culpar a su padre del terrible vacío que siempre sintió su alma, por no tener un recuerdo de su madre. Siendo un niño, descubrió esa diminuta fotografía entre las hojas de un viejo misal. La había sostenido entre las manos, llenando sus pupilas de la imagen de aquella mujer. Quizás estaba ansioso de hacerlo con la de su madre, de quien sólo sabía su nombre. Regresó la foto al libro de oraciones y, aquel hecho, volvió a su memoria después de conocer y tratar a Clara. Ya no recordaba dónde había visto el retrato; al buscarlo, lo encontró en el mismo misal que estaba dentro de la caja de tabacos.

Manolo seguía razonando: *"Tiene que haber una verdad más allá que el gran parecido existente entre las dos muchachas. Sospecho, por la expresión de mi padre tan descompuesta que, aunque tomé la foto sin decírselo, él tiene otra explicación para mí."* Y sin miedo preguntó: -¿Esa joven era Rosa, mi madre?

Siempre que el muchacho trató el tema de su orfandad con José, la respuesta era tajante: *"No hablemos de eso que me hace daño. Estamos solos. No puedes tener la imagen de cómo era ella, porque contabas solamente tres años cuando desapareció de nuestras vidas. Me tienes a mí y me tendrás siempre. Por circunstancias que me dan enorme pesar, nada conservo de Rosa."*

Pero… efectivamente, José no podía negar que aquel retrato pequeño mandado a ampliar y colocado en la galería, era de su madre. La presencia de la joven también estremeció su conciencia y decidió confesarlo todo.

-Sí, esa es la fotografía de Rosa. No debe haber muerto porque tenía diecisiete años cuando tú naciste. Como yo le doblaba la edad, nos abandonó para irse con un militar; otro hombre tan joven como ella. Después de su traición no se merecía estar en nuestros pensamientos y quise borrarla para siempre. Te llevé lejos de la provincia donde vivíamos, y preparé condiciones para que nunca nos encontrara.

José, dominado por una terrible angustia concluyó: -Perdóname si te hice daño. Esta muchacha pudiera ser tu hermana porque no sé si Rosa se casó de nuevo. Si están enamorados, pagaré con creces el egoísmo de haber decidido, solo, el futuro de nosotros dos.

-¡No sigan, yo no soy su hermana ni mi mamá se llama Rosa! -Intervino Clara gesticulando muy nerviosa.

Manolo dejó a un lado sus propias emociones para tranquilizar a su amiga, y propuso que se sentaran a conversar. Lo importante era interrogarla y no perdieron tiempo. Las respuestas fueron precisas. Su mamá nada tenía que ver con la familia de ellos y así lo aceptaron aunque se parecieran como dos gotas de agua.

Clara pensó que era prudente volver a su casa y otro día vería el resto de las láminas. Manolo quiso acompañarla. Regresaría en un taxi después de caminar solo, para analizar todo lo sucedido y contestarse algunas preguntas que ya se agolpaban en su mente: *¿Era preferible haber seguido ignorante, o saber que su madre fue una chiquilla irresponsable? ¿Desearía buscarla para conocerla? ¿Llegaría a justificar a su padre por no contarle una mentira piadosa cuando tanto la necesitó? ¿Llegaría a compadecerse de él, por la traición que le hizo Rosa?*

Durante el viaje fueron callados; no tenían ánimo para hacer comentarios. Clara sabía que Manolo pasaba por un momento difícil, y él lamentaba que la joven llegó a sentirse mal en lugar de pasar un buen rato.

Cuando entraron en la casa, enseguida se presentó María, la hermana mayor de Clara. Su aspecto triste y sencillo daba la explicación de por qué nunca había ido al salón de belleza. Era obvio que carecía de presunción. Tenía el pelo mal peinado y recogido en un moño, como si su vida estuviera pasando sin alegrías.

-Esta es mi hermana María. Por favor, me perdonan si los dejo solos.

Justo después de hacer la presentación, Clara desapareció dentro de la casa.

María y el estilista se saludaron pronunciando sus nombres pero, acto seguido, con gran excitación Manolo dijo: -No... Tú no eres María, tú eres María Teresa. ¡Mi querida Maritere!

-Y tú, ¡tú eres Manolín!- Agregó María conmovida porque, al verlo, se abrieron las puertas donde había quedado guardado con su adolescencia un sublime sentimiento: el más fuerte, el que no se olvida, el que vive una escolar como era ella, cuando le entregó la inocencia de sus primeros besos.

Manolo la retuvo con las dos manos. Ningún momento de ese día podía compararse a aquel instante. Fue toda la emoción saliendo de un volcán de recuerdos. Regresaba el pasado, volvía a estar cerca de su primer amor y así le habló: -¡Cuánto te quise y cuánto te quiero todavía!

A María se le llenaron los ojos de lágrimas diciendo: -Si supieras todo lo que he pasado desde que me sacaron de *la escuela al campo*. Por culpa de aquellos malos educadores, ¡tuvimos tanta libertad! ¡Cometimos tantos errores!- (Manolo y María se enamoraron cuando cumplían la ordenanza del método de estudios, impuesto por el régimen dictatorial. Los llevaban lejos de sus hogares y así separaban a los niños de sus padres para quitarles la patria potestad, pero ninguno de los dos había podido deshacer el lazo de esa primera ilusión). María bajó la cabeza y continuó: - Yo era como una niña... Mis padres me arrebataron el derecho más legítimo. Me convencieron que la forma de salvar mi honra era si ellos inscribían a...

Súbitamente, María guardó silencio al ver que Clara regresaba. La joven se preguntó: *"¿Por qué continúan con las manos unidas?"*

Entonces Manolo, sin poder contenerse, con la certeza de haber descubierto el secreto del parecido de

Clara con la fotografía que halló en el misal, buscó la mirada de María y le dijo: -Maritere, tendrás tiempo para contármelo todo. Ahora, solamente necesito que te llenes de valor y me contestes una pregunta: ¿Clara es nuestra hija?

Dentro de María ya se había desencadenado el deseo de vivir sin más mentiras. Miró a la joven que se había puesto pálida, después a Manolo, que representaba tanto en su vida, y contestó: -Sí, ¿Cómo lo supiste?

-Porque Clara es el vivo retrato de mi madre.- Esto último, Manolo acabó de decirlo mirando con ternura a su hija que continuaba llena de angustia y sorpresa.

Terminó aquel azaroso día. Poco a poco, la joven Clara aceptó que todos estamos en las manos de una vida complicada capaz de dar o robar la felicidad; pero que a ellos, les había devuelto lo que les pertenecía desde hacía mucho tiempo: La verdad que quedó más allá.

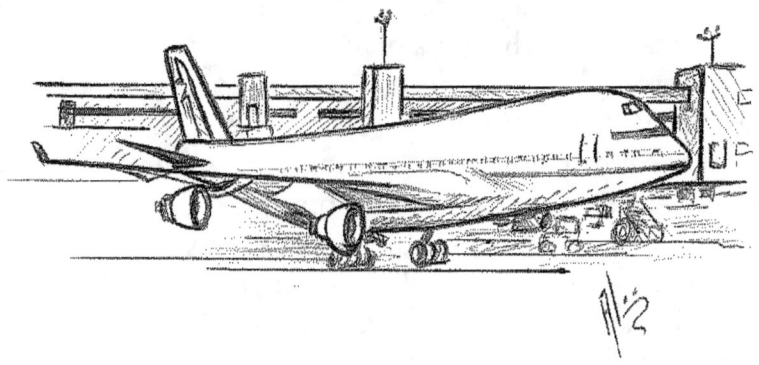

EL VUELO TUVO RETRASO

En un aeropuerto internacional coinciden, de manera fortuita, muchas personas diferentes, y es normal que entre ellos, no practiquen la elemental cortesía de un saludo; pero… a veces, resulta interesante y provechoso un acercamiento.

Vanesa llegó demasiado temprano. El avión que la llevaría a una nueva vida demoraba en salir, y ella tenía prisa por llegar al destino que le prometía la felicidad. Se sentó despreocupada lejos del lugar que le señalaron para abordarlo, y se entretuvo en contemplar el ir y venir del público. Al cabo de unos minutos, quiso ir a la cafetería; dudaba que le dieran un buen refrigerio durante el vuelo. Se levantó y no pudo coger todas sus cosas, porque la chaqueta había quedado presa con la espalda de una persona sentada en el asiento opuesto. Suavemente tiró de la prenda de ropa, tratando de liberarla y al no poder, creyó prudente ir a la otra fila de butacas para explicar lo que sucedía.

El asiento lo ocupaba una mujer mirando al vacío. No parecía tener un buen momento, ya que dos puntas del amplio pañuelo, que cubría sus hombros eran maltratadas con el movimiento constante de sus dedos. A Vanesa le pareció que debía hablar su mismo idioma, y con respeto se dirigió a ella:

-Perdone señora, necesito la chaqueta que está en el respaldar de su asiento.

La señora, justo en ese instante, palideció y tuvo varias arqueadas sin llegar a vomitar.

-Usted tiene fatiga -dijo Vanesa muy nerviosa-. Voy a buscar ayuda para que la auxilien.

-No hace falta. Lo que me sucede debe ser normal-. Entonces se tocó la barriga y agregó-: No tiene importancia. Estoy haciendo escala de avión. Quiero seguir viaje y, para mi desdicha, acaban de anunciar que mi vuelo tiene dos horas de retraso.

-¿Está usted esperando un niño?- Dijo Vanesa creyendo adivinar lo que le pasaba.

-Si, al fin quiere venir… El viene también con gran retraso.

-No lo dirá usted por su edad porque luce muy joven-. Dijo Vanesa tratando de animarla.

La señora se inclinó para que la joven pudiera tener su chaqueta y continuó el movimiento Involuntario de sus dedos.

Vanesa dio las gracias. Se quedó observando a la señora, y en lugar de encaminarse a la cafetería se sentó a su lado con deseos de conversar. La veía infeliz y quería contagiarla con su alegría. El cambio de vida, a que se enfrentaría la joven Vanesa, la llenaba de entusiasmo. Estaba convencida de haberlo planeado perfectamente. Ella no tenía temores. Su falta de experiencia la hacía arriesgada. Pensaba que sólo unas horas la separaban de la felicidad y sus hermosos sueños, los llevaba unidos a su equipaje de mano para no perderlos.

La señora, con una combinación rara de amargura y rencor en su expresión, rezongó sin el menor ánimo de compartir el malestar que la embargaba: -¡Es un hipócrita! ¡Un caprichoso estúpido! ¡No fue capaz de quererme! ¡No nos merece!

Las quejas de la señora despertaron curiosidad en Vanesa, y se atrevió a decirle: -Creo que usted está pasando por una situación difícil con su compañero. Tranquilícese.

Se sorprendió la señora que hubieran escuchado sus reproches y replicó: -No es posible que entiendas mis problemas.

-Si me cuenta algunos de ellos, le hará bien.

La apesadumbrada mujer apreció sus palabras. No había acudido a sus amistades para lamentarse de lo que le ocurría, y compartir su angustia con una desconocida, la calmaría antes de enfrentarse a sus padres. Ellos la vieron salir del hogar maravilloso donde vivía, pensando que el hombre que se la llevaba tan lejos, le daría lo mejor del mundo. La realidad era diferente. ¿Qué dirían al saber lo que pasaba?

-Sí, tienes razón-. Comenzó a decir la señora. -Quizás no entiendas, o te parezca mal lo que hago, pero al contarte mi situación, me desahogaré y lograré la serenidad que me hace falta.

-Hable con confianza. También mi vuelo demora en partir. Yo trataré de entenderla. Cálmese, piense en la criatura que viene.

-Sí. Vendrá si así está dispuesto-. Contestó la señora con la voz llena de desilusión.

-¿Qué le pasa? ¿Usted no lo deseaba?- Preguntó Vanesa extrañada.

-¿Quieres que te diga la verdad? Tenía mis dudas. Tengo amigas que sufren enormemente con sus hijos. Como dicen: "Ningún bebé trae bajo el brazo el libro con las instrucciones para educarlos". Cuando llegan con problemas heredados, físicos o mentales, no es lo mejor que pueda suceder, principalmente para nosotras las madres.

-Y su compañero, ¿quería ser padre?

-¡Claro que lo quería! ¡Era su obsesión! Me hacía sentir culpable por no haberlo traído antes.

-Señora, perdonando a su compañero por el hecho de apremiarla, él estaba en lo cierto. La pareja debe procrear, formar la familia para ver en los hijos, y después en los nietos, parte de ellos mismos que continúan la vida.

-Yo no pienso igual. Cuando hay amor en la pareja, si los hijos no vienen, ¡pues que no vengan! A veces cuando llegan se rompen los matrimonios.

-No debe pensar lo peor. Ya usted trae el hijo que él quiere.

-Es mejor que ya no quiera el hijo que estoy trayendo porque me lo estoy llevando.

-¿Y él la deja que se lo lleve?

La señora, obviando el hilo de la conversación, y su deseo de serenarse, protestó de nuevo entre dientes: -¿Por qué no podía esperar? ¿Por qué esa locura por un hijo? ¡Fue un egoísta! Los niños no son juguetes.

-Por favor, siga contándome. Si ya viene su hijo todo está arreglado. ¿Qué fue lo que pasó?- Apremió Vanesa muy curiosa.

-Todo estaría arreglado para él, si supiera que estoy embarazada, pero no lo sabe.

-¿Cómo? Perdóneme, pensaré que es usted muy injusta con su compañero si no se explica mejor.

-Injusto fue él. Soy dueña de mi cuerpo. Como me demoraba en traer el niño se desesperó. Primero fueron las pruebas que demostraron que los dos podíamos tener hijos. No quería esperar, su inquietud era tremenda. Se puso como loco. Llegó al extremo de pedirme que me sometiera a un tratamiento de fertilización.

-Señora-, interrumpió Vanesa -la ciencia médica ayuda a que las parejas cumplan su misión de traer seres nuevos al mundo. Van siendo incontables las mujeres que se benefician de esos adelantos.

-¡Estoy en contra de la mayoría de esos experimentos! Yo me negué. ¿Qué pasaba si venían varias criaturas como sucede tan a menudo? Un médico irresponsable, no tuvo inconvenientes en preparar a una mujer, para que tuviera un parto múltiple cuando ella, realmente, no contaba con la seguridad económica para mantener esos hijos. ¿Crees qué eso está bien? También hay casos de hogares con dos papás o dos mamás. Es injusto que, por complacer una vanidad o un capricho, esos niños no sepan quiénes fueron sus progenitores, es decir, que crezcan en una familia sin sus verdaderos padres y abuelos. ¿Por qué se les quita el derecho de conocer de dónde vienen? ¿Sabes de la cantidad de jóvenes y mayores, que se presentan en programas televisivos, para que les encuentren a sus padres? Eso nos dice que los privaron de algo esencial, ¡su origen! Y... ¿Sabes que se dan casos de errores imperdonables, donde han cambiado los embriones al momento de implantarlos?

Vanesa se identificaba con todo lo que fuera novedoso y las palabras de la señora, provocaron cambios en su entendimiento. Ella tenía interés por conocer todos los detalles del desenlace de la historia, pero se atrevió a agregar algo más:

-Señora, los niños se han adoptado siempre, y es una maravillosa obra de caridad. ¿Por qué no pensaron en adoptarlo?

-Mi esposo no admitía esa idea. Lo quería de él, y yo tampoco consideraba esa posibilidad. Si un niño adoptado trae la herencia de mal carácter, con un comportamiento rebelde y de impredecibles consecuencias, hay que ser en extremo bueno y paciente para sobrellevarlo. A las parejas abnegadas, con condiciones perfectas para adoptar hijos de otros, hay que darles el mérito que merecen, siempre que, respecto al origen de la criatura, se actúen inteligentemente para no hacerles daño. Ese es un tema de mucho cuidado.

-Usted ya trae el suyo, dígaselo y sean felices.

-No puedo. Mi problema no es tan sencillo. Sólo si te pones en mi lugar lograrías comprenderme. Quizás me arrepentiré por haberme callado, pero hoy estoy cumpliendo su deseo. -Hace unos días-, comenzó a explicar la señora -justo cuando el médico me diagnosticó el embarazo y llegué a la casa, él me estaba esperando. Su actitud era extraña, y tan distante, que primero preferí saber qué le pasaba antes de comunicarle mi estado. Sin preámbulos, de la forma más fría me dijo: *"Vamos a terminar. Prefiero que no trates de arreglar algo que ya decidí. Yo quiero un hijo por arriba de todo. Si sintieras la misma necesidad que siento de tenerlo, y yo fuera quien pudiera complacerte, y me negaba a los procedimientos que existen para lograrlo, tú tomabas la misma decisión que ahora yo he tomado. Perdóname, no puedo esperar más. Ve con tus padres. Te enviaré siempre lo que necesites. Allá tu vida era feliz."* Sin esperar mi respuesta, dio media vuelta, y me dejó sola.

Me sentí el ser más desgraciado. No esperé para irme. Me voy tal y como llegué de mi pueblo. No me interesa lo que se haya obtenido para la casa con mi ayuda. Mi gran aporte fue mi amor y no lo apreció. Ha demostrado que no me quería como yo a él. Yo fui la máquina reproductora que no le sirvió. Sentí pánico. Su despedida fue tan cruel, que casi era una advertencia. Si tengo mi hijo a su lado, es capaz de matarme lentamente con arsénico, o de otra forma, para quedarse único dueño de la criatura.

-¡No diga ese disparate! Puede ser que no lo haya entendido. Ha perdido la oportunidad de verlo feliz. ¿Será que ya usted no lo quiere?

-¡Si lo quiero! Pero él no comprendió mi razón. ¿De qué me vale complacerlo, dándole la mejor noticia que puede recibir? El me ha echado de su lado porque va a buscar a otra mujer. Otra máquina para sustituirme. ¡Que tenga el hijo con esa! El mío no se lo merece.

Las dos se quedaron en silencio. La señora sintió alivio. Había compartido la experiencia triste que vivía, y la joven, acababa de recibir dos lecciones: La cautela es importante, y no todo es color rosa en la convivencia de una pareja.

Vanesa se había dado cuenta que la señora se contradecía respecto a lo que dijo y lo que estaba haciendo. Tenía elementos suficientes para convencerla que debía cambiar el destino de su viaje. Hasta ese momento, la joven había hecho un gran esfuerzo para hablar correctamente, pero ella no era tan moderada ni tan educada como parecía. En su afán por poner contenta a la señora, su verdadera personalidad, frívola y vulgar la traicionó.

Su voz sonó diferente, firme y autoritaria cuando jugó el papel de juez, y gesticulando de forma exagerada, para hacerse entender en el difícil caso planteado en la conversación, le dijo: -Señora, lleva un rumbo equivocado. Tiene que regresar a su casa. Arriésguese a que su marido la envene. Si no lo hace, el niño que patalea en su barriga, le formará tremendo escándalo cuando le pida cuentas por separarlo de su padre. Yo estoy fuera del agua en este asunto y lo veo más claro. Usted defiende a los niños y hace lo contrario de lo que dice. Se está enredando entre las patas de los caballos. No discuta y deme la razón. Olvídese del cambio de avión. Tremendo alboroto se formará en su casa, cuando confiese que le va a parir un hijo. No espere más, comuníquele al representante de su aerolínea que ya no viaja en el avión retrasado, y que le arreglen, a la velocidad del rayo, otro pasaje para volver a su casa. Ponga a trabajar su materia gris. Aproveche el sexto sentido extra que tenemos nosotras las mujeres, y reconquiste el amor de su marido aunque tenga que chantajearlo con el niño que le trae.

Vanesa se levantó, le pareció que ya había dicho bastante. Buscó un pequeño paquete en su maletín de mano y se lo entregó a la señora diciendo: -Guárdelo, le puede servir de amuleto. Buena suerte-. Y se alejó.

La señora trató de asimilar la forma extraña en que la joven la aconsejó y miró nuevamente al vació, para sentir cercanos los recuerdos. Quería encontrar detalles que justificaran su futuro proceder. Ella debía acomodar todo lo sucedido en su matrimonio para decidir qué hacer. Estaba muy herida pero, como correr al lado de su compañero, era lo que deseaba en lo más profundo de su alma, razonó: "Huyo porque estoy muy ofuscada..." y, emocionada, la señora gritó interiormente: "¡He triunfado! ¡Al bebé ya lo traigo en mi vientre! ¡Me libré de métodos ficticios para lograrlo!" Y gracias al consejo recibido, siguió su análisis: "No puedo olvidar que, varias veces, él me decía que temía ponerse viejo sin disfrutar de su hijo… ¿Pero acaso él merecía más comprensión que yo? ¡Qué más da! La joven tiene razón en su opinión, lo importante ahora, es que estoy embarazada."

Con algo de vanidad, la señora agregó a sus razonamientos: "Aunque es cierto, que siempre imponía su deseo y buscaba los momentos en que yo estuviera apta para concebir la criatura, él me hizo el amor hasta el último día, con la misma ternura y pasión del principio. Debo estar tranquila, estoy segura que nunca dejó de quererme. Por eso me pidió que me fuera. Mientras yo estuviera a su lado, no era capaz de buscar a otra mujer que le diera el hijo deseado. Sí, acepto que la solución inteligente, es volver a su lado. Nosotros nos queremos, y mi hijo tiene el derecho de tener a su papá.

Cuando la señora se levantó para ir a arreglar su regreso a la casa, le prestó atención al pequeño paquete que le dio Vanesa y, uniéndolo al pañuelo, lo guardó en su bolso con una última reflexión: "¿Dijo que me serviría de amuleto? ¡Ojalá resulte tan bueno como su consejo!"

Mientras tanto, Vanesa se encaminó al lugar donde se organizaban sus compañeros de vuelo para abordar el avión. Ella, influenciada por la conversación con la señora, ya había decidido renunciar a su cambio de vida, y en lugar de formar parte de la fila, buscó ayuda para cancelar su viaje. Serenamente pensó: "Esa mujer, hará lo que le venga en ganas, pero yo, ¡ya no voy a viajar!"

La sensación que sentía la joven, renunciando a su viaje. Era la de haber pisado, en firme, después de bajarse de la cuerda floja.

Al entrar en su pequeño apartamento, Vanesa vio apilonadas las cajas que contenían sus cosas más preciadas, Después respiró tranquila, porque la carta pidiendo su renuncia al trabajo, estaba en el mismo lugar donde la dejó. Su querida hermana, había prometido llevarla personalmente al jefe, y también ella, enviaría las cajas a su nuevo hogar, resolviendo después, como quisiera, lo demás que quedara pendiente. Vanesa había cambiado sus planes, y todo podía volver a ser como antes de irse. La sorpresa que quiso darle a Víctor, presentándose sin que él la esperara, era una locura producto de no haber sido cautelosa. Resueltamente, se dijo: "Ya no soy tan niña, para portarme como una idiota romántica".

Vanesa conectó la computadora y buscó el último mensaje de Víctor: "Querida Vanesa, en pocos días podrás estar aquí conmigo, y nuestras vidas se llenarán de alegrías. Estoy seguro que ya tienes en tu poder el..." La joven no siguió leyendo. No le interesó el final del mensaje. A lo que se refería Víctor, era una señal demasiado peligrosa. Sin titubear, trabajó en el genial equipo los datos de su correo electrónico, y desapareció todo el vínculo que tenía con Víctor. No quiso seguir atada a él, sino ser, verdaderamente, dueña de sí misma. El vuelo retrasado de la señora le había hecho un gran favor. Necesitaba empezar a vivir emociones palpables y no a distancia, porque a Víctor, no lo había visto en persona. En lugar de tener la compañía de su computadora, saldría a fiestas, paseos y actividades, para compartir con hombres que pudieran mirarla muy de cerca a los ojos.

Como, de pronto, era inexplicable la tranquilidad que sentía Vanesa en el hogar que pretendió abandonar, habló en voz alta agradecida de estar allí: -¡Me costó trabajo, pero le puse trampas a Víctor, hasta enterarme, que era casi veinte años mayor que yo! Él insistía en saber si yo quería tener hijos. Me pintó la maternidad como lo máximo. ¿Estuve loca dejándome tupir de esa manera? ¡Yo no tengo que vivir con otro obsesivo como el de la señora! ¡Qué papelazo el mío! ¿Y mi amiga Clotilde? Parece que tuvo un buen "empate" con el alemán que conoció en la computadora, pero desde que se fue, no he vuelto a saber de ella. Me pregunto si será feliz. ¡Creo que me libré de algo serio! Por suerte, ni le avisé a Víctor de mi viaje, ni tampoco le contesté que había recibido el osito de peluche que mandó, con el ridículo letrero que escribió y le amarró al pescuezo. ¡Ya lo regalé!

La señora, acompañada por la suerte, no demoró en regresar a su casa. Mientras esperó a su compañero, practicó con algunas frases hermosas para darle la noticia de su embarazo, pero al tenerlo frente a ella, lo olvidó todo. Muy nerviosa, sólo le dijo: -Mi amor, tengo que comunicarte que estoy embarazada-. Y agregó, entregándole el obsequio que recibió de la joven en el aeropuerto: -Este osito también quiere decir algo…

Aunque el hombre, al saber que iba a ser padre, llegó a sentirse el más feliz del universo, en ese preciso momento, en que tuvo al osito de peluche en sus manos, se puso lívido cuando leyó: "Tenemos que querer a papá." El escrito había sido hecho por él con letra de molde y muerto de miedo, se preguntó: "¿Cómo es posible que esto esté aquí?"

AVENTURA DE CÁNDIDO

Hay una luz que ilumina bastante, pero a pocos pasos, todo se vuelve borroso y se impone una hermosa y misteriosa neblina azul, que contrasta con lo poco acogedor de este lugar donde esta Cándido.

Él viste ropa ligera y un calzado tan confortable, que no le incomoda estar parado en un suelo en extremo irregular. Lo que le molesta, es el penetrante y nauseabundo olor a basura; porque Cándido está parado en un hediondo basurero, donde el único sonido es el ruido de sus tripas. Tiene el estómago pegado al espinazo y urgentemente debe encontrar algo para comer.

Entre tan disímiles desperdicios, no parece que hubiera algo realmente comestible, pero de pronto, está luchando con un gato tuerto por alcanzar un pedazo de pescado.   La pelea la gana el fiero y escurridizo felino, mientras a Cándido, se le hace agua la boca pensando que el pescado no estaba podrido si el gato se lo llevó.

De nuevo el ruido de sus tripas.

Donde estaba el pescado, hay un objeto que brilla y que puede tener valor. La curiosidad hace que el hombre levante aquella cosa llena de churre y, por su forma, descubre que se trata de la mismísima lámpara de Aladino.

A la falta de agua, Cándido la escupe repetidas veces y la frota fuertemente con su camisa.

La lámpara ya empieza a brillar y sale el genio que vive dentro de ella, con un flamante turbante, y enormes y relucientes argollas.

Quizás por el incalculable tiempo que llevaba encerrado, el genio respira ansiosamente, pero se pone bizco, da un grito y con una voz ridículamente fañosa, porque se ha tapado la nariz, dice:

-¡Qué asco! ¿Qué peste! ¡Qué horrible lugar! ¿Qué tú haces aquí? -le pregunta a Cándido-, ¿Para qué me has llamado? -No lo sé. -Contesta Cándido con la voz desfallecida por el hambre y el esfuerzo de frotar la lámpara.

-Pues si no lo sabes, averígualo. -Dice el genio y sube tratando de huir de ese lugar maloliente. Su cuerpo se estira como un elástico, logrando irse bien lejos, pero no puede desprenderse de la boquilla de la lámpara.

Cándido reacciona mientras siguen sonando sus tripas. -No sé, no sé lo que hago aquí, -repite -pero ahora soy tu dueño y me vas a dar algo para comer. De la mano libre del genio, brota una bolsa de papel inflada y le replica con su voz fañosa:

-¡Llévame a otro lugar y seré gentil y sumiso, pero aquí, sólo te daré lo que tengo en esta bolsa de papel! Cándido casi llora. Ahí no cabe ni un pollo asado, ni una paleta de puerco al horno.

-¡Aquí tengo la comida para ti! –Le grita el genio y balancea la bolsa con un gesto de burla despertando, aún más, el hambre de Cándido. Éste ya no aguanta tanta insolencia. Da un salto, como si volara, hasta la altura donde ha llegado el genio, para arrebatarle la bolsa.

Al alcanzarla, se produce un ruido seco, metálico… Cándido cae súbitamente en el vacío, rebota en el suelo sin sentir dolor alguno y abre los ojos.

Ha disminuido el mal olor y él no está sobre el basurero. Ya no existe la neblina azul y misteriosa, sino la luz de una lámpara de noche. Se incorpora y tropieza con un libro que recoge del suelo. Vuelve la cabeza para mirar a su hijo dormido. Siente de nuevo el ruido de sus tripas y dirige sus pasos hacia la cocina, en el momento que alguien la enciende y escucha la voz regañona de su mujer que dice:

-Menos mal que ya cerró su compuerta y se va el camión de la basura. ¿Qué hace esa luz encendida en el cuarto del niño a las cinco y media de la mañana? Y… ¿Este plato de comida sobre la mesa? Cándido, ¿tú no comiste anoche? -Le pregunta al hambriento esposo que llega a su lado.

Cándido lo le contesta, mira al libro que tiene entre sus manos y lee: "Aladino y la lámpara maravillosa." Después, solamente sonríe con la sensación de haber vivido una aventura.

EL VIOLINISTA

Virgilio llevaba menos de una hora alejándose de la ciudad donde vivía. Avanzaba por una vía muy concurrida, llevando a cabo la aventura de recorrer parte del mundo sin rumbo fijo. El automóvil comenzó a dar señales preocupantes. El joven conocía cuál era el problema y, desviándose por un camino vecinal, se detuvo. No imaginó que esa zona estuviera tan despoblada, pero sobre una colina, algo distante, la fina columna de humo que salía por encima de un grupo de árboles llamó su atención. Pensó que alguien debía vivir allí y que podría obtener agua para el radiador del vehículo.

El joven Virgilio emprendió la marcha, cuesta arriba, con las cosas importantes en la mochila y el recipiente que siempre lo sacaba de apuros. A medida que ganaba terreno, podía escuchar mejor la música de un violín y aceleró el paso para disfrutarla. Él había soñado con llegar a ser un afamado violinista.

Al fin, Virgilio subió la ladera de aquel monte pequeño y llegó a una cabaña casi oculta entre los árboles. Por la puerta abierta salía la música. Al asomarse, se admiró viendo que el intérprete de la bella melodía era un anciano. A sus pies, un pequeño gato blanco de bigotes largos seguía, atento, los movimientos del arco sobre las cuerdas del instrumento. No pudo menos que recordar algo del cuento de Mary Shelley: Con la cabaña aislada, el viejo y la música... Pero el hecho de que el viejo no fuese ciego, y que el singular público fuera un gato, lo devolvían a la realidad.

-Perdone mi atrevimiento. Quiero felicitarlo-. Dijo Virgilio cuando terminó la música.

El anciano no se sorprendió al ver un desconocido dentro de su vivienda. Sólo se sonrió y contestó lentamente:

-Joven, usted ha sido la última persona que me escuchó tocar el violín-. Y prosiguió con un marcado contraste entre la vitalidad que desarrolló al ejecutar la pieza musical, y su falta de ánimo al hablar: -Mi cuerpo se siente muy cansado. Mi alma debe prepararse para el desprendimiento inevitable.

Virgilio replicó: -No le puedo creer, soñé con ser un violinista, me gusta la buena música y usted, además de tener impecable destreza, transmite tanta fuerza emocional al tocar el violín, que es imposible que deje de hacerlo.

-Créame, será así. Si se viven muchos años, hay que admitir que se es viejo. Es ahora que comprendo a una gran amiga que tuve. Ella siempre estuvo desprendida de las cosas terrenales, y cuando ya era una ancianita, me dijo: "Estoy impaciente por saber qué hay más allá de la vida." Joven, también a mí me llegó el momento de ansiar eso.

El anciano guardó el instrumento en su estuche, miró al gato que, feliz, se estregaba en sus piernas y después de cargarlo, siguió hablando: -Con su promesa de que va a conservarlo, le regalo el violín, y como ha dicho que prefiere este instrumento, si decide estudiar música, le suplico que sólo lo toque cuando esté seguro de no maltratarlo. Su juventud le dará tiempo para llegar a usarlo como un gran concertista.

Ronroneando, el gato se dejaba acariciar por su dueño, y éste agregó:

-El animalito también iría con usted. La buena mujer que se preocupa que yo tenga todo lo esencial para vivir, me lo trajo. Era una bolita blanca que acababa de llegar al mundo. Con sus ojitos cerrados, todavía no disfrutaba de la luz, y necesitó que le diera alimento, calor y el amor que, por alguna circunstancia, no tuvo de su madre. Cuando no lo podía tener cargado, el estuche del violín fue su cuna. Al pobrecito algo raro le pasa. Escucha porque se embelesa con la música, pero no logra maullar. El olfato si lo tiene bien desarrollado, ya que identifica el estuche como algo propio; y aunque ya no se acuesta dentro de él, en sus largas siestas prefiere acomodarse a su lado. El gato lo seguirá obediente junto al violín y el estuche cuando yo se lo explique.

Virgilio aceptó gustoso el regalo del violín, y mientras llenaba el recipiente con agua, el anciano tuvo una conferencia privada con el gato. Después, con una larga caricia, el anciano le dijo adiós al animalito poniéndolo en la puerta.

-La paz queda conmigo y usted joven, va con futuro.

Virgilio contestó:

-Es un privilegio haberlo conocido. El violín conserva parte de su espíritu y me acompañará siempre. Muchas gracias.

Así fue la despedida. Pocas palabras, muy sentidas, para tan breve relación de dos personas.

El joven, cuesta abajo, cargó en una mano el recipiente con agua, en la otra el violín, y la mochila a la espalda. Delante iba el gato, saltando con la precaución de detenerse, de vez en cuando, para no alejarse de su nuevo dueño.

La experiencia en la colina inquietó los pensamientos de Virgilio:

"Sin haber ido a buscarla, me llevo la compañía de un ser vivo. No me imagino cómo será la comunicación con este gato tan especial. Tampoco fui a buscar un violín. ¿Qué significa poseerlo ahora, si tocarlo fue mi sueño cuando era un niño? ¿Será que mi vida tiene que ser diferente a partir de este momento? No, mi aventura, de correr por el mundo, es una meta trazada"

Mientras caminaba, el joven no dejaba de razonar, pues sentía la responsabilidad de tener que cuidar del animalito:

"Este pobre gatico nació sin la facultad de maullar, y no supe qué nombre le daba el anciano. ¿Cómo se entendería con él? ¿Qué nombre le pondré yo? ¡Ya sé: le llamaré Bigotes, porque los tienes bastante largos!"

-¡Bigotes, ven acá!

El animalito, increíblemente, se sintió aludido y corrió a los pies de Virgilio, como si fuera un perro fiel. No había lugar a dudas que se trataba de un gato fuera de lo corriente.

Ya caía la tarde cuando llegaron junto al automóvil, el joven se deshizo de lo que llevaba en las manos, cargó al gatico, y acariciándolo le habló en voz baja:

- Bigotes, no sé cómo el anciano te conquistó para que vinieras conmigo. ¿Será porque traigo al violín y su estuche? No importa, creo que seremos muy buenos amigos.

Virgilio cambió la dirección del viaje y regresó a su casa para guardar bien el violín y, de paso, comprar comida para Bigotes, en un mercado de su vecindario.

Presintiendo los planes de Virgilio, el gato iba siempre detrás del violín. El joven colocó el instrumento en un entrepaño alto de un escaparate. Bigotes entró también en el mueble, y las maromas del animalito para quedarse dentro, junto al instrumento, al tratar Virgilio de cerrar las puertas, fueron dignas de ser filmadas. El gato forcejeaba, se engrifaba, pero en ningún momento fue agresivo ni amenazador enseñándole los dientes.

Efectivamente, al joven le fue imposible dominar a Bigotes que, sin maullar, lo miraba suplicante en cada voltereta. Uno de los dos tenía que rendirse en aquella batalla, y Virgilio abandonó la pelea. Se sentó en un butacón en señal de derrota e, inmediatamente, el gatico le brincó arriba. Se acurrucó sobre sus hombros, para lamerle las orejas y ronronearle agradecido por haber dejado abierto el escaparate. ¿Cómo resolvía Virgilio esa situación? El anciano, o el destino, le habían jugado una treta. ¿Cómo iba a dejar guardado el violín y salir en el viaje si el motivo de llevar al gatico, era para que no se separara de su estuche? La relación, tan extrañamente amorosa y cercana, que crecía entre Virgilio y Bigotes, decidió el futuro del joven, quien se enfrentaría al reto de convertirse en un violinista, y así, cumplir con el sueño que tuvo cuando niño.

Para Virgilio, su situación económica, no se perjudicó con el cambio de los planes. El dinero ahorrado, que cubría la aventura de viajar, le alcanzaba para dedicarse al aprendizaje de la música, al menos durante el primer tiempo de estudios, los más fuertes.

Al principio, los esfuerzos del joven fueron para dominar la teoría de la música, cosa que logró rápidamente, a pesar de las molestias con el gato, que se comportaba inquieto, seguramente, porque en el ambiente no se producían los sonidos maravillosos del violín, a los que el anciano lo tenía acostumbrado; pero el joven le conversaba al animalito, convencido que entendía la situación. Después Virgilio, lleno de entusiasmo, compró un curso por computadora, especializado en el estudio de ese instrumento. Prometía ser la sustitución perfecta del profesor y, de esa forma, no se separaba de Bigotes.

El violín que compró el joven era tan barato como el arco. Con mucha atención, leyó las instrucciones del curso. Tenía la explicación de que, conectando ciertos equipos, mientras él practicara tocando el instrumento, en la pantalla aparecería el pentagrama señalándole los errores que cometiera. Así, paso a paso, él podía comprobar el adelanto, hasta la culminación de la meta soñada. Esta forma de aprender en la casa, no resultó muy buena para la convivencia con Bigotes. A la primera nota que Virgilio logró, pasando el arco sobre las cuerdas del violín, el gato, que observaba los movimientos del joven, se erizó estremecido por el estridente y desconocido sonido, y saltó disparado como una flecha hacia la lámpara que colgaba del techo. Virgilio, que estaba desprevenido y atento a su primera clase práctica, se llevó tremendo susto con la iluminación enloquecida que se produjo, porque Bigotes, abrazado a la lámpara, le había provocado gran oscilación. El empeñado estudiante lanzó al aire el arco, el violín, y corrió para bajar al gatico de la lámpara. El pobre animalito temblaba como una hoja.

Por suerte, el instrumento no sufrió daños y el arco tampoco. Todo volvió a la normalidad y Virgilio recordó que, en una conversación con alguien sobre la música de ese instrumento, hablaron que a veces, si el arco era de muy mala calidad, al pasar sobre las cuerdas del violín sonaba como un gato cuando le pisan la cola. Comprendió que eso fue lo que había sucedido. Bigotes, ni maullaba, ni había crecido entre gatos. Solamente conocía la hermosa música que el anciano lograba con su violín.

Cada vez que Virgilio se acercaba al instrumento que había comprado, el gato se escapaba como un bólido por la ventana y desaparecía, por varias horas, dentro del garaje. El joven se veía en una encrucijada: no tenía dinero suficiente para pagar un buen maestro y era una crueldad deshacerse de Bigotes. El animalito dormía las siestas junto al violín guardado en el armario, y en las noches, se acurrucaba al lado de Virgilio buscando su calor. No podía botarlo. El gatico necesitaba atención y, como Virgilio estuvo consciente que era su compromiso tener que atenderlo, desistió de los estudios en la casa. El gato era su amigo. Su presencia significó que se le despertara el deseo por convertirse en un buen violinista y, ese sueño de la infancia, era un propósito que quería verlo hecho realidad.

Bigotes se adaptó a convivir con Virgilio, sin la música de la cabaña y con los ruidos peculiares de su nueva vivienda. El joven, por su parte, ingresó en una academia de música, muy económica, y pudo ajustar el horario del estudio del violín, con el tiempo que duraba la siesta del gato y así, se alejaba de la casa, pero sólo lo necesario.

Virgilio, por el amor que le tenía a la buena música, demostró una facilidad sobrenatural para aprender, y el profesor consideró que, por su talento, se trataba de un tiempo record. El joven, lejos del gato, practicaba sin descanso. Al fin, se sintió seguro de su aprendizaje y se preguntaba si ya podía atreverse a tocar el violín guardado dentro del armario. Para salir de dudas, decidió llevarlo a la clase.

A Virgilio le costó trabajo sacar el instrumento de la casa sin llevar a Bigotes. Le tuvo que explicar despacio, la necesidad que tenía y el gatico, pareció entender en la misma forma que sucedía con su antiguo dueño.

Grande fue la sorpresa de Virgilio cuando, en la escuela, supo algo en lo que no se había fijado. La música cautivadora que tocaba el anciano procedía de un Stradivarius, y su petición de preservarlo, no era para que se conservara su violín, sino porque él pensaba que sólo un buen violinista debía tocar en ese magnífico instrumento. Además, pudo saber que lo que escuchaba subiendo la colina, era el solo de violín en un concierto de Paganini, y con tal perfección, que podía parecer la voz de una soprano.

El maestro felicitó a Virgilio por su empeño en el estudio de la música, y le dijo que lo consideraba capacitado para usar el regalo del anciano.

Es fácil imaginar que Bigotes se puso contento, cuando Virgilio regresó de la escuela con el violín, y mucho más, al ver que lo sacaba de su estuche dispuesto a tocarlo.

El gato se echó sobre el piso cerca del joven, con la misma atención con que esperó, siempre, las interpretaciones del anciano. Virgilio, emocionado como nunca en su vida, comenzó a tocar unas Czardas, música popular húngara, gitana, cuya difícil ejecución consagra al buen violinista. La diferencia era tan mínima, comparándolo con la maestría del anciano, que el animalito parecía estar cautivo de la música, como lo estaba en la cabaña.

A los pocos minutos, el joven miró a Bigotes en busca de su aprobación y, extrañado, se le acercó. Algo insólito pasaba.

Demostrando gran habilidad, sin dejar de tocar el instrumento, Virgilio se arrodilló para observar, de cerca, lo que parecía imposible. Bigotes repetía al unísono las notas que, magistralmente, él hacía brotar del violín, y con las que vibraba el aire, para disfrute del espíritu.

El joven se quedó perplejo. El gato había logrado maullar, y lo hacía imitando al violín. Virgilio siguió tocando. Contempló a Bigotes para cerciorarse que era cierto lo que sucedía y, cuando estuvo convencido, dejó el instrumento en su estuche y cargó al gatico. El júbilo del joven no tenía límites. Bigotes lograba hacer a su lado, lo que no había hecho escuchando las interpretaciones del anciano. En lugar de acariciarlo, lo suspendió en el aire y emocionado le dijo:

-Te mereces estar a la altura de los personajes célebres, y tendré que agradecer que tu fama sea la mía.

Sólo agregaré a este acontecimiento que, cuando la tranquilidad se sobrepuso a la euforia, Virgilio pensó en la despedida del anciano. Sus últimas palabras fueron: *"...usted joven, va con futuro."* Efectivamente, había llegado la hora del futuro para Bigotes y para Virgilio, quien llenaría los teatros, con una audiencia exquisita, tocando el violín como un virtuoso concertista, y en la compañía excepcional de su gato, que podía maullar al unísono e imitar, extraordinariamente, la música producida por el Stradivarius.

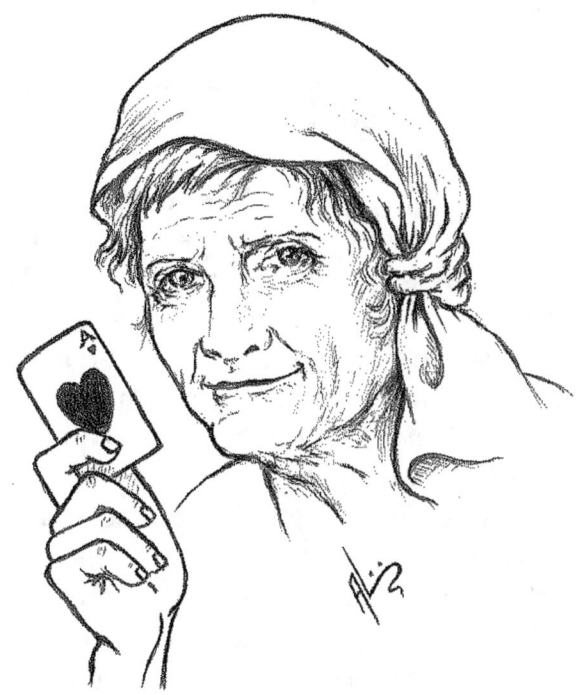

DIFICULTAD DE UNA CONQUISTA

Luis se sintió libre cuando abandonó el tren después que fue por última vez, a visitar a Ester. El compromiso se había roto, y regresó antes de lo acostumbrado. Caminaba despacio. Analizaba satisfecho que los dos estuvieron de acuerdo en terminar la relación, que no debió existir. Para ella había sido un capricho y él no la quería.

Luis salió a la calle y no sabía qué hacer en esa tarde de domingo. Distraído, miró a la señora de las barajas que llevaba algún tiempo sentándose cerca de la entrada de la estación. Caminó hacia ella observándola. La anciana tenía la cabeza inclinada sobre el pecho a causa de su joroba. Su pelo era gris y enmarañado. La cara arrugada, y del cuello le colgaba un cartel diciendo: *Soy muda.*

Curiosamente, a los pies de la mendiga estaban dos cestas, una dentro de la otra, y en la unión de sus bordes sobresalían barajas a las que no se les podían ver las figuras. Por comentarios que había escuchado, Luis sabía que tenían impresa la frase: *Buena suerte.* Cuando ella recibía limosnas de los transeúntes de la zona, o del gran público que viajaba en los trenes, con un gesto suave de su mano huesuda, los persuadía a que se llevaran una carta. Así se había ganado el título de: *La señora de las barajas.* Generalmente, los que la complacían guardaban los naipes como un recuerdo.

Luis se compadeció de la anciana y le regaló algunas monedas. Ella sonriente le indicó que escogiera una carta de la cesta. Por unos instantes se miraron. Él levantó una al azar pensando en Inés.

La carta escogida era el as de corazón rojo y Luis reflexionó:

"Creo que desde el mundo desconocido que domina tantas veces nuestros actos, me envían un consejo. Debo seguir el ejemplo de esta anciana. ¡Voy a mendigar el amor de Inés, mi querida compañera de trabajo! El as de este naipe me asegura un futuro feliz con ella, que es la mujer que me interesa. Sí, a veces, hay que suplicar para obtener". Y acabó de razonar: *"¡Tengo que conquistarla porque, aunque Inés se volvió arisca, no ha dejado de demostrarme que me quiere!"* Con su firme propósito, Luis guardó la carta en el bolsillo, contempló nuevamente a la desvalida señora y se alejó exclamando en voz baja:

-¡Cuántos destinos diferentes hay sobre la tierra!

El tema de conversación de Luis con Diego, siempre giraba alrededor de Inés, y su amigo y confidente le decía: *"Yo sé que algún día, acabarás el compromiso con Ester. Hablas tanto de Inés porque estás enamorado de ella, y lo que en el corazón tienes a tu boca viene."*

Inés, que desde que empezó a trabajar en la empresa, había sido espontánea y comunicativa, de pronto cambió y se portaba reservada. Diego, no esperó para advertirle a Luis: *"Quizás debes frenar un poco lo que sientes por ella, hasta que la conozcas mejor. Su comportamiento no tiene lógica".*

Cuando se supo que Luis ya no tenía compromiso, Inés no le ocultó su alegría. Aumentó los coqueteos y él se interesó más en la joven. Recordó a la señora de los naipes. La imaginó enseñándole el as de corazón rojo, y puso en práctica su ejemplo. Le suplicó a Inés que lo acompañara a diferentes paseos, pero no logró que ella aceptara. Extrañamente se negaba con excusas que Luis consideró tontas e infantiles.

Sabemos que con nuestra inconformidad logramos bienestar, progreso y nos atrae lo imposible. Luis no era diferente. Su amor por Inés seguía creciendo y se empecinó. No quería renunciar a ella, aunque tampoco declararle que la quería sin tener la completa seguridad de ser correspondido.

Cuando al fin, Luis empezó a desalentarse porque no lograba la conquista, recibió una llamada de Teresa, la amiga íntima de Inés para invitarlo, formalmente, a una cena en su casa el domingo en la noche. Con mucho misterio le pidió que no hiciera comentarios. Entonces, Luis recordó otras palabras de Diego: *"Quizás te conviene conseguir la amistad de su amiga Teresa, quien pudiera aclarar el raro comportamiento de Inés contigo".* Luis, muy preocupado, le había preguntado: *"¿Crees que puedo descubrir una relación especial entre ellas?"* Y su amigo contestó: *"Hoy en día, son muchos los que aceptan las diferentes preferencias amorosas, y no debemos sorprendernos si este fuera el caso, pero me refiero a que las amigas se lo cuentan todo, como tú y yo lo hacemos".*

La invitación a cenar se produjo en la mañana del viernes y la mente de Luis no descansaba. *"Diego tiene razón, Teresa es lo más cercano a Inés, porque su familia se reduce a un hermano que vive lejos de ella. Si Teresa me busca, debe ser la más interesada en que yo sepa qué hace Inés con su tiempo libre. ¿Será que a Inés no le conviene el amor de un hombre?"* Intrigado y muy molesto pensó: *"Me dejé influenciar por el as de corazón rojo cuando pensé en Inés. De no haber sido por esa carta, yo estaría tranquilo, o enamorando a otra joven diferente".*

A Luis le pareció que el tiempo no pasaba. Renegó por haberle prometido a Teresa que guardaría silencio sobre su invitación. Se sentía manipulado por una persona que realmente no conocía. No soportaba habérselo ocultado a su amigo Diego, quien podía tranquilizarlo dándole su punto de vista como lo hacía siempre.

Llegó el domingo. Luis se despertó de un ánimo pésimo. En lugar de contar las pocas horas que faltaban para el encuentro con la amiga de Inés, se sintió tan rebelde como un escolar malcriado y decidió, sin previo aviso, visitar antes a Teresa. ¿Qué podía sorprenderle? No lo sabía; y antes que empezara en las calles el lento movimiento de un día sin trabajo, salió de la casa. No existía quien pudiera detenerlo. No podía tolerar que la amiga de Inés lo esperara con una cena para burlarse de él. Antes de eso, en esa misma mañana, ella tendría que explicarle por qué lo invitó.

El aire fresco del amanecer y el coraje le dieron agilidad a Luis. Llegó al edificio y subió por las escaleras. Alcanzó el segundo piso y al doblar a la izquierda para dirigirse a donde vivía Teresa, le pareció que la figura de alguien desaparecía en el elevador que estaba a la derecha. Siguió hasta detenerse junto al apartamento y, por varios minutos, permaneció indeciso hasta que accionó el timbre de la puerta. La voz de Teresa se escuchó mientras la abría: -¿Por qué regresas Inés? – Y Luis se preguntó: *"¿Inés acaba de salir de aquí? ¿Era ella quien entraba en el elevador?"*

Por primera vez, Teresa estaba frente a Luis. Una mujer vieja, que lo recibía asustada como si hubiera sido sorprendida infraganti cometiendo un delito. El dio los buenos días, y sin esperar que ella contestara su saludo, y mucho menos un regaño por presentarse a esa hora, dijo: -Creo que merezco la verdad completa.

Muy pálida, Teresa sólo le indicó que se sentara. La actitud de Luis le hizo sospechar que había descubierto el secreto guardado por Inés, durante tanto tiempo. Visiblemente nerviosa, ocupó un asiento frente a su visitante. Se inclinó, apoyó los antebrazos sobre las rodillas, y ya cerca de Luis, entrecruzó los dedos, lo miró a los ojos y le habló: -Si quieres a Inés. ¿Por qué no se lo has dicho?

Teresa no retaba a Luis. Había hecho la pregunta suplicando. Su expresión y su voz eran de angustia. Ella sólo deseaba tener la seguridad de que él quería a su amiga, que no le haría daño y Luis se desarmó. ¿Qué derecho tenía a un desafío tan fuera de lugar exigiendo, a esa hora inoportuna, cuando ellas desconocían sus verdaderos sentimientos? Él era el cobarde que demoraba en declararle su amor a Inés, por miedo a su rechazo.

"Mi inseguridad ha confundido a Inés. Ella debe haber comentado con Teresa, que lo que yo busco es una aventura". Pensó Luis abochornado y cambió el tono altanero para

contestar: -Yo la quiero. Estoy aquí para que me cuentes de ella.

Teresa aceptó su respuesta con una franca sonrisa. Luis era un rendido enamorado de Inés, y quedó convencida que no estaba al tanto de lo que sucedía. Tenía que cambiar el plan preparado para esa noche y sola, defender a su amiga a capa y espada para que no perdiera el amor de Luis.

Con voz mesurada le dijo: -.Hoy en la tarde, Inés termina la tarea que se impuso. La verdad debe prevalecer y sabrás qué ha hecho durante estos meses. Espero la comprendas y la perdones. Cuando termine de hablar tendrás la oportunidad de decidir lo que quieras. Te ruego que, sin interrumpirme, me escuches hasta el final.

Teresa comenzó diciendo: -La parte sencilla de esta historia es que Inés tiene un hermano menor que quiere ser médico. Al morir su madre, ella le prometió que ayudaría al muchacho, económicamente con los estudios universitarios. El consiguió una beca por sus buenas notas, pero ésta no cubre todos los gastos de la carrera.

-Inés no tiene suficiente preparación para aspirar a un trabajo bien remunerado — seguía narrando Teresa —, ella se dispuso a sacrificar todos los fines de semanas en una ocupación extra que le proporcionara el dinero necesario porque, por práctico y beneficioso que sea pedir un préstamo, no resiste las deudas ni las quiere tener.

La voz firme de Teresa llenaba la habitación y mientras contaba, con lujo de detalles, las gestiones nulas que hizo la joven tratando de conseguir otro empleo, Luis se había puesto de pie para observar las cosas interesantes que lo rodeaban. Ella también se levantó. El relato llegaba al punto más importante y estando a su lado, obtenía toda la atención que necesitaba de él.

-Pasamos horas deliberando sobre el asunto — continuó diciendo Teresa-. Cuando a Inés le quedaba un pequeño margen de tiempo para resolver, surgió la solución. Una extraña solución que ella misma dio con una exclamación desesperada: "*¡Tendré que pedir limosna para ayudar a mi hermano!*" Y yo le pregunté: "*¿Te atreves?*"

Luis la interrumpió riéndose a carcajadas. En las paredes estaban los diplomas, y sobre algunos muebles los trofeos. Teresa era una artista galardonada por maquillar magistralmente. Fotos de antes y después, daban testimonio de su talento y habilidad en las perfectas caracterizaciones.

Con las palabras entrecortadas por la risa, Luis preguntó: -¿La artífice que convierte a Inés en una pordiosera, para que vaya por las calles estafando al público, eres tú? –Y se reía más, señalando los enseres propios del oficio: Frascos, pinceles, esmalte dental para envejecer dientes, material para cicatrices o líneas profundas, masilla para abultamientos, bases para la piel, y mucho más como una caja con sombreros y trapos.

-¡No, ella no quería hacerlo! ¡Escúchame! Esa es la parte complicada de la historia. ¡Atiéndeme por favor! – Había suplicado Teresa sin entender su reacción. ¿Él se divertía al conocer la extraña solución, o se mofaba con desprecio de lo que Inés llegó a hacer para cumplir una promesa?

Luis, por su parte, que esperaba descubrir cosas terribles que acabaran con el amor que sentía, no daba crédito a que las negativas de Inés, fueran porque se dedicaba a mendigar. Le resultaba difícil aceptar que se puso mal, sufriendo por temores infundados. Por supuesto, también estaba muy alegre ya que Teresa le anunció que ese día, terminaba el raro proceder de la joven. Con compostura dejó de reírse y habló serenamente: -Perdona por haberte interrumpido. Dime, ¿Inés tuvo éxito pidiendo limosna?

Teresa tenía que lograr la comprensión absoluta de Luis y aclaró:

-Mi amiga no es una estafadora. Ella quería dar algo a cambio de recibir el aporte generoso de las personas. Eso representó un grave problema porque hasta un caramelo cuesta dinero. Casi desistimos de esa solución; pero yo pude conseguir mediante unas amistades, sin que nos faltaran, barajas desechadas en un casino. Con la brillante idea que tuvo Inés, de imprimirles la frase *Buena suerte.* ¡Quedaron perfectas! ¿A quién no le gusta que le deseen la buena suerte?

Teresa guardó silencio esperando la reacción de Luis mientras él pensaba: "*¿Cómo demoré en descubrir que se trata de la señora de las barajas, si la estación de trenes está a dos bloques de aquí? Los verdaderos mudos son sordos. ¡Ella se sobresalta con los ruidos del tráfico!* " Los recuerdos lo paralizaron y Teresa siguió diciendo:

-Cuando Inés se instaló el primer atardecer de un viernes para pedir limosna, el resultado fue estupendo. Nunca imaginamos que era tan provechoso mendigar.

Luis, emocionado, casi gritó señalando a Teresa que esperaba ansiosa sus palabras: -¡Tú, tú convertiste a Inés en la señora de las barajas, y yo fui otro incauto que le dio dinero! Pudiste cambiarle completamente su cuerpo, su cara, sus manos, pero… Su mirada. ¡Esa no la pudiste cambiar! Por eso, cuando nos miramos mientras yo escogía el as de corazón rojo pensé en Inés. ¡En ella!

Luis salió feliz del apartamento de Teresa, quien se quedó satisfecha del resultado de la entrevista. Aunque la extraña solución no era recomendable, Inés era digna de aplausos por la voluntad de llevar a cabo su propósito.

Luis quería correr en busca de la joven y tuvo que aguantarse. Caminó despacio para fingir el personaje en que Teresa lo convirtió cuando él le dijo: -¡Disfrázame! Voy a demostrarle a tu amiga que la perdono por haberse dedicado a engañar.

La señora de las barajas se sorprendió cuando un mendigo, muy anciano, se sentó trabajosamente a su lado. Se encimó atrevido sobre ella y susurró a su oído:

-No hables querida Inés, recuerda que todavía representas la farsa de ser muda. Yo puedo hacerlo y te doy la oportunidad de que me reconozcas por la voz. Ya sé que tu hermano se ayudará él mismo con un trabajo. ¡Vamos! Ahora tendrás tiempo para ti y para mí que tanto te amo y te necesito.

De la estación de trenes habían salido dos muchachas y una de ellas, dispuesta a dar una limosna para escoger un naipe de la buena suerte, comentó extrañada:

-¿Por qué se va tan temprano la señora de las barajas?- Y la otra contestó: –Quien sabe, pero no es normal la agilidad con que caminan esos ancianos. Deben estar enamorados porque el amor lo puede todo.

VIDA CON DESTINO

Marcos era un hombre afortunado. En un hogar tranquilo disfrutó inocentemente, de la infancia y de una adolescencia bien guiada. Se convirtió en un adulto fuerte de mente sana y gracias a sus exitosos estudios, logró un buen trabajo que le permitió independizarse cuando quiso. Como él no tenía experiencias adversas, le era difícil comprender, en su totalidad, el sufrimiento de los demás; tal era su suerte, que parecía que todo lo bueno que él iba ambicionando estaba marcado en su destino. Se podía decir que había nacido para ser feliz.

A Marcos, le llegó la hora de sucumbir a la ley universal, a la atracción que conserva la vida, y estando el joven de viaje por Italia conoció a la maravillosa e incomparable Pina. Fue casualmente, que los dos se conocieron en una exposición de obras de Botero, que se presentaba al aire libre. Ya el joven Marcos deseaba el verdadero amor, y cuando a muchos no les llega nunca, él lo encontró en la hermosa muchacha. Ella, era la culminación de sus anhelos.

Aquel flechazo de Cupido unió, fuertemente, a Marcos y a Pina ¡Cuánto disfrutaron en la Plaza de la Señoría! Los dos tenían una vida holgada y, sin preocupaciones, caminaron por las calles de vidrieras caras haciéndoles más placentero el paseo. También el clima parecía bendecirlos, y en una mesita de las tantas cafeterías, colocada en la acera, pudieron comer y conversar. Después, caminaron hasta el Piazzale Michelangelo, la plaza elevada, desde donde se contempla toda Florencia y Pina le señaló, en la distancia, a Fiésole, la ciudad donde estaba su residencia.

Un camino bordeado de cipreses conducía a la mansión de Pina, cuyo interior, por su estilo arquitectónico, recordaba a una época romana. La pareja se acostumbró a compartir la intimidad amorosa en esa casa. Para la joven, había resultado demasiado amplia cuando, prematuramente, murieron sus padres y abuelos; pero ella no quería abandonar la bella vivienda ni renunciar al recuerdo de la familia. El doloroso rigor de la ausencia, Pina lograba rechazarlo. Sentía el calor humano de los desaparecidos, tanto al escuchar sus músicas preferidas, que hacían vibrar el techo y las paredes de la casa, como en los objetos que tocaron. Las Cuatro Estaciones de Vivaldi, era la pieza musical que le gustaba a su papá y era también la favorita de Pina.

Siempre estaba presente, al principio y al final de cada día.

Pina sabía llevar sola el manejo de la casa aunque, para muchas tareas, contaba con la ayuda servicial y discreta de Buenazo, como lo llamó siempre su mamá; una eficiente señora que supo ocuparse, hasta que murió, del orden y de todos los menesteres de la vivienda. El exceso de bondad de Buenazo, posiblemente se debía a que tenía algún retraso mental. Él había compartido juegos y travesuras con Pina, siendo ellos unos chicos y, con el tiempo, se convirtió en su sirviente incondicional.

Pina no tenía las obligaciones de un trabajo y Marcos, cuando se encontraron, apenas había comenzado sus vacaciones que, con su suerte característica, podía extenderlas todo lo que quisiera. ¡Qué igualdad de gustos! ¡Qué compenetración en los sentimientos tenía la joven pareja! Marcos se adaptó tanto a las costumbres de Pina que, sin saber por qué, sólo quería vivir por ella e hizo propios todos sus deseos.

Pina era alegre como un cascabel. Conocer y tratar a Marcos, era lo mejor que le pudo pasar para compartir su natural alegría, y en el jardín que rodeaba la mansión, los dos se divertían tanto, que parecían escolares de primaria; sin embargo, el alboroto y las risas de los jóvenes enfurecían a Buenazo.

La relación de Marcos y Pina se fortalecía a cada instante, y se sentían tan unidos, que ni imaginar que pudieran separarse. Pero no demoró el día, en que la joven creyó necesario asistir sola a una entrevista, cuyo asunto a tratar tenía que ver, exclusivamente, con su familia. Marcos la comprendió y ella, como muestra de confianza, le dio una llave de la casa antes de irse por si él se sentía muy solo y quería salir de la hacienda. Por el contrario, Pina no le dijo a Buenazo que se ausentaría.

La joven salió muy temprano. Pasaron las horas del día. Al principio, Marcos no se impacientó porque nunca había conocido la impaciencia pero, poco a poco, sin imaginar lo que podía estar sucediendo, como le hacía daño que Pina no apareciese, conoció la desesperación. Pensó buscarla en la ciudad, pero no sabía a dónde ir. El joven supo, al fin, cómo se sentía la angustia. Estaba en la mansión, o el nido de amor de los dos, sin la compañía de Pina, a la que deseaba y amaba desesperadamente.

A Marcos no se le ocurrió hablarle al criado para averiguar o pedir ayuda, porque ese personaje raro le era completamente indiferente.

Como Pina siempre se comportaba con toda libertad, el que ella se ausentara no le extrañó al sumiso criado, pero sí le molestó que Marcos se quedase solo en la casa.

Faltando minutos para la media noche, se presentó un oficial de la policía y Buenazo, que estaba vigilante, lo recibió en la entrada de la casa. El aspecto tonto del sirviente, fue motivo para que el recién llegado preguntara por alguien más que pudiera atenderlo, y cuando entraron en la vivienda encontraron al joven hecho un manojo de nervios. Marcos no estaba preparado para situaciones difíciles. Mucho menos lo estuvo para recibir la terrible noticia que Pina había muerto en un trágico accidente.

Con torpeza, el joven logró presentar sus documentos, y el habla se le dificultó al dar las respuestas del interrogatorio que le permitió quedar libre, momentáneamente, de cualquier sospecha que lo vinculara a la muerte de la joven. Marcos nunca había conocido del dolor, pero ya lo sentía lacerante en el alma. Con gran esfuerzo, entendió que estar implicado en la gravedad de lo ocurrido, lo obligaba a dar los datos de su paradero y garantizó no irse del país hasta que se lo permitieran.

Mientras Buenazo escuchaba las palabras del policía, su mente se aturdió. Sufría grandemente y no lograba asimilar que Pina no volvería a la casa. Él la amaba en silencio. Siendo un niño, le dio a la joven el carácter de diosa. Al sirviente le gustaba que ella dispusiera de él como su súbdito o su monigote, y no le hubiera importado recibir su maltrato. A pesar de su casi anormalidad, Buenazo comprobó que para Pina, no existía otro lugar mejor que su casa, por lo que en su juicio obtuso, no aceptó que su deidad hubiera traído de la calle a un hombre para tenerlo dentro y, mucho menos, que lo invitara a jugar en el jardín. Ese era el paraíso donde estaban los recuerdos de la infancia que juntos compartieron, y que él mantenía hermoso para que, solamente ella, fuera quien lo disfrutara.

La presencia de Marcos, había despertado en Buenazo la fiera de los celos. La muerte de la joven resultaba un alivio para el enfermizo y platónico amor del sirviente. Pensó, egoístamente, que aunque él no volviera a ver a Pina porque ya no existía, podía tener la certeza que ese intruso y su diosa se habían separado para siempre.

Marcos y el policía abandonaron la residencia y se dirigieron al necrocomio para identificar el cadáver de Pina.

Sí, era Pina. El joven no articuló palabra, solamente asintió con la cabeza. Partes de su hermoso cuerpo estaban destrozados y los pensamientos de Marcos quedaron en blanco, sin razonar, sin poder explicarse el miedo tan terrible que sentía ante semejante espectáculo de horror. Como un autómata salió a la calle. Por instinto llegó al apartamento que tenía alquilado. Se recostó sobre un sofá, y el amparo interno, con el que contamos, lo sumió en un sueño largo y profundo. Cuando Marcos despertó, la realidad espantosa era la misma. Se sintió completamente indefenso, pero no miró al cielo, como hace la mayoría buscando la compasión de aquél o aquello que nos hace vivir. Muy soberbio preguntó: "¿Por qué a mí? ¿Acaso me están cobrando los caprichos y el bienestar que disfruté?" Marcos sabía que nunca tendría consuelo.

Buenazo esperaba que algún pariente reclamara la vivienda, y estaba seguro de poder seguir trabajando con el próximo dueño. Al terminar los días, se atrevía a deambular dentro de la casa y, una noche, se entretuvo en curiosear en las gavetas de un armario. El criado se alegró muchísimo al encontrar álbumes con fotos viejas. En algunas estaba Pina siendo una niña, y él aparecía a su lado. Se sentía transportado a la dicha de aquellos días, cuando escuchó que alguien abría la puerta principal con una llave. Buenazo guardó rápidamente las fotos y se escondió detrás de unas cortinas, pues no quería que el que había entrado lo considerase un atrevido. Esa persona podía ser quien iba a vivir en la casa.

La puerta la abrió Marcos. No le preocupó encontrarse con Buenazo, ni tampoco se preguntó por qué las luces estaban encendidas. Seguro de lo que hacía, primero se detuvo en el salón principal, miró a su alrededor y siguió hasta la habitación de dormir. Allí acarició, con devoción, las ropas de Pina y desolado, se acostó en la cama. Habían sido muchos los momentos imborrables de deliciosa intimidad. Así recostado, observó el tocador, quizás con la esperanza de volver a ver reflejado el rostro de la joven porque, muchas veces, estando ella de espaldas maquillándose, le conversó mirándolo a través del espejo. Antes de regresar al salón, Marcos llenó sus ojos con las cosas más usadas o queridas de Pina, y mojó un pañuelo con su perfume preferido.

El criado permanecía detrás de la cortina. Su anormalidad lo cohibía y esperaba a que la persona se fuera de la casa. Él tuvo el tiempo para maliciar que se podía tratar de un ladrón, posiblemente armado, y no quería arriesgarse a que le disparara. El infeliz se quedó tranquilo.

Dominaba el silencio. Buenazo se percató que, quien había entrado y caminado hasta los cuartos, ya estaba de vuelta en el salón.

Marcos seleccionó la pieza musical preferida por Pina, para deleitar su memoria y se sentó, cómodamente, frente a un espléndido retrato al óleo de la joven. A su lado, sobre una mesa, colocó la bebida preferida de los dos. El volumen alto de la música, más el perfume del pañuelo, lograron el ambiente, supremo, deseado por Marcos.

Buenazo no comprendía por qué la persona que había entrado en la casa quería escuchar esa música; pero agradeció la idea porque recordaba a su diosa.

El joven, sorbo a sorbo, fue acabando el licor y casi el contenido de un frasco de pastillas que con tiempo, había sacado de un bolsillo. Se sintió mareado y se paró junto al retrato de Pina. Abrió los brazos queriendo abrazarla y comenzó a gritar para que ella pudiera recibir su mensaje en el lugar que se encontrara: -¡Mi amor, se atrevieron a separarnos con tu muerte! Y… ¡Yo no puedo vivir así! Lo que me queda son mis pensamientos y están llenos de ti. No me importa, si fue ese destino, del que hablan, el que nos separó acabando con tu vida. ¡Yo me estoy matando! ¡Estoy decidiendo que el mío será a tu lado! ¡Muerto me reuniré contigo!

Buenazo se espantaba con cada palabra que escuchaba porque provenían de Marcos. El que gritaba dentro de la casa era su enemigo, y lo encolerizó de tal forma, que salió de su escondite. Quería sacarlo de la mansión a patadas o de cualquier modo, pero al enfrentarse a Marcos, éste se tambaleaba y cayó al suelo. Sus últimas palabras martillaban en los oídos del criado. "¡Muerto me reuniré contigo!" Su escaso entendimiento pudo razonarlas, cuando vio algunas pastillas saliendo del frasco volteado sobre la mesa. Entonces, Buenazo gritó como lo había hecho Marcos: -¡Voy a impedir que te reúnas con mi diosa, no te vas a morir!- Y temblando de cólera, el enamorado sirviente llamó a la policía para que lo salvaran.

Marcos no había logrado su propósito. Se recuperaba después de un lavado de estómago, y de un suero que lo ayudó a eliminar el envenenamiento que se provocó al ingerir exceso de somníferos, combinados con gran cantidad de alcohol. El joven permanecía inmóvil a pesar de sentir la presión de una mano cálida sobre la suya.

-¡Marcos, debe reaccionar! Estoy aquí para ayudarlo. Por favor, déjeme hacerlo.

Fueron las primeras palabras de la trabajadora social, tratando de reanimarlo. Ella insistió: -Permítame presentarme. Debemos conversar mucho para que regrese a la normalidad. Ya sé que usted se llama Marcos, yo me llamo Pina.

Imposible describir lo que sintió el joven; no era la voz de su amada la que pronunciaba ese nombre. Lo que había escuchado, le pareció una burla a su decisión frustrada. Sin abrir los ojos contestó: -Las cosas no cambiarán diciéndome que se llama Pina. Tú no eres mi Pina. A mí, no me interesa estar vivo.

-No entiendo por qué se altera con mi nombre, pero no me molestaría si quiere llamarme de otro modo-. Replicó la trabajadora social.

Ella sabía el desempeño humano de su oficio, y convencida de poder sacarlo de su terquedad le siguió hablando: -Lo importante es que poco a poco, me cuente por qué intentó quitarse la vida, conversemos y aprenderá cómo se afrontan las penas. Le aseguro que se sentirá mejor. La persona que intenta, o logra quitarse la vida comete un delito. Va en contra de las leyes sociales. Créame Marcos, estar vivo es un privilegio superior. Desde ahora, puede contar con mi amistad y la mayor parte de mi tiempo para que consiga recuperarse. Alguna vez, yo también quise hacer lo mismo que usted, y es posible que tuviera motivos más contundentes que los suyos para hacerlo. Cuando tenga la satisfacción de haber contribuido a su restablecimiento, le narraré mi historia.

El joven abrió los ojos y se incorporó. Debemos tener en cuenta, el trabajo que cuesta abandonarse en los brazos de la muerte. El deseo de vivir domina desde que nacemos, y se siente sin que se razone.

Marcos tenía a su lado a un ser, que además de maravilloso, también se llamaba Pina. Ese nombre que equivale a Josefina en la lengua Castellana, y que es tan común en la región donde él había conocido a su Pina, a la felicidad, y al dolor.

La voz dulce de la trabajadora social hizo el milagro. El destino de Marcos era seguir viviendo.

LA NIÑA REBECA

La niña Rebeca, hoy cumple once primaveras. Hace ocho años que está al cuidado de Estela una señora de mediana edad, y han venido a este hermoso parque, donde florecen grandes magnolias en árboles, que nunca pierden su verdor. La señora, sentada en un banco, se ha quedado profundamente dormida y

Rebeca, que está a su lado, se levanta sigilosa. Sin esperar el permiso de Estela, va en busca de la música melancólica que se escucha en un sitio apartado dentro del mismo parque.

La suave melodía es ejecutada por el joven Guillermo, que resoplando y moviendo la amónica sobre sus labios, trata de controlar las lágrimas. Con este pequeño instrumento musical, sabe transmitir sus estados de ánimo, y refugiado en esta zona tranquila, desahoga su tristeza porque acaba de ser rechazado por una joven, en la que había puesto sus ilusiones.

Rebeca se aleja mucho de Estela y llega a los límites del parque. Sin miedo, rodea el árbol de donde sale la música y descubre a Guillermo recostado en su tronco. Al verlo recibe una gran sorpresa, no menor que la de él, quien deja de soplar sobre la armónica parándose como un resorte.

Estela se despierta sobresaltada. No alcanza ver a Rebeca en los alrededores, y se angustia porque es responsable si algo malo ocurre. Con paso presuroso la busca hasta divisarla. Respira tranquila y se encamina hacia donde está en unión del joven.

-Muy bonita la música que interpretabas. – Dice Rebeca.

-Gracias. -Contesta Guillermo y hace ademán de marcharse.

-Perdona que te interrumpí… Por favor, quédate…

El joven vacila; prefiere irse pero la niña se lo impide. Había alargando el brazo para presentarse y Guillermo corresponde. Uniendo las manos pronuncian sus nombres.

-Todavía no te vayas… Hoy es mi cumpleaños… - Sigue hablando la muchachita con el tono dulce y espontáneo de quien no conoce la malicia.

-Felicidades. –contesta él, esbozando una sonrisa.

-Me tienen prohibido hablar con desconocidos pero... ¡Tu música es tan linda! Por favor, hazme el regalo de volver a tocar la armónica.

El joven piensa que Rebeca está necesitada de compañía y decide complacerla. Durante unos minutos, improvisa una fiesta cuando hace brotar del pequeño instrumento, la música que cantan en los cumpleaños. La niña palmotea llena de alegría y Estela se les une con más aplausos.

Guillermo termina. Hace una reverencia agradecido y retrocede para marcharse.

-¿Podrás volver mañana? – Pregunta Rebeca y agrega: - Sí, por favor, vuelve... Ya somos amigos.

Sus palabras suenan tiernas, convincentes y mira suplicante a Estela.

-¿Verdad Estela que me traerás mañana a la misma hora?

La señora asienta con la cabeza y el joven responde: -Sí, volveré mañana.

Guillermo se aleja con un cosquilleo refrescante en el alma. A sus diecisiete años, que ni remotamente representa, tiene la oportunidad de procurarle alegría a esta niña inocente y custodiada, para que él olvide un poco su pena.

****

Estela y Rebeca se encaminan al parque. En la casa, ninguna de las dos se atrevió a mencionar el encuentro de ayer con Guillermo, porque de haberlo hecho, con seguridad no las dejaban volver.

Llegan al lugar menos transitado; el mismo donde habían estado con el joven. Él ya espera jugando, hábilmente, con pelotas pequeñas de diferentes colores y se saludan como si se conocieran por mucho tiempo. La tarde anterior Guillermo estuvo serio, retraído, pero hoy tiene otra disposición.

El aire libre invita a expansionarse. -¡Toma! –Dice el joven, y en la corta distancia en que están, le tira una de las pelotas a Rebeca que se aleja repitiendo lo mismo. Empezó el juego. Corren, saltan, tropiezan, se ríen y se divierten lanzando y recibiendo la pelota. A Rebeca le parece mentira disfrutar así, y él también está contento.

Un lanzamiento disparatado de la niña, hace que Guillermo corra desesperadamente, para alcanzar la pelota, pero se cae al cogerla y la muchachita, casi vuela llegando a su lado para auxiliarlo.

El joven dice con la voz cómicamente quejumbrosa:

-¿Viste cómo la pelota no te obedeció y quiso irse muy lejos cuando tú le ordenaste que fuera donde yo estaba?

Los dos se ríen a carcajadas después de la ocurrencia que él ha tenido y, sin resuello, se quedan sentados sobre la yerba.

El Sol empieza a declinar. Las hojas de los árboles, movidas por la brisa, imponen su presencia con suave susurro a medida que los concurrentes al lugar, menos ellos, se retiran a sus casas. Estela, sentada en el banco más próximo a los muchachos, no los pierde de vista.

-¿Tienes hermanos que jueguen contigo?

-No Rebeca, ¿y tú?

-Tampoco, porque mi hermana se casó y no tiene tiempo para jugar. ¿Por qué somos así, diferentes a los demás? Mis padres comentaron que no cambiaré, pero yo quisiera ser distinta. ¿Tú también quisieras ser otro?

-No Rebeca; no es posible.

Guillermo, pensativo, busca una forma comprensible para explicarse y la niña, muy seria, espera las palabras del joven.

-No podemos ser diferentes; tú y yo vivimos, porque nuestros padres se quisieron y, cuando se unieron por el amor, aportaron de sus cuerpos partes diminutas para formarnos. Nosotros somos ese resultado. Si eso no hubiese sucedido, no estaríamos aquí; y yo, no tendría el placer de conocerte. Somos lo que somos. Pequeña Rebeca, debe ser importante vivir. Por lo general, tratamos de conservarnos vivos.

La niña, quiere asimilar lo expuesto por Guillermo; pero su cara sigue contrariada.

-¿Por qué tuve que ser diferente a mi hermana?

-Entiendo tu malestar. Cuando sufrí las burlas, el desprecio y hasta la lástima; me hice muchas preguntas e investigué. Leí muchos libros escritos por los estudiosos y ninguno me dio todas las respuestas. Eres una niña muy particular. Seguramente te quieren mucho y más, si los demás en tu casa no son como tú.

-Es verdad que me quieren, pero no me dejan jugar con todos los niños.

-Porque tienen miedo que te hagan daño como me lo hicieron a mí personas sin conciencia. Rebeca, no se discuten los designios de la energía creadora. Tú llegarás a comprender que vivir es un privilegio y, sobre todo, que debemos aceptarnos como somos porque no podemos ser otros. Yo valoro en su magnitud, cuánto tengo y de lo que soy capaz. Admiro el grado de perfección que encuentro por doquier, a cada paso, a cada instante; y he aprendido a convivir entre los que se consideran mejores. Nosotros somos una creación particular y los hay todavía más particulares, necesitados de bastante cuidado y amor. Muchos de ellos son dulces, obedientes y llenan de buenos ratos sus hogares.

Guillermo se calla. Distrae la vista hacia los árboles y de pronto, exclama señalando hacia ellos: -¡Mira un duende azul asomado detrás de aquel árbol!

Instintivamente, Rebeca voltea la cabeza y lo busca sin verlo. La broma, en lugar de molestarla le provoca una risa estrepitosa que puede contagiar al más serio.

-¡Tiene plantas florecidas dentro de sus enormes orejas!

- Continúa hablando el joven y, enseguida, mira a la niña para preguntarle: -¿Verdad que al duende no le importa ser así? Sólo él tiene esas orejas tan perfectas que pueden escuchar y tener flores perfumadas creciendo en ellas. ¿Te fijaste cómo sus pestañas grandes abanican su cara, esparciendo las burbujas de colores que le salen de la boca cuando silba?

-¡Más, dime más! ¡Dime todo lo que tiene el duende azul! -Contesta la niña, que nunca en su vida había estado tan divertida.

-Tiene las piernas y los brazos tan cortos como los nuestros, y siendo igualmente pequeños, da saltos increíbles echando chispas por los pies. Está feliz porque no existe quien supere su proeza de alcanzar, de un brinco, las magnolias que florecen en la copa de los árboles.

Otra vez, las carcajadas de los dos llenan ese rincón del parque, pero Estela da la señal que tienen que marcharse. Acuerdan verse de nuevo y, al despedirse, Guillermo le dice a Rebeca: -Durante la semana estudio mucho porque quiero ser abogado. Sólo algunos fines de semana, trabajo en el circo con mis padres.

El joven hace piruetas cuando recoge las pelotas del suelo, y grita mientras las mantiene en el aire:

-¡Mira lo que hago en mi acto de malabarismo!

-¡Fantástico!– Exclama la niña levantando sus dos brazos, y moviendo sus manos en un efusivo adiós.

Guillermo se siente satisfecho y hasta importante. Hizo reír a Rebeca, y está seguro que al contarle sus experiencias, la ayudará a que acepte la vida diferente, que como a él, le ha tocado vivir.

Estela, con cariño, pone su brazo en los hombros de Rebeca. Mientras salen fuera del parque le dice: -Espero que me cuentes qué conversaste hoy con el joven.

La niña se abraza a la cintura de la señora y le dice: – Te quiero mucho, gracias a ti pude ver a Guillermo, ¡qué bonito habla! Ya sé por qué me cuidan y me quieren tanto. ¿Sabes que soy como él, un ser particular? ¡Estoy feliz de tener un amigo así! Conocerlo fue el mejor regalo en el día de mi cumpleaños.

La señora está emocionada; con ternura la acerca más a ella y continúan el regreso a la casa. La señora lleva el firme propósito de contar a los padres de Rebeca, lo ocurrido en esos dos días. Sabrán que la niña, tan diferente a su hermana, tiene un buen amigo.

SE HIZO UNA APUESTA

Felicia y una compañera de trabajo, hicieron una apuesta. Una de las dos debía conquistar al empleado serio y de buena presencia, que fue trasladado al departamento de ellas. Ninguna tenía novio y decidieron ese juego, tan poco normal, después que se cercioraron que él, no tenía compromiso.

Esta joven Felicia aparentaba ser lista pero, en realidad, era una infeliz llena de complejos que se ofrecía o se regalaba con tal que la quisieran.

Comenzó la carrera de las dos empleadas por ganar la apuesta. Como ningún esfuerzo era baldío, Felicia trató de estrechar amistad con una vecina, de la que había escuchado que era bibliotecaria y que además, estudiaba sicología. La orientación de esa señora, resultaría tremenda ventaja para ganar la apuesta.

La vecina de Felicia, en cuestión, se llamaba Juana. No era la persona perfecta. Ella estudiaba sicología para comprender su propio carácter impulsivo, al que le era difícil ponerle freno. Por ser así, su estabilidad amorosa ya había sufrido un grave revés.

Felicia consiguió que esa señora la recibiera en su casa, y la mayoría de las veces, era inoportuna e interrumpía sus tareas. Juana la soportaba resignada porque conversar con esa joven, era otra clase práctica para sus estudios.

Antes de descansar, Juana pasaba ratos recordando la dicha que ella misma había rechazado. Una de esas noches, el toque familiar de Felicia rompió el encanto de sus pensamientos.

-Perdóname. ¿Puedo robarte unos minutos aunque sea la hora de ir a dormir?

-Adelante, ésta es tu casa.

-Juana, tú siempre tan tranquila, callada, y yo en cambio, tengo que contar todo lo que me sucede.

-No molestas, sabes que disfruto escuchándote.

En efecto, Felicia quería conversar. Se sentaron cómodamente, y se enfrascaron en un fluido diálogo. Felicia, con expresión de confidencia, al fin le habló a Juana, del tema de su verdadero interés:

-Quiero comentarte un plan que puse en práctica hace unos días.

-¿De qué se trata?

-Hace muchos meses entró un empleado en la compañía que es un hombre maravilloso. En la oficina lo consideran raro por sus modales, extremadamente educados, y por lo poco o nada, que le gusta hablar de mujeres. ¡Pues yo no pienso igual!

-¿Acaso se ha fijado en ti?

-No, todavía no. Estoy tratando de conquistarlo. Su escritorio me quedaba distante. Lo cambiaron de lugar y ahora está cerca de mí. Conversamos mucho. Casi tengo la certeza que sufre una decepción. ¿No es buena idea tratar de consolarlo?

-No lo sonsaques, debes respetar su vida privada. ¿Por qué no esperas? Eres atractiva. Dale tiempo para que se enamore de ti-. Le replicó Juana.

-No puedo esperar. Ya no se ve mal si las mujeres enamoran a los hombres. Nadie me lo puede impedir. Me gusta su mirada y me agrada que sea tan fino y educado.

-Insisto en que debes esperar. ¿No temes que, siendo como es, encuentre pésimas tus insinuaciones?

-No me importa. Hice una apuesta con una compañera de trabajo. Vamos a ver cuál de las dos logra conquistarlo.

-¿Han hecho una apuesta? Y... ¿Puedo saber qué han apostado?

-Lo que apostamos es lo de menos. Ese hombre nos atrae y las apuestas son excitantes. Cuando niña, el juego preferido con mi hermano eran las apuestas. Hasta la merienda nos apostábamos por cualquier tontería. Hacerlo ahora, motiva mis habilidades de mujer para conseguirlo. ¡Ah! Y debo ser justa y agregar, que todos tus consejos me ayudan. Tú no me cuentas de tu vida y no sé de tus experiencias, pero conversar contigo mejora mis tácticas.

Era cierto que Juana le dio a Felicia, las pautas para mejorar su apariencia, y hasta le había indicado la lectura de libros provechosos que ilustraban su estilo de conversación. La noticia de la apuesta, resultó una verdadera sorpresa para la estudiante de sicología. Muy pensativa reflexionó: *"Entrar en una apuesta es un juego improbable... Pero debo convencerme viendo el interés de Felicia, que todos los que hacen apuestas, las hacen con verdadero deseo de ganar."* Ese razonamiento animó a Juana y, sinceramente, se alegró de estar contribuyendo a que la joven conquistara al hombre que le interesaba.

Además de las visitas de Felicia, Juana también recibía en su casa a otro vecino del edificio llamado Pablo. Después de breves saludos y encuentros casuales, temas de interés para los dos, causaron el trato cercano y la relación afectuosa que tenían.

Saber ocultar sentimientos, propósitos y anhelos nos vuelven particulares. Eso dificulta llegar a conocernos completamente; pero en el caso de Juana y Pablo, lo importante era que compartían una amistad que les alegraba el espíritu.

Juana tenía un motivo especial para estar sola, y a Pablo no le molestó esa distancia sutilmente impuesta por ella. Prefería su compañía tan amena, mientras esperaba por un amor correspondido.

Felicia y Pablo, a veces coincidían en las visitas a la casa de Juana. La joven se sentía mal con esos encuentros, porque perdía la oportunidad de comentar con su confidente, los progresos de su conquista.

Un viernes en la noche, Felicia quiso conversar con Juana y se encontró con Pablo. Con un gesto de disgusto, Felicia hizo ademán de marcharse explicando que volvería más tarde.

-No tienes que irte porque yo esté aquí-. Habló, rápidamente Pablo, atreviéndose a retener a la joven por un brazo, y continuó:

-Quédate, quiero decirte algo.

Juana, que había notado que a su amigo le importaba Felicia de manera especial, no disimuló una sonrisa llena de malicia, y dijo dirigiéndose a ella:

-Es importante escuchar a las personas para conocerlas. Según lo que digan, se puede saber cuáles son sus intenciones. ¿Les parece bien que los deje solos?

Felicia miró extrañada a su confidente. La joven respetaba el silencio, casi misterioso de su consejera, respecto a cómo había transcurrido su vida; y siempre pensó que, más tarde o más temprano, entre ella y Pablo surgiría un romance.

Pablo, sin perder tiempo explicó: -Juana, no tienes que irte. Lo que tengo que hablar es sencillo-. Entonces miró a Felicia diciendo: -Si no tienes otro compromiso, ¿me quieres acompañar mañana sábado al teatro?

Los ojos de la joven se iluminaron. No esperó que el despliegue de coquetería, puesto en práctica para enamorar al compañero del trabajo, surtiera efecto con otro hombre. Pablo la cortejaba y su vida aburrida, ya no lo era. Rápidamente contestó:

-Acepto tu invitación. ¡Muchas gracias!

Instantáneamente, Felicia se arrepintió de lo dicho. Cayó en cuenta que ese mismo sábado; estaba obligada a un plan diferente. Ella tenía en su poder un sobre cerrado que debía entregarle a su compañero de trabajo. No quiso hacerlo en la oficina y lo guardó. Como desconocía su contenido estaba obligaba a dársela cuanto antes. Esa carta era el salvoconducto para llegar a dónde él vivía. Era el pretexto ideal para tocar a su puerta, y aunque estaba consciente que procedía mal, en la batalla para ganar la apuesta, valía todo. Ese paso culminaría su conquista.

Juana observó la alegría de su amigo al escuchar que Felicia saldría con él, como tampoco se le escapó el nerviosismo con que ella pidió papel y lápiz, para darle a Pablo su número de teléfono. Juana desconocía la causa real de la excitación de la joven, e imaginó que era provocada por esa inesperada invitación. Como su afán era tener pareja. Lo lógico era que no la rechazara.

Felicia, por su parte, se tranquilizó. La salida al teatro sería en la noche, y la carta podía llevarla temprano en la mañana. Según lo que sucediera en esa visita, se sobraban las excusas para echar abajo el encuentro con Pablo.

****

Felicia tenía el motivo excelente para acercarse a Alejandro, que era cómo se llamaba su compañero de trabajo. Arreglada y perfumada, tocó a su puerta.

Alejandro reconoció a Felicia a través de la mirilla y abrió la puerta. Después del saludo, ella sonrió coqueta, y dijo entregándole el sobre.

-Perdóname el atrevimiento de venir a verte en una hora en la que no se hacen visitas. Olvidé dártelo en la oficina, y no quise esperar hasta el lunes pues no sé lo importante que pueda ser para ti.

Alejandro era un hombre sagaz. No le cogió desprevenido que ella estuviera allí, y consideró falso el olvido de que hablaba. Fingió sorpresa y le dio las gracias como todo un caballero.

Cuando Felicia visualizó el desarrollo de su plan, sabía que podía terminar justo en la puerta. Ella le entregaría la carta, y él se lo agradecería con unas palabras. Era así como había sucedido, pero Felicia era osada y quiso ir más allá.

-¿Puedo entrar en tu apartamento para verlo? Sería magnífico encontrar vivienda en este lugar tan bonito.

Ante lo desconocido... ¡Cuántas veces por nuestros caprichos, ingenuamente, llegamos a una trampa! Felicia llegaba a la suya.

Alejandro la dejó pasar. Dentro de la casa se respiraba limpieza y orden; pero Felicia casi se desmaya. Se quedó atónita. Sobre las paredes y los muebles podían verse fotografías de él junto a Juana, su vecina y confidente. No se trataba de unos cuantos retratos. Eran muchísimos. En todos lucían felices. La joven nunca esperó vivir algo tan decepcionante. *"¿Cómo es posible que ellos no estén juntos?"* Felicia se hacía la pregunta incapaz de hacérsela a él, y llena de coraje siguió con su monólogo interno: *"¿Por qué el destino me ha jugado esta mala pasada? Mi apuesta se ha convertido en una cosa imposible."*

Felicia quiso esfumarse de esa casa, pero no le salían las palabras para interrumpir a su compañero de trabajo, que parecía ignorarla cuando abrió el sobre y leyó la carta que, según su expresión, esperaba ansiosamente.

Alejandro no podía contener la alegría. Sintió el deseo de compartir ese momento fabuloso con alguien y Felicia estaba allí. Y como ella no lograba reaccionar para irse, él empezó a hablarle con el entusiasmo de un muchacho:

-No te imaginas la felicidad que estoy sintiendo ahora y… ¡Tú me la has traído! ¿Verdad que no te va a molestar que te hable de mi vida y mis planes?

Felicia pudo balbucear: -No… Cuéntame… Me interesan…

-Tú no sabes quién es Juana, pero la puedes conocer en todas las fotografías que nos rodean. Es mi esposa. Ahora estoy tan contento, que no me importa confesarte que estoy separado de ella. Sucedió que una mujer, de nuestro mismo círculo de amistades, nos quiso hacer daño. Hábilmente me envolvió, y engañé a mí esposa que es, a quien quiero con el alma. Cuando Juana se enteró de mi terrible falta, me pidió que termináramos nuestro compromiso. De nada valieron mis súplicas pidiéndole perdón. Su carácter es difícil. Sólo prometió que esperaría el tiempo que le pedí, antes de presentar el divorcio. Recuerdo, al pie de la letra, el planteamiento que le hice para que me esperara: "Te apuesto, a que puedo pasar un año renunciando a cualquier aventura amorosa, con tal de ganar tu regreso."

-Felicia, casualmente-, seguía diciendo Alejandro - hoy se vence el plazo de la apuesta. He mantenido a Juana al tanto de mis pasos, y sabe que la gané. Estoy seguro que tiene presente esta fecha. ¡Imagínate, por eso no puedo demorar en verla, y para que sepa que tengo la carta de la compañía aceptando mí renuncia al trabajo! En cuanto arreglemos los asuntos necesarios, nos iremos lejos de aquí. A un lugar que no nos recuerde esta separación.

Alejandro apuró la despedida de Felicia. Ya en la calle, un poco tranquila, la joven razonó: *"Mi compañero de trabajo, también hizo una apuesta, él fue quien ganó. ¡Qué chasco me he llevado con la mía! ¡Nunca podré explicarle a Juana mi derrota!"*

BRÍO

En el complicado teatro de la vida, a veces somos sorprendidos por la actuación menos esperada, y les contaré un buen ejemplo de ello.

Sylvia estaba ingresada en un hospital en peligro de muerte, y es posible que su espíritu, al desprenderse de la carne como ha sucedido en otros casos, percibiera la atención médica recibida para conservar su existencia corporal. Pero además… ¿Sabía que alguien esperaba ansiosamente su deceso…?

Mejor vamos al principio de este relato.

Brío, el sugestivo nombre que, entre otras cosas, significa tener espíritu y valor se lo puso Sylvia a su pequeño Terrier, de pelaje blanco. El perro había crecido al lado de esta señora y disfrutaba de todos los mimos de una mascota consentida, menos cuando Sylvia le ordenaba que estuviera tranquilo, para ella poder hacer sus ejercicios de meditación. Sylvia deseaba contactarse con su padre ya fallecido.

El perro no se separaba de su dueña, y como convivían solos, la señora se alegraba de tener a quien hablar. Podía decirse que entre ellos se adivinaban los deseos y los propósitos. Pero una vez, Sylvia se comportó reservada con Brío. Durante muchos días, se formó un gran desorden en el hogar. El perro la vio empaquetar cuanto la rodeaba, y unos hombres habían llegado y se lo llevaron todo, hasta su cama y las vasijas donde él comía y tomaba agua. El perro esperó extrañado una explicación y sólo cuando Sylvia cerró la puerta del apartamento vacío, le habló a Brío mientras bajaban las escaleras abandonando el edificio:

-Te tengo una sorpresa, nos vamos a vivir con mi sobrina Úrsula, que se quedó sola después de su divorcio. Me propuso acompañarnos mutuamente pero no me engaña, entre las dos nunca existió gran acercamiento. Ella está con problemas económicos y le viene bien compartir los gastos conmigo. Querido Brío, me basta con tu compañía; mi verdadero propósito al irnos para allá, es que tú puedas correr en un patio grande como el de su casa. ¡Por eso nos estamos mudando! - Concluyó Sylvia con entusiasmo.

Al llegar a la nueva morada, Brío, con mirada inteligente, observó la hipocresía del efusivo recibimiento que le hizo la sobrina a la tía. Para él, en cambio, el saludo fue austero y despreciativo. Esto último disgustó a Sylvia quien, con una sonrisa, aprobó que el perro le respondiera con un gruñido y le enseñara los dientes.

Las mujeres caminaban hacia las habitaciones que ocuparía Sylvia, y Brío se quedó rezagado. Aprovechó para olisquear por la sala, y se orinó en la alfombra y en otros lugares delimitando su territorio como hacen muchos animales. Úrsula notó la falta del perro al lado de ellas, y al regresar, descubrió lo que hacía el animalito. Le propinó mayúsculo regaño, y lo cargó en mala forma sacándolo de la casa. Prácticamente lo tiró en el patio y, con excusas de alergia y fobia a las pulgas, prohibió que entrara de nuevo. A Sylvia, esta orden le estrujó el corazón, arrepintiéndose de haber dejado el apartamento. Cuando hablaron de vivir juntas, ella no había aclarado que su prioridad era Brío, ni Úrsula dijo que detestaba a los perros.

Brío olvidó ese mal trato rápidamente, pues había caído en un lugar espacioso con algunos árboles frutales que daban sombra, y plantas florecidas cuidadas con esmero. Lagartijas, mariposas y pájaros despertaron su instinto de cazador y hasta correteó, como nunca lo había hecho, detrás de un gato intruso tratando de alcanzarlo. La angustia sentida por Sylvia, se alivió un poco porque el perro, uno de esos animales que provocan la frase: "Solo le falta hablar", burlaba la vigilancia de Úrsula para entrar en el cuarto de su dueña.

Pocos días bastaron para organizar las pertenencias de Sylvia. La señora estaba ansiosa por reanudar sus meditaciones. Ella sabía que Úrsula, al terminar de trabajar los viernes, en lugar de regresar a la casa, seguía con las amigas para fiestas y reuniones. Era su costumbre llegar a la media noche o más tarde. Al segundo viernes después de la mudada, Sylvia decidió hacer sus ejercicios mentales.

Vivir en la casa, ofrecía un ambiente más propicio a su idea; los ruidos exteriores desaparecían casi totalmente con la caída de la tarde. Todo guardaba silencio invitando a la meditación que, aunque no la conectara con su padre, le dejaría, como siempre, los sentidos impregnados de paz. Así fue que a su orden, Brío se metió debajo de la cama y parte de su cabeza quedó fuera como hacía en el departamento.

La señora cerró la puerta del cuarto y encendió una vela que amplió, con su iluminación, la tenue luz de la lámpara de noche. Roció la estancia con agua florida, y a Brío le llegaron algunas gotas que lo hicieron estornudar graciosamente.

Con gran elasticidad, producto de haberlo hecho muchas veces, Sylvia se sentó cruzando las piernas como se hace en el sistema yoga. La máxima concentración la logró fijando la vista en la llama de la vela. Después cerró los ojos, y puso la mente en blanco para ir en busca de la chispa eterna que la comunicara con su padre.

Sylvia empezó a sentir mucha calma, y un frescor por toda la piel, que fue convirtiéndose en placentero escalofrío, o al menos, para ella lo era pues presagiaba el logro de su deseo.

El recogimiento de la señora fue tan grande que dio resultado. Experimentó una sensación inexplicable cuando su padre se presentó con estupendo aspecto. Sonreía satisfecho. Sylvia podía verlo sin abrir los ojos y, siendo ella parte de él en el misterio universal, lo sentía fuertemente unificado a su cuerpo. Aquella visión era mucho más que un recuerdo.

La señora disfrutaba del éxtasis de ese momento cuando Brío hizo ruidos extraños obligándola a abrir los ojos. El perro ya no estaba debajo de la cama. Con sus patas delanteras dobladas y moviendo la cola en señal de alegría, emitía gruñidos muy raros y suaves mirando al vacío. Parecía comunicarse y reverenciar a un ente invisible.

-¡Mi papá está aquí! -- La señora exclamó llena de emoción. --¡Estás hablando con él, logré traerlo a la meditación y tú eres el que puede verlo materializado! — Agregó Sylvia, convencida de la veracidad de sus palabras.

-Ha venido para protegernos. ¿Cómo podrá ayudarnos?

Brío miró a su dueña y comenzó a dar golpes en el piso con una pata.

-Golpes en el piso. ¿Qué significa esto?

El perro golpeaba una y otra vez.

-Golpes.... Golpes, ¡Números! ¡Esos golpes son números! Números que quiere darnos mi padre para el premio que se juega mañana— Terminó de decir Sylvia, llevándose las manos a la cabeza con un gesto de asombro.

La señora, poseída por una influencia desconocida salió fuera del cuarto. En escasos minutos regresó trayendo un cuchillo y una hermosa toronja. Obedecía a una orden que no podía rechazar y peló la fruta con cortes algo profundos para garantizar la fortaleza de la cáscara que salió completa y sin romperse. De su memoria infantil, Sylvia sacó un juego remotamente guardado que le enseñó su padre, y que consistía en darle significado a las diversas formas que adquiría la cáscara al caer sobre el suelo, después de ser lanzada al aire.

La señora empezó a jugar. Brío se quedó inmóvil demostrando la identificación tan estrecha que tenía con lo que sucedía. En cada lanzamiento la cáscara plasmó claramente la forma de un número y Sylvia los anotaba.

El juego quedó interrumpido bruscamente, por el estrépito de sirenas y carros de bomberos que pasaron frente a la casa dirigiéndose a un sitio no lejano de allí. Brío, asustado, rompió la cáscara al buscar refugio en los brazos de su dueña, y Sylvia volvió a la realidad. Atinó a comprobar que la cantidad de los números escritos era la necesaria para jugar en la lotería, y acariciando a su perro tembloroso le dijo:

-Tranquilo, tranquilo, yo también me asusté; pero mi mayor miedo es despertarme mañana y no recordar en detalle todo lo ocurrido esta noche. Lo que hemos vivido pudiera parecer una fantasía...

Sylvia, sin contarle a su sobrina lo sucedido en la noche anterior, le había pedido que le comprara un boleto con los números formados por la cáscara, porque ella desconocía dónde hacerlo en aquel lugar residencial.

Sentada ya frente al televisor, la señora, en extremo impaciente, veía llegar el momento de conocerse los números ganadores en el sorteo, y Úrsula no aparecía.

Al fin, Brío dio la señal de su llegada escondiéndose debajo de la cama. Úrsula entró en el cuarto con el boleto en la mano. En ese instante, el locutor de la televisión decía los números premiados al tiempo que aparecían en la pantalla, y las dos mujeres se miraron después de verlos. Sylvia, sumamente impresionada se levantó para ir en busca del pequeño papel.

Úrsula se alejó un poco diciendo: -Lo guardo hasta que vayas a cobrar el premio.

-No, dámelo, es mi premio— contestó Sylvia y se adelantó para quitárselo.

-Yo lo guardo. Insistió Úrsula tratando de mantenerlo fuera del alcance de su tía.

-¡Es mío!- replicó Sylvia temiendo perder el regalo de su padre y, al borde de olvidar la prudencia y la buena educación, continuó con la voz muy alterada -¿Por qué tienes que tenerlo tú? ¡Es mío!

Brío salió de su escondite ladrándole a Úrsula.

-¡Déjamelo, conmigo estará más seguro!- dijo la sobrina caminando hacia atrás y, en lugar de retirarse por el espacio abierto de la puerta, chocó con su marco y quedó acorralada. Justo entonces, Brío saltó, la mordió en la mano y le hizo una herida que sangró, sin lograr arrebatarle el boleto. De una patada, Úrsula quitó al perro del camino. Aprovechó la distracción de su tía que quiso auxiliar a su mascota, y la empujó fuertemente. La señora perdió el equilibrio y, cayendo de espaldas, se golpeó en la nuca con la punta de un mueble.

Sylvia, al caer, dejó de sentir.

****

Oscar, un viejo fornido que trabajaba como jardinero en la casa de Úrsula, y que se había encariñado profundamente con Sylvia, se dirigió al hospital cargando a Brío dentro de un maletín, para ver a la señora que permanecía en cuidados intensivos. Gracias a que llevaba una capa de agua sobre el mismo brazo, pudo disimular su atrevimiento y entrar con el pequeño animal. Con mucha suerte llegaron al espacio rodeado de cortinas donde estaba la señora. Equipos médicos controlaban sus signos vitales; pero ella, inmóvil y pálida tenía la expresión de una persona sin vida.

Junto a la cabeza de la enferma, el jardinero colocó el maletín y, al abrir parte de su cremallera, Brío pudo estar cerca de su dueña.

Aquel hombre tan correcto había faltado, involuntariamente, a las medidas estrictas de ese centro de salud; pero su comportamiento respondía a la experiencia singular que comenzó a vivir el lunes, después del sorteo de la lotería efectuado el sábado. Cuando ese día llegó a la casa de Úrsula para trabajar, Brío no salió a recibirlo como era la costumbre. Muy preocupado, había llamado a la puerta que comunicaba con la habitación de Sylvia y, con un corto ladrido, el perro le indicó que estaba solo. En ese instante, se cerró un círculo de compenetración mental entre Brío y el jardinero.

Sin sentir escrúpulo alguno, Oscar empujó la puerta entreabierta y vio a Brío echado sobre la cama, en el borde cercano a la mesa de noche. El perro movió la cola sin bajarse y ladrando indicó que cuidaba algo. El jardinero se le acercó preguntó por Sylvia y Brío, insistente, raspó en la gaveta tratando de abrirla. Sin dudar, Oscar la abrió y sacó el cuaderno que estaba dentro. El animalito ladró dando la aprobación a lo que había hecho el hombre, se bajó de la cama y se dirigió a la puerta para que el jardinero lo siguiera fuera de la casa. Después corrió al rincón preferido de su dueña, donde había un banco a la sombra de una enredadera de buganvilla color rojo escarlata, saltó sobre el asiento y Oscar, sentándose a su lado, comenzó a hojear el cuaderno. Cuando prestó atención a las últimas páginas escritas por Sylvia, el perro ladró de nuevo y movió la cola.

Había sucedido que Sylvia, sin pensar en la posibilidad que otra persona leyera su escrito, sino por la precaución de no olvidar la fantástica comunicación espiritual que tuvo con su padre, con frases llenas de vehemencia, había detallado todo lo sucedido en esa meditación la noche del viernes, incluyendo los números y el sorpresivo final provocado por las sirenas y los carros de bomberos.

No, ciertamente, el jardinero no tomaba decisiones propias. Brío, telepáticamente le daba las órdenes, y el próximo paso que debía dar Oscar, aunque desconociera lo ocurrido con la señora, era entregar el cuaderno a la policía. Allá se presentó bajo ese influjo desconcertante. Supo en ese momento, que Sylvia había sido llevada al hospital después de recibir un fuerte golpe en la cabeza; como también, que los pronósticos médicos sobre su recuperación eran desalentadores.

Las autoridades admitieron la explicación del jardinero sobre el comportamiento inteligente de Brío, que supo guiarlo y lo motivó para que sustrajera el cuaderno. El escrito de Sylvia, donde ella exponía su vivencia de la noche anterior al accidente, les hizo dudar de la declaración hecha por su sobrina quien dijo, escuetamente, que se había enterado de lo ocurrido al escuchar el golpe que produjo el cuerpo de su tía al caer, y que desconocía si perdió el equilibrio por culpa del perro, o si se cayó por otra causa,

Úrsula, pendiente de la gravedad de Sylvia, antepuso el egoísmo a los buenos sentimientos y, sin razonarlo, le deseaba la muerte. Tenía en su poder el premio que acabaría con sus preocupaciones económicas. Pensaba, y llegó a creerlo, que no era culpable por la caída de su tía, porque fue ella quien provocó todo lo sucedido, al negarse a aceptar el favor que le ofreció de tener el boleto bien guardado.

A Úrsula no le importó el paradero de Brío. El pequeño animal quedó al cuidado del jardinero. Triste, pero muy inquieto, Brío le fue trasmitiendo a Oscar la idea de que quería ver a su dueña. Ese era el motivo por lo que el jardinero había ido al hospital con el perro.

******

Brío, junto a Sylvia, con sus orejas bien paradas comenzó a gemir muy cerca de su cara mientras Oscar observaba atento sus movimientos. El perro trató de revivirla con el calor de su aliento lamiendo con cariño y devoción sobre la sien de su dueña. Así se podían calificar aquellas caricias tan limitadas en un ser que carecía de manos.

De pronto, Sylvia abrió los ojos cruzando miradas llenas de ternura con su perro. El jardinero se contuvo para no llorar de alegría. El acontecimiento era importante y Brío, muy agitado, hacía esfuerzos desesperados por salirse del maletín cuando una enfermera y un doctor irrumpieron en el lugar, alertados por los cambios que señalaban los monitores. La enferma, milagrosamente reaccionaba.

Oscar, que rápidamente había logrado esconder a Brío, se escurrió del hospital y regresó a la casa. Estaba seguro que las noticias sobre la salud de Sylvia, seguirían siendo muy buenas.

Estoy llegando al final feliz de este relato. La policía logró que Úrsula entregara el boleto premiado y descubrieron que estaba manchado con su sangre. Fue la prueba de que Sylvia, cuando se recuperó y pudo hablar, había dicho la verdad sobre el altercado que se produjo entre ellas la noche del sorteo.

Gracias al premio de la lotería, logrado por el sorprendente encuentro, que en la meditación tuvo Sylvia con su padre, ella, Brío, y sin olvidar al jardinero, mejoraron sus vidas; pero es bueno decir que, el verdadero triunfo de esta historia, se debió a Brío, quien con su actuación, fue el principal protagonista por poseer, como todos los animales, facultades impredecibles y maravillosas.

EL PEQUEÑO AMIGO

La casa de Carlitos queda al final de un camino, donde no cruza el tráfico y colinda con un bonito campo de golf. A este niño de ocho años le gusta contemplar el extenso terreno que, con su yerba recortada, parece un manto verde. Nunca lo ha recorrido completo, pero donde empieza, al lado de su casa, hay un árbol muy frondoso. En su sombra se reúne con los pájaros que vienen a buscar el alpiste o las migajas de pan que él les reparte.

Este encuentro sucede todas las tardes al llegar Carlitos de la escuela. Hasta los fines de semana, el muchacho disfruta cumpliendo con la tarea que se ha impuesto de alimentar a las aves, sobre todo por Chiquitín, como nombra al pajarito más pequeño, porque se ha convertido en su amigo.

Chiquitín siempre llega el último, como si viniera de un lugar más lejano; pero confiado de encontrar su ración que Carlitos le da cuando los otros ya han comido. Por el hecho de compartir a solas con el muchacho, este lindo pajarito de pecho amarillo, poco a poco dejó de ser huidizo. La comunicación telepática entre humanos y animales se produjo entre ellos dos. Chiquitín no le teme al gigante que le da de comer desinteresadamente, y Carlitos agradece su alegre compañía que, con un atrevimiento inusual en aves tan asustadizas, se limpia las diminutas alas parado sobre sus piernas, o juega picoteando los cordones de los zapatos del muchacho.

Cierta vez, el niño quiso probar la confianza que Chiquitín le tenía. Puso el alpiste dentro de un vasito, e introdujo éste en el bolsillo de su camisa. El pajarito, después de revolotear receloso, se paró en el borde del vasito y comenzó a comer, mientras Carlitos aguantaba la respiración para no asustarlo.

Al fin, un día Chiquitín se paró sobre la mano de Carlitos para comer el alpiste. Se dejó acariciar escuchando las palabras suaves del niño, y este contacto selló la amistad entre ambos.

Ya había sucedido todo esto cuando Carlitos recibió la invitación de Jacinto, un compañero de clases, para la celebración de su cumpleaños. La fiesta tuvo lugar en el patio de la casa, donde dos grandes jaulas, con canarios encerrados, ocupaban parte del mismo. Orgulloso,

Jacinto mostró a los allí reunidos estas aves canoras y sus crías.

En la escuela, Carlitos había hablado de Chiquitín y algunos (entre ellos Jacinto), no creían todo lo que contaba de su relación tan amistosa lograda con un pajarito y, ufano, le pareció oportuno insistir en su increíble historia, para que los asistentes a la fiesta la conocieran completamente.

Después de escucharla de nuevo, con tantos lujos de detalles, Jacinto acabó por aceptarla y creyendo ayudar a su amigo, le explicó el método de varias trampas para atrapar y encerrar a Chiquitín. Sentenció, que de no lograrlo lo perdería, porque siempre estaba en muchos peligros o buscaría otro lugar donde comer mejor.

A Carlitos, lo sugerido por su compañero le pareció terrible. Pensó que le bastaba cerrar la mano cuando Chiquitín comía confiado, para tenerlo preso. Agradeció a Jacinto su consejo o buena intención, pero con sus palabras de niño, le rebatió su planteamiento, dejando bien clara la idea, que era cruel prohibir volar y andar a los que puedan hacerlo.

Las aves que usan sus alas para volar, tienen la libertad de subir al cielo; como los que pueden andar, la de conocer la inmensidad del mar aunque vivan lejos de él.

El papá de Jacinto intervino para calmar a Carlitos. Explicó que los canarios fuera de la jaula, eran fáciles presas de los gatos y otros depredadores, porque por generaciones, que significaba el transcurso de muchos años, habían nacido en cautiverio y no sabrían defenderse si se vieran libres.

Carlitos retrocedió en el tiempo mencionado, y razonó que existió un primer canario sufriendo la captura. No quiso hablar más del asunto. Le hacía daño. Era muy niño para traducir en palabras la angustia que

~ 197 ~

sentía imaginando a Chiquitín entre barrotes, cuando él mismo, quería tener alas para acompañarlo en sus maravillosas aventuras atravesando las nubes, sorteando ramas entre los árboles, o ir volando sobre el campo de golf para ver desde la altura el final del hermoso manto verde. "No, Chiquitín no era un canario", pensó, "él sabe defenderse y, seguramente, tiene un nido donde lo espera su familia. Aunque algún día no quiera volver para comer en mi mano, siempre será mi amigo y estará libre".

Carlitos se tranquilizó pensando en el próximo encuentro con Chiquitín. Había llegado el momento de disfrutar de la fiesta.

UN EXTRAÑO AMULETO

-Lucio, demoré un poco, porque me detuve en la calle mirando a un personaje muy pintoresco. ¡Increíble la cantidad de amuletos diferentes que vende ese individuo para tener buena suerte!— Dijo Sara después de saludar con cariño a su esposo y soltar sobre una mesa su amplio bolso.

-Por tu manera de pensar, no te imagino comprando algo así-. Contestó Lucio.

-Pues sí, lo que habló me convenció y te compré uno para que lo pongas con tus llaves. Siempre estás dando carreras en tu automóvil y además, en tu negocio nuevo, no sabes si las personas que vas a tratar se comportaran sinceras contigo. Tengo fe en que lo que te compré te dará buena suerte.

-Sara, yo no creo en la mala suerte-. Replicó Lucio y cambió completamente su expresión para agregar: Se debe confiar en uno mismo.

-¿Por qué pusiste esa cara tan rara al decir eso último...? ¡Cómo de picardía...!- Le dijo Sara.

-Tú siempre me sorprendes con cosas diferentes, pero esta vez... Esa compra que dices que has hecho, me ha remontado demasiado lejos en mis recuerdos.

-Y... ¿Puede conocer cuáles son esos recuerdos, tú querida esposa?

-¡Claro que puedes conocerlos! La extraña expresión de mi cara tiene que ver con una experiencia muy significativa en mi vida. Nunca me he podido explicar por qué, en tanto tiempo, no he olvidado los detalles de lo que me sucedió. Si antes no te hablé de eso, es porque el hecho es de carácter infantil.

-Lucio, soy toda oídos. La cena esperará y me contarás lo que te pasó antes de darte mi regalo.

La pareja se acomodó en un sofá, y Lucio comenzó la narración:

-Yo era sólo un niño de doce años. Habíamos terminado ese fin de semana, uno de los tantos paseos que disfrutábamos en grupo, yendo al campo. Mis amigos regresaban a sus casas con gran algarabía y yo me fui quedando rezagado. Di la vuelta en sentido contrario y corrí. Me impulsé y traté de brincar, sin lograrlo, por encima de una rueda de carreta semienterrada en el terreno. Todos mis compañeros lo hacían menos yo, y me llené de cólera. Busqué la sombra proyectada por una montaña cercana, y sobre la yerba fresca del terreno me dejé caer mirando al cielo. Ni una nube se interponía y pude contemplarlo en toda su inmensidad. Mi dificultad para saltar aquella rueda, era algo más que se unía a la cadena de contrariedades que me agobiaban. Ese azul sobre mi cabeza, representó la bóveda gigantesca de un templo que me dio serenidad.

Lucio demostraba verdadera satisfacción mientras hablaba.

-Con mis cortos años, no me era posible darle explicación a todo aquello que viví. No sé por qué, en algunas ocasiones me ha venido a la mente. Quizás porque el final fue bueno y beneficioso. Casi seguro que al contártelo dejaré de darle importancia. Y te repito, puedes enterarte gracias a que todo aquello que pasó lo puedo recordar.

-Tirado boca arriba, triste, decepcionado-, continuó Lucio –pensé en mi abuela que mientras vivió, me consintió más que mis padres. Me gustaba tocar sus cabellos blancos como el coco y contemplarla cuando al hablar, sonreía y miraba con picardía. Con esa forma diferente de expresarse, le daba comicidad a los asuntos serios, o quizás trataba de disimular sus verdaderos pensamientos. Siempre fue así, y yo quise imitar su gesto peculiar frente al espejo hasta que lo logré bastante bien. Me alegra que te haya llamado la atención.

Lucio, al decir esto, repitió la expresión de su abuela y Sara riéndose apremió:

-¡Vamos, vamos, sigue hablando! Me encanta cómo narras y quiero que sigas.

Lucio se sintió entusiasmado. Era la primera vez que contaba su experiencia. Agradeció el halago de Sara, y prosiguió:

-Estaba completamente solo en aquel descampado. Como a esa edad todavía era inocente, pensé que tenía que hablarle a mi abuela en voz alta, para que me escuchara. Casi le grité: *"Abuela todo me sale mal, no tengo suerte."*

-Ciertamente Sara-, trató de explicar Lucio -Yo se lo decía con el alma. Pretendía traspasar el cielo para llegar donde estuviera, y le supliqué, todavía en un tono más alto: *"¡Ayúdame abuela…!"* Entonces, gracias a la incontrolable máquina de los recuerdos, toda mi angustia se fue suavizando. Pensé en los momentos maravillosos que había vivido a su lado y hasta logré sonreír. Y de pronto, recordando, vislumbré lo que parecía una solución. Volví a exclamarle a mi abuela:

"¡Cómo no lo pensé antes! Tú creías en los brujos. No me dejaban escuchar cuando contabas sus historias, y les tengo miedo, porque mi mamá sabe relatos horribles sobre ellos, y del daño que hacen. Ella siempre me repite: "Hijo, no creas en los brujos, confía en ti mismo, y tendrás suerte." Abuela, yo sé que tú no querías quitarle la razón y me aconsejabas que le hiciera caso a mi mamá. Pero… abuela, tu asegurabas que los brujos preparaban cosas magníficas, para las personas desdichadas como yo. Que eran azabaches, patas de conejo, trozos de madera, piedras y hasta semillas, y que para que funcionaran, había que ponerlos cerca del cuerpo. Tú decías que eran amuletos fabulosos que ahuyentaban la mala suerte. Pero abuela… fíjate…, si yo no he sabido hacer lo que me dice mi mamá…, eso que tengo que confiar en mí… no lo entiendo… Abuela, ayúdame a conseguir un amuleto…"

-Sara-, continuó Lucio -lo último que le había hablado fue sin gritar, casi rezado. Ya llevaba rato acostado sobre el terreno, y la sed que tenía se volvió insoportable. Parece que el instinto, siempre más alerta, trató de indicarme algo. Presté atención. Era un sonido suave que, a intervalos, quedaba opacado por el ruido que hacían las hojas de los arbustos movidas por el viento. Al fin lo identifiqué. Caía agua en el interior de la montaña. Me levanté y abriéndome paso, quité las plantas que se interponían, hasta que dejé al descubierto la entrada de una cueva no muy profunda. Dentro de ella, en la pared del fondo, divisé con gusto, la gruta donde brotaba un pequeño manantial. Después de mirar alrededor, temeroso que algún animal dañino estuviera acechando, me acerqué al chorro de agua. Hice una cuenca con mis manos y sacié la sed.

Imperturbable, Lucio seguía su narración:

-El lecho por donde desaparecía el manantial, al nivel de mis rodillas, estaba formado por piedras. Tomé la más sobresaliente que, por su tamaño, me cabía en la mano. Al apretarla tuve la sensación de estar acompañado. La piel se me puso de gallina. Palmo a palmo busqué la presencia de alguien, pero sólo había una planta enredadera inofensiva, de flores azules con listas púrpura. Me quedé tranquilo y raramente sensible. No dudé que mi abuela había propiciado el hallazgo de aquella gruta y me pareció que su mirada pícara se encontraba con la mía en una dimensión de sensaciones. Muy emocionado, guardé el trozo de roca en mi bolsillo y salí de la gruta. Fui corriendo donde estaba la rueda de carreta y la salté sin dificultad. Lleno de alegría me tiré de nuevo al suelo. Feliz, di vueltas como un fardo hasta gastar la energía que me quedaba. Cerré los ojos. Traté de tener una comunicación verdadera con el plano invisible donde estaba mi abuela y le susurré: "-*Muchas gracias, ya tengo un amuleto que me da suerte*".

La esposa de Lucio, disfrutaba un relato con tantos detalles, que ni se movía para no interrumpirlo y él siguió:

-El descanso emocional, me había provocado un suave sopor cuando una rama, arrastrada por un golpe de brisa, se enredó en mi mano. Ya, en ese momento, no tenía consciencia de la realidad, porque se esfumó dentro del sueño más vívido y sorprendente que he tenido. La rama había dejado de serlo y estaba convertida en otra mano que agarró la mía. Una voz persuasiva me dijo: *"-Ven, te estaba esperando.-"* Yo accedí a los deseos de la mujer que tenía a mi lado, de apariencia etérea y edad indefinida.

Encaminándonos hacia la cueva seguía hablando: *"-Vamos, no perdamos tiempo. Te llevaste algo que debes restaurar a su lugar".*

"-No, mi piedra no la voy a devolver. Es el amuleto que me dio mi abuela."- Le contesté disgustado, y ella insistió: *"-Es un amuleto falso. No fue preparado por un brujo. Devuelve la piedra para que no se muera la planta y podrás tener fe en ti mismo."*

"¿Qué planta?" Repliqué; y con la confusión propia de un sueño obedecí. Vi mi mano poner la piedra en el lecho del manantial. También miré que el agua chocaba sobre ella y que gotas, que me parecieron luminosas e inmensas, salpicaban regando la planta que había allí. La señora dijo: *"-Gracias, todo vuelve a estar como antes. Regresa a tu casa..., ya tienes fe en ti mismo."*

Lucio respiró profundo y siguió contando:

-Eso último dijo la mujer y la vi abandonar la cueva. Traté de seguirla. Daba pasos sin tocar el suelo y ese detalle no me importó. Con su bamboleo, al caminar, se abrían los tachones de su saya, y mi atención fue para algo atado a una tira roja que colgaba de su cintura. Podía verlo sin determinar de qué cosa se trataba. La nebulosa del sueño impedía que yo acortara la distancia que nos iba separando cada vez más. Mis ojos hicieron un gran esfuerzo, y al fin pude ver claramente. Esa cosa era el amuleto de mi abuela. Una pata de conejo que ella tenía amarrada a una cinta roja. Comencé a gritarle: *"-¡Espera no te vayas! ¡Déjame tu pata de conejo! ¡Necesito ese amuleto!"* – La señora volteo la cabeza para mirarme, y sonrió con la misma picardía de mi abuela, pero… no estaba seguro que fuera ella. Cuando traté de estregarme los ojos para mirar mejor, me raspé la cara con la rama del arbusto que se había enredado en mi mano, al quedarme dormido. Me puse de pié. Estaba consternado. El sueño fue demasiado real. Busqué la piedra que había tomado de la cueva y no estaba en mi bolsillo. La perdí dando vueltas en el suelo, cuando regresé a la sombra de la montaña, y era inútil tratar de encontrarla. Instintivamente, quise volver a la cueva. Observé que, en efecto, una enredadera vivía de las gotas de agua que se desviaban al chocar el chorro del manantial sobre las piedras y entonces…, gracias a mi sueño, ya no me interesó quitar otra. Antes de abandonar el campo, pude saltar otra vez, por encima de la rueda, y recordé las palabras de mi mamá: -"*Hijo, confía en ti mismo y tendrás suerte*".

En ese momento, Sara frunció el entrecejo, deseaba hablar pero prefirió dejar que Lucio terminara su relato:

-Las palabras de mi madre, repetidas por la señora en el sueño, se convirtieron en ley para mí. Los cambios fueron notables. Tuve valor para arriesgarme a todo. Empecé a destacarme como el primero de la clase, fui líder entre mis amigos, héroe en algunas ocasiones y, de tímido que era, aunque me da pena decirlo, me convertí en el conquistador de las muchachas. Sólo agregaré, como otro dato curioso de esta experiencia fabulosa, que el nombre de la planta que crecía en la cueva es el de Maravilla por lo beneficiosa que es.

Satisfecho por haber podido contar su sueño, Lucio concluyó: - Ahora, sí acabé. Dame lo que has comprado y vamos a comer que tengo hambre.

Sara siguió callada. Buscó el regalo en su bolso. Sabía que él se sorprendería, como ella lo estaba de su historia.

Cuando se lo entregó, Lucio abrió desmesuradamente los ojos para exclamar: -¡Esto es demasiada casualidad! ¡Una pata de conejo! Muchas gracias. No me queda otro remedio que complacerte y unirla a mis llaves.

-No, no me confío. Dámelo todo, que yo lo haré-. Dijo ella.

Al poner el amuleto junto con las llaves, Sara descubrió un número trece que estaba grabado en el metal donde se fijó la pata de conejo. Muy extrañada comentó: -¿Cómo es posible que siendo el número trece de mala suerte lo hayan puesto en este amuleto? ¿Qué tú crees que diría tu abuela?

-Ojalá pudiera contestarte, pero… sólo te diré, que mi abuela nació en el año mil novecientos trece.

-Y… ¿este… podrá ser su amuleto?

-Tampoco lo sé. Nunca lo tuve en mis manos para saber si tenía ese número trece, que pudiera identificarlo como el de ella, ni me preocupé del destino que cogieron sus cosas cuando ella murió.

-Lucio, muchas gracias por haberme dejado conocer tu linda experiencia. Yo seguiré pensando que esta pata de conejo que te compré te dará buena suerte. ¡Vamos a cenar que es tarde! – Exclamó Sara mientras le entregaba el llavero.

-Tú puedes decir lo que desees pero yo agradezco mucho más, tu excelente regalo. Tengo la certeza, que no borré de mi memoria lo que me sucedió a los doce años, porque iba a poder contártelo a ti, el día que me trajeras este amuleto. También pensaré que es el de mi abuela, y que ella logró ponerlo en tus manos para que yo lo tuviera.

VISIONES ANTIGUAS

Jorge, con su buen carácter, se empeñaba en restarle importancia a los problemas. Le gustaba divertirse y compartía con Elena, todos los paseos y fiestas. Se querían y, finalmente, una tarde antes de irse Jorge de viaje para visitar a sus padres, ella estuvo de acuerdo en que formalizarían el compromiso entre ellos cuando él regresara.

El joven enamorado se sintió complacido; dos semanas pasarían rápido, y muy ilusionado, al despedirse miró a Elena que parecía sentir lo mismo y le dijo: "Me voy dichoso viéndote igualmente contenta y feliz." .

Pero la alegría de la joven era por otro motivo. Se debía a que, en la mañana de ese mismo día había entablado amistad con Alberto, un poeta misterioso con el que coincidía en el gimnasio. Cuando lo conoció, en ella se despertó el interés por tratar a un hombre diferente y el viaje de Jorge propiciaba el desarrollo de su plan, pasara lo que pasara. Entonces… ¿Por qué formalizar un compromiso con Jorge? Estaba muy confundida, pero ciertamente Alberto le atraía.

Terminado el día, Elena se acostó deseando ver al nuevo amigo en un sitio romántico. Apagó la luz dispuesta a descansar, acomodó la cabeza en la almohada, cerró los ojos y esa noche, volvieron las visiones antiguas. Ella nombraba *visiones antiguas* a lo que le ocurría antes de desconectar del estado alerta para entrar en el confuso mundo de los sueños. Las visiones duraban fracciones de segundos proyectadas en el interior de sus párpados y a veces empezaban con colores. Eran imágenes nunca vistas por ella de objetos, animales, paisajes extraños o de apacible belleza, caras y personas de todas las edades que, solas o en grupo, ejecutaban diversas actividades.

Elena no comentaba sus *visiones antiguas* porque pensaba que a todos les sucedía lo mismo. Razonaba que, además de tener la herencia física de sus antepasados (como por ejemplo: el dedo meñique extra que trajo al nacer igual al de su bisabuela, creciendo de la tercera falange del normal y del que sólo quedó una pequeña yema de carne cuando se lo amputaron), también en ella, dentro de su energía de vida, había heredado y permanecían muchas de las experiencias vividas por sus padres, abuelos, y... ¿Por qué no? Por todos los que fueron formando la cadena, desde el principio, hasta llegar a la vida que actualmente era la suya. Algunas de esas vivencias, podían estarse repitiendo, y desplazándose al interior de sus párpados o la pantalla donde las veía.

Elena disfrutaba las visiones antiguas y, aunque estas no siempre se presentaban, habían vuelto, durante algunas noches seguidas, con un cambio singular. Aparecía un rostro indefinido; su visión duraba más tiempo, intercalándose recurrente entre las otras imágenes que nunca se repetían. Justo esa noche, cuando Jorge se había ido, antes de quedar vencida por el sueño, el rostro borroso se aclaró. Era la cara de una mujer aniñada con una sonrisa angelical. La sorprendente definición del rostro poco a poco se deshizo y Elena se durmió.

Al día siguiente, cuando sólo haciendo un gran esfuerzo, Elena podía recordar las visiones que precedían a sus sueños, la joven se despertó pensando en la repetición del rostro. Impresionada, no entendió y esperó una respuesta sin saber de quién. Un extraño impulso unió sus manos y se dijo: "Mujer con cara de niña, has querido que te conozca repitiéndote en mis visiones antiguas. Creo que perteneces al presente de otra dimensión y puedes estar conmigo. Tu linda sonrisa me indica que eres mi ángel guardián y te llamaré Angélica." Elena tenía pruebas que alguien la cuidaba y ese alguien podía ser la mujer del rostro y la ayudaría a conseguir su nueva ilusión.

La joven quitó ese suceso de su mente. Le restó importancia al igual que hacía con otras situaciones raras que vivía y que consideraba naturales, aunque no pudiera darles explicación. Muy dispuesta se preparó para emprender las tareas del día, en las que incluía la visita al gimnasio.

Alberto era inteligente, sensible y se preocupaba de mantener su cuerpo en perfecto estado porque, como decía: "Es el albergue de mi alma." Los dos hacían ejercicios diariamente y Elena tenía la oportunidad de verlo y tratarlo. Ella no se conformó con la amistad del poeta. Conquistar su amor en la ausencia de Jorge era una idea fija que parecía estar progresando porque, además de los encuentros en el gimnasio, siempre que les era posible, estaban juntos. La joven había buscado la forma de agradarle admirando los conceptos elevados que él tenía sobre la existencia, como también de los mensajes hermosos escritos en sus versos.

La joven y el poeta charlaban mucho sobre temas interesantes. Alberto tenía el don de saber escuchar y notaba, por la coquetería de ella en la conversación, que buscaba algo más que amistad, pero él siempre se mantuvo distante y reservado.

A Elena le quedaba poco tiempo de libertad y se desesperaba. Dolida por la indiferencia de Alberto, cuando iba a su encuentro, repetía en voz baja: "¡Poeta te rendirás a mi capricho, te rendirás a mi capricho!".

Parecía que, efectivamente, el interés de la joven en conseguir el amor de Alberto era un antojo, porque en muchos momentos quería estar cerca de Jorge, quien tanto la consentía y la divertía con su carácter alegre. Faltando solamente un día para su regreso, Alberto propuso el encuentro con Elena, en un apartado lugar frente al mar. Cada cual fue por su cuenta y durante el camino, la joven saboreaba su triunfo imaginando las bellas frases conque podía enamorar un escritor.

Alberto la esperaba muy serio; lucía tenso, contrariado y la recibió con un frío saludo. Elena no le prestó atención a su actitud. La costa formaba un acantilado que le daba el toque romántico deseado por ella. Estaba muy confiaba en que él no esperaría más para enamorarla. Caminaron juntos hasta su borde agreste y el poeta, a pesar de su malestar, hizo un esfuerzo y comentó: -La belleza del paisaje me inspiró muchas veces; este lugar tan solitario fue mi sitio predilecto. Fíjate, el aire puro te golpea y sientes que vuelas sobre el mar abierto hasta el horizonte, donde tratas de escudriñar el por qué de la vida, y te obligas a respirar profundo, deseando vivir más. Si tienes precaución puedes apreciar el imponente romper de las olas contra el acantilado desde aquí arriba.

Elena consideró que Alberto había escogido el lugar ideal, pero… "¿Por qué dejó de ser su predilecto…?" Pensó la joven muy intrigada.

De pronto, Alberto llevó su incomodidad a un arranque inesperado. Sujetó a Elena por los hombros la miró fijamente y gritó descompuesto: -¡Pero ya no me gusta estar aquí! ¡No me gusta!

La joven se sorprendió. La presión de las manos de Alberto le hacía daño y mucho más su mirada.

-¿Qué te pasa?-- Protestó ella tratando de soltarse para alejarse del poeta que continuó diciendo con la voz alterada:

-Este lugar dejó de ser mi preferido y quisiera saber por qué te invité a venir. ¡Yo no estoy interesado en ti como tú deseas! ¿Lo entiendes?

Esto último, Alberto lo gritó todavía más y Elena sintió un malestar en el pecho que no podía describir. Desconcertada, logró liberarse de sus manos y se le quedó mirando como si se tratara de un desconocido.

Mientras tanto, Alberto se transformaba nuevamente. Con los brazos caídos a los lados del cuerpo y la vista fija en el suelo, era la estampa del abatimiento.

-Perdona, no quise hacerte daño.- Dijo arrepentido. –Por favor no te vayas. Deja que me justifique narrando el hecho triste que provocó mi pésimo comportamiento. Créeme, lo que te cuente no será por vanidad.

-Nunca me imaginé buscarme tantos problemas por dedicar unos versos. No recuerdo cómo la conocí, pero me tropezaba con ella en diferentes lugares. Cuando su cara me fue familiar quiso que le escribiera una poesía romántica y la complací. Compuse los versos con el tema de las flores en la naturaleza y se los dediqué. Las consecuencias de la dedicatoria fueron tremendas. Era una adolescente ansiosa de aventuras amorosas, que cambió el sentido del escrito, y dijo que mi poesía era una declaración de amor, cuando yo me aseguré de tratarla como lo que era, una chiquilla.

Elena seguía perpleja. Lo que sucedía aclaraba su confusión. La conquista del poeta había terminado. Tener su amor ya no tenía sentido. Le quedaba Jorge, incondicional y enamorado para aliviar su despecho; pero queriendo conocer toda la historia que convertía a Alberto en un hombre misterioso, la joven escuchaba expectante.

-La adolescente, en extremo caprichosa, me perseguía valiéndose de artimañas que yo consideraba casualidades. Pienso que se empecinó más porque yo me burlaba de sus sentimientos y no hacía caso de lo que ella tomaba tan en serio.

Al poeta le faltaba ánimo. Se detuvo un momento para mirar a la joven buscando su comprensión y siguió diciendo:

-Creí finalizada la angustia de sentirme culpable y no es así. Debe ser porque nunca me arrepentí. Si ella se presentara ahora con la misma súplica o exigencia, yo actuaría como lo hice entonces…- Al decir esto, el poeta guardó silencio.

"¿De qué no quería arrepentirse? ¿Quién era ella y qué quería?" Pensó la joven que ya no resistía las pausas y lo apremió: -Por favor, acaba de hablar. Necesito saber todo lo que pasó para tratar de comprenderte.

Alberto reaccionó al pedido de Elena y continuó:

-Antes debo confesar que al conocerte, extrañamente, me sentí atraído por ti. No entiendo por qué fui empujado y deseé regresar al que era el refugio de mis meditaciones, para revivir aquella desagradable situación, y tú debes reconocer que provocaste los acercamientos entre nosotros. Siempre compartimos las alegrías y debemos hacerlo también con los sufrimientos. Hoy es esencial que te hable de los míos. Trataré de contarte la difícil experiencia que viví sobre este acantilado de ensueño.

Elena se sentía muy nerviosa esperando el desenlace del relato.

- Una tarde, esa niña me esperó en este mismo lugar y, comportándose como una mujer adulta se insinuó provocativa pidiéndome que la amara. Me negué rotundamente. Ella trataba de abrazarme diciendo: "Tú también me quieres pero eres un cobarde." La rechacé y, mientras forcejeamos, terca, llena de cólera gritó: "Poeta, aunque sea un capricho tú te rendirás. ¡Te rendirás a mi capricho! ¡Te rendirás a mi capricho!"

Esa frase repetida puso lívida a Elena, porque esas palabras, también yendo a su encuentro las decía. La joven se quedó inmóvil y recurrió a los ejercicios de respiración para tranquilizarse. En cada aspiración sintió que algo ajeno se desprendía dentro de ella y que al exhalar el aire, ese algo ajeno salía arrastrado por el fuerte viento.

Alberto había hecho otra pequeña pausa y siguió diciendo:

-Cuando pude quitármela de encima, ella corrió hacia el acantilado gritando: "¡No resisto tu desprecio, me mataré!" Logré alcanzarla y, sorpresivamente, con la misma fuerza que desarrollan los locos, trató que los dos cayéramos al vacío. Me costó trabajo dominarla, pero la llevé lejos del peligro y le aclaré que yo no la quería.

El poeta miró al mar y continuó:

-Lo peor vino después. Me ausenté por un tiempo y a mi regreso, me dieron la noticia que se había suicidado aquí en el acantilado...- Y agregó mientras la joven permanecía petrificada:

-Después de contar por primera vez esta triste historia me siento libre de remordimientos. Además... ¿Por qué tenía que sentirlos?

Elena no podía esperar. Le faltaba poco para convencerse de su horrible sospecha y con voz temblorosa le preguntó:

-¿Cómo era ella?

- Tenía la mirada penetrante como una mujer; pero su sonrisa era angelical como su nombre... - Y Elena concluyó:

- Angélica.

-¿Cómo lo sabes? —Preguntó el poeta consternado.

La joven retrocedió unos pasos contestando:

-Porque su espíritu quiso, a través de mi, repetir la experiencia donde ella trató de conquistarte. El día que te conocí, apareció en mis *visiones antiguas* el rostro borroso de Angélica. Se aclaró cuando estuve libre para enamorarte.

Elena, después que comenzó a hablar, había dado la vuelta alejándose del acantilado y no supo si Alberto escuchó toda su respuesta. Desesperadamente quería huir de allí, y mientras caminaba una escalofriante pregunta vino a su mente: "¿Angélica me utilizó para despertar los remordimientos en Alberto e incitarlo a que terminara su vida como ella lo hizo?"

Prefería no saberlo, como tampoco quería analizar lo que vivió en esas dos semanas en las que no fue dueña de su voluntad; pero un último razonamiento borró para siempre, el extraño episodio: "Estoy segura que Angélica salió esta tarde de mi dimensión. Confío en que nunca más, serán interrumpidas mis *visiones antiguas*. Seguirán recreándose en mis párpados, con la frescura de un hecho actual."

Cuando Elena llegó a su casa se sentía nueva, estupenda, y muy entusiasmada, comenzó los preparativos para recibir a Jorge. Al día siguiente, formalizarían su compromiso.

SUCEDIÓ UNA TARDE

Las sombras se empeñaban en opacar los últimos rayos del astro rey en aquel espléndido día que no quería terminar.

Sschá, sschá, sschá era el rítmico sonido del cuchillo manejado con destreza por Facundo, o el flaco, como le llamaban todos, sobre la piedra para sacarle filo. Estaba en el patio de su casa, un lugar amplio de piso rústico recién puesto y protegido por un alto muro. Lo acompañaban varios hombres, de aspecto bárbaro, colocados en círculo a su alrededor. Eran severos jueces asistiendo a su iniciación.

El primer paso del ritual se había terminado y a ninguno se le ocurrió cerrarle los ojos al cadáver que, tirado en el suelo, se quedó tieso con una expresión suplicante en la mirada. Contemplar sus ojos, desorbitados, fue el comienzo del terrible nerviosismo que se apoderó de Facundo.

En la confusión que se formó, no estuvo claro quién mató a la víctima, pero al flaco le tocaba la tarea de desollarla. Era su gran prueba. Los cortes tenían que ser limpios hasta el final del trabajo para ser aprobado y formar parte del grupo. Todos los allí presentes, llegado el momento, demostraron ser tremendos triunfadores en el uso de los cuchillos.

Facundo sudaba copiosamente. Fumar lo tranquilizaba pero, teniendo las manos ocupadas, se conformó con el humo que llegaba a su nariz del tabaco que, muy parsimonioso, se fumaba uno de los asistentes.

El flaco tenía miedo de fracasar. Después de cada corte pequeño, afilaba el cuchillo. El sschá, sschá, sschá del arma blanca sobre la piedra y el revolotear de algunas aves de rapiña sobre los techos del caserío, eran los únicos ruidos que rompían el silencio de la tarde.

El atormentado Facundo dejó de razonar bien. El momento de desollar por completo al cadáver le parecía tan lejano como las nubes y los pajarracos que no se dejaban alcanzar. La impresión de lejanía era fuerte y extraña. Se alejaban, se alejaban y él, insistía en afilar su arma. Sschá, sschá, sschá. Descontrolado, acabó rajando la piel, y tembloroso, llegó con la punta del cuchillo a un lugar que no podía tocar. La víctima no se había desangrado del todo y de la perforación salió un chorro de sangre que le salpicó la cara. El desagradable contacto ocurría en el mismo instante en que Cachita, su mujer, blandiendo una escoba que chorreaba agua, la sacudía sobre su cabeza y le gritaba:

-¡Flaco! ¡Despiértate descarado! ¡Ayúdame vago del demonio!

El susto que se llevó Facundo, estuvo a punto de sacarlo, peligrosamente, de la hamaca donde se durmió después de tomarse unas cuantas cervezas y, manoteando como un loco dijo:

-¿Qué pasa? Acaben de ponerle aire para que se despegue fácilmente el pellejo del chivo.

El flaco, todavía más dormido que despierto, les indicaba a los bárbaros la forma de abreviar la *iniciación* que le producía tanta angustia.

Poco a poco, Facundo regresó a la normalidad y sintió pena por su mujer, fumadora empedernida, cuando miró que su tabaco casi se había consumido sobre una mesita colocada cerca da la hamaca, mientras ella trabajaba y él roncaba.

Sschá, sschá, sschá, la escoba era movida rápida por las manos de Cachita que trataba desesperadamente de sacar toda el agua que había echado en el patio. Las palomas, con sus nidos cercanos a la casa, lo ensuciaban constantemente y ella quería que las nuevas losas estuvieran relucientes.

Facundo se desperezó feliz porque sólo había sido un sueño el tormento y la vergüenza que pasó en presencia de todos sus amigos, cuando no pudo quitarle el cuero al chivo.

Cachita trató de sacar a Facundo de la hamaca y volvió a gritarle:

-¡Por favor levántate! En cuanto caiga el sol empiezan a llegar los invitados. Tienes que buscar el guayo, las maracas y las claves. El compadre traerá la guitarra. ¡A! y me enteré que va a estrenar el bongó que hizo con la piel del chivo que tú le regalaste.

Entonces, después de decir eso, Cachita dejó de barrer y se apoyó romántica en la escoba; miró a Facundo que ya estaba de pié y con picardía agregó:

-Todavía me falta planchar la ropa que me trajo la costurera. Te tengo tremenda sorpresa. Prepárate para bailar porque voy a estrenar una bata blanca de rumbera adornada con muchos vuelos y cintas rojas.

El flaco, imaginando a su mujer dentro de esa vestimenta con lo gordita que estaba, empezó a reírse a carcajadas. Cachita no pudo evitar unirse a su risa contagiosa. Así de contentos, terminaron los preparativos para la fiesta.

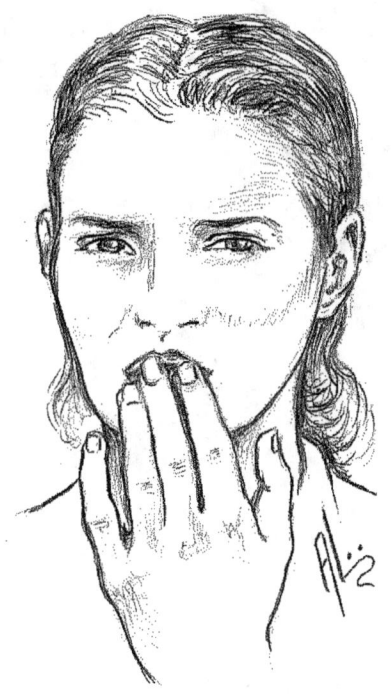

POBRE CARMEN

Con la llave que desde hace un año tiene de la casa de Augusta, Carmen abre sigilosamente, la puerta lateral que comunica con la cocina. Esta joven mujer está de mal humor, el despertador no sonó y tuvo contratiempo con el transporte. Por primera vez no es puntual y tratando de no hacer ruido rezonga entre dientes: "Para completar este mal día, sólo falta que la respetable Augusta me grite porque no tengo el desayuno listo a la hora de siempre".

La anciana Augusta es metódica para sus cosas. No ha sentido la llegada de Carmen, y empieza a preocuparse por su tardanza cuando suena el teléfono. La señora esperaba esta llamada y rápidamente la contesta. Carmen se extraña, y sin poder precisar las palabras de Augusta, desde donde se encuentra, sabe por el tono de su voz que está muy contenta. Llena de curiosidad, busca la forma de acercarse sin ser vista y escucha parte de lo que está hablando la anciana.

-Estupendo, eso es razonable, la sortija tiene mucho valor... sí, es una gran herencia... No, yo sabía que no puede ser de otra manera. Entiendo perfectamente y te repito; en la lectura de la herencia que dejó la prima Juliana, los términos son justos. Es muy valioso lo que me toca en la repartición.

La anciana quedó en silencio escuchando por el auricular y Carmen, escondida y atenta en las pausas de Augusta, está rumiando pensamientos llenos de envidia: "Esta vieja que vive tan bien, vivirá todavía mejor y yo..."

Augusta continúa: - No insistan en que yo vaya. A mi edad tengo achaques que me impiden viajar. Debí regresar con ustedes cuando enviudé; pero saben cuánto quiero a Jaime, mi sobrino postizo y no voy a dejarlo. Aunque él viva independiente, me necesita, y yo también a él. No hablemos más de eso, hagan el envío por correo con entrega especial y acuse de recibo. Con la ayuda de Dios, todo llegará a mis manos sin problemas. En cuatro días hábiles, tendré lo que es una verdadera fortuna para mí. Prometo que cuidaré...

Carmen no puede oír más. Está atrasada y sigue en sus faenas murmurando llena de amargura: -Augusta mencionó a una sortija costosa. Le van a mandar joyas. ¡Una herencia! Está loca, yo no confiaría en el correo. ¿Qué pudiera suceder para quedarme con lo que va a recibir...?

El regocijo de Augusta comunicándose con su familia, alivia el desarraigo de su alma. Repasa mentalmente toda la conversación hasta que siente el olor a café recién colado. Le resulta imposible precisar cuando llegó Carmen. Esta casi segura que fue tarde, después que terminó la llamada, pero no le importa. No va a regañarla, porque ella se porta bien; además, no quiere empañar este momento pidiéndole explicaciones.

Mientras desayuna, la anciana parece saborear lo que ha logrado. Termina, e intranquila, recorre la casa. Todavía su cuerpo se yergue desafiando el peso de los años y puede recordar con claridad los hechos más lejanos en el tiempo, como cuando en su juventud, se sonrojaba con piropos ingenuos que comparaban su belleza con las flores, o cuando iba a la Iglesia muy recatada llevando la mantilla sobre la cabeza. Por aquel entonces, allá en su país, buena parte del año usaba elegantes ropas de abrigo. Ahora en cambio, para resistir las temperaturas a veces sofocantes de la pequeña isla caribeña donde vive, luce blusas blancas de hilo y se acomoda el pelo en un peinado alto que la refresca y también realza su aspecto señorial en este ambiente pueblerino, al que se adaptó fácilmente, porque entre sus virtudes está la humildad.

Con ansias de acelerar la llegada del correo, Augusta entona suavemente típicas canciones de su tierra, y Carmen lo que quiere tener son las ideas rápidas para apoderarse del tesoro que va a llegar.

"Necesito para mí lo que le están mandando a Augusta", piensa esta joven mujer que solo estudió lo elemental porque su padre, en su ignorancia, decía: *Nuestra familia no tiene cabeza para los estudios.* Y Carmen lo aceptó como un vaticinio indiscutible de su progenitor. Su escasa preparación la hace vivir dando tumbos llena de infelicidad.

La palabra herencia convierte la mente de la empleada en un torbellino. Recuerda a sus parientes que, una vez muertos todos juntos, no dejarían ni un saco de arroz para repartir.

"Augusta tiene demasiado..." Sigue el monólogo interno de Carmen. "Seguro que con sólo vender la sortija que nombró, puedo disfrutar la vida antes de ser una vieja como ella, quien debe conformarse yendo al teatro de la capital con su sobrino, para ver esa cosa rara de artistas que hablan dando gritos cantados. Yo sí tengo que divertirme bailando y luciendo vestidos lindos..."

Llena de envidia y resentimientos, Carmen justifica estos malos pensamientos aferrándose al recurso de

225

sentir lástima por ella misma. Compara su niñez triste y de trabajo, con las hermosas historias que le cuenta Augusta de su infancia. El pobre y mezquino espíritu de la empleada se distrae soñando. Imagina que abre el paquete deslumbrándose con el oro de collares y anillos; pero la escoba entre sus manos la vuelve a la realidad que su ambición no está lograda.

En este día de acontecimientos, Jaime, antes de ir para su trabajo, debe pasar por la casa de su tía a dejar la ropa sucia que Carmen lava y plancha. Un dinero extra que la joven mujer recibe del sobrino de Augusta. Carmen le coquetea a Jaime desde que lo conoció porque, además de encontrarlo bien parecido, le fascinó el perfume único que usa siempre, y cuando lo comparó con los otros hombres que conoce, Carmen empezó su labor de conquista para lograr un final feliz como en algunos casos, donde "el señorito", se enamora de la criada; pero fue inútil, Jaime, casi solterón, tranquilo y educado, supo evadir la vulgaridad de sus insinuaciones con preguntas directas sobre su vida íntima, reduciendo a nada hasta la más simple posibilidad de una aventura amorosa.

Jaime tampoco hace ruido al entrar con su llave en la casa de Augusta. Le gusta sorprender a su tía con un gran abrazo, pero es él quien se asombra encontrándola como nunca, canturreando muy alegre. Enseguida quiere saber el motivo de su contentura, pero ella no hace caso a sus preguntas. La anciana disimula empezando a separar por colores la ropa sucia que él ha traído, porque compartir su dicha es darla un poco y la quiere toda para ella en esta mañana, aunque no le alcance la mente para abrazar tantos recuerdos.

Jaime no se engaña, también el brillo en los ojos de Augusta y sus ademanes inquietos, lo convencen que sucede algo muy especial.

Otra rutina del sobrino, a esta hora en casa de la anciana, es recoger una porción del dulce que Carmen hace semanalmente. Al ir a buscarla, encuentra en la cocina a la joven mujer muy cambiada. Husmeando con deleite el pedazo de torta de coco que va a llevar, pregunta sin ningún preámbulo: -¿Qué ha sucedido que mi tía está tan contenta y tú tan seria?

Carmen abre los ojos muy sorprendida y dice: -¿Prefieres saber la receta... de esta torta? ...

La empleada termina la pregunta titubeando, reprimiendo o ahogando lo dicho. Era mejor dejar a Jaime sin saber, pero la palabra *prefiere* la descubrió.

Jaime insiste: - Mi tía me oculta algo y tú lo sabes. ¿Qué pasa?

A pesar de su embrollo mental, la joven mujer razona en silencio: "Augusta no me comentó la llamada y, por lo visto, prefiere callar lo de la herencia. ¿Por qué no se lo dijo a su adorado sobrino o... es que no lo adora tanto?". Carmen, en vez de contestarle le hace otra pregunta: -¿Por qué tu tía no te dijo que pronto va a recibir algo muy valioso?

- Me intrigas más, por favor, dime lo que sepas.- Agregó Jaime acercándose a ella y, fuera de su común comportamiento, dominado por la curiosidad, le tomó una mano entre las suyas.

Incrédula, Carmen lo miró fijamente esperando más y él continuó: - Dímelo y será un secreto entre los dos.

A Carmen, la personalidad de este hombre la desarma. Tose nerviosa analizando: "No sé cómo diablos voy a robarme las prendas, mientras que él me estará siempre agradecido cuando le diga todo lo que escuché. Parece que su tía le quiere dar la mala". Y, tan cerca como lo había soñado, Carmen se aproxima a Jaime respirando su perfume. Un secreto es mejor decirlo al oído, ya que es la distancia ideal para este coloquio quedo, confidencial. Melosa, empezó a susurrarle: - A tu tía, querido mío, le están mandando una herencia por correo.

- Por favor, no tengo tiempo para bromas. ¿Cómo es eso de una herencia por correo?

- Créeme, va a recibir joyas que valen una fortuna.

-¿Cuándo lo supo?

- La llamaron muy tempranito en esta mañana. Ella le dijo al que llamó, que no quiere viajar a buscarla porque está achacosa y para no separarse de ti. En cuatro días, no sé qué, llegará la herencia, pero tienes que obligarla a que te la enseñe. Tu tía es mañosa y muy calambuca. Si no te habló de eso, sabe Dios a quien le quiere regalar esas prendas. ¿No es verdad que ella está viejísima para usarlas?

Con un movimiento brusco de franco rechazo, arrepentido de confabular en contra de Augusta, Jaime se separa de Carmen, porque sus palabras estaban llenas de rencor y absoluta falta de consideración. Él no puede obligar a su tía, sino corresponder al cariño que le da, respetando siempre sus decisiones. No obstante, de forma ambigua, insistiendo en la necesidad de irse, Jaime trata de arreglar su exabrupto a los ojos de Carmen; pero ella, incapaz de analizar la torpeza que cometió criticando a la anciana, sí se había estremecido con la mirada que subrayó el gesto despreciativo de Jaime hacia ella, y muy triste, ve deshacerse el lazo secreto que por un momento pareció unirlos.

Con el chisme, la joven mujer no consiguió lo que quería, y decepcionada, contempla a Jaime saliendo de la cocina. Él no tiene tiempo para volver a interrogar a la anciana y se despide de ella, dejándola animosa y feliz. La entrevista con Carmen lo desconcertó y se va preocupado, le parece insólito mandar por correo una fortuna en joyas. Duda en darle crédito a lo dicho por

Carmen, aunque eso explica la alegría extrema de Augusta. De ser esto cierto, tampoco entiende la desconfianza de su tía. ¿Por qué no se lo contó y le pidió que viajara solo a buscar la herencia? También reconoce que Carmen no tiene por qué mentir, y a pesar de haber sido tan ofensiva, planteó algo para ser analizado. Su tía dedica demasiada atención a la Iglesia. Gracias a las creencias religiosas mantiene su paz espiritual y, quizás ha decidido ayudar a los pobres donando esa fortuna para ganar indulgencias que le aseguren la entrada en el reino de los cielos. Pero… según el refrán: *"La caridad empieza por casa"*, ella debe hacer conciencia, porque el bienestar de sus últimos años sobre la tierra pudiera ser mejor con esa herencia.

Entrando en su trabajo, Jaime termina de razonar y se hace el firme propósito de estar de regreso en casa de su tía al llegar el envío, dejando pasar los días laborables del correo a que se refirió Carmen cuando dijo: "En cuatro días, no sé qué…

Llega el momento. Augusta, impaciente, espera en el portal de su casa, construida al estilo colonial, cerca de la vía del ferrocarril. Está a la sombra y sus ropas se humedecen con el sudor por el calor intenso del medio día cuando el peculiar carro de las oficinas del correo dobla la esquina y viene a la casa.

Carmen, que a instancias de la anciana está allí, huraña, retraída, sin haber logrado un plan para despojar a la anciana de su herencia, inexplicablemente, recibe del cartero una caja pesada. "¿Habrán disimulado las joyas con otras cosas para que no luzca un paquete de valor?" Se pregunta la joven que entra en la sala y la coloca sobre una mesa, mientras Augusta nerviosa, sudorosa y contenta, firma el comprobante exigido por este tipo de envío.

La anciana decide cambiarse de ropas. Quiere sentirse cómoda para disfrutar plenamente, de lo que ha recibido y Carmen sabe que como es su costumbre, el aseo lo hará lentamente. Entonces, no puede creer lo que sucede. La oportunidad menos esperada se le da. Se ha quedado sola frente al paquete. Las palpitaciones del corazón de la mujer se aceleran y sus manos le sudan. Tiene el tiempo justo para caminar y cruzar las líneas del tren antes que éste pase. La gran cantidad de vagones mantendrán la calle cerrada protegiendo su huida. Busca su cartera, la engancha en su brazo, carga la caja y sale dejando abiertas la puerta y la verja. El peso del paquete no es excesivo y camina rápido. Varios bloques la separan de la parada del ómnibus.

Pitando, el tren anuncia su cercanía y Carmen corre. El suelo reverbera por el calor. Ella tiene la vista fija donde debe llegar. Es más allá de las líneas del tren y estos resplandecen con la incidencia de los rayos del Sol. Carmen no ve al policía que hace su posta observando el disparate de ella, dispuesta a cruzar las líneas cuando el tren ya deja oír el chirrido de sus ruedas metálicas sobre los rieles.

Carmen acelera su carrera, a cada instante la caja le resulta más pesada, le falta el aliento y al cruzar se le traba un zapato con el balasto en una traviesa y cae. El tren llega y no se detiene. Parece interminable la hilera de vagones. Son largos minutos para el policía que se aproxima al lugar del incidente sin haber podido observar bien la caída de la mujer.

Pasa el último vagón. Carmen, milagrosamente sacó el pie del zapato y está tirada de bruces cerca de los rieles.

El policía la ayuda a levantarse. Cuando ella corría llamó su atención; pero ahora, le extraña el afán con que, muda de espanto, abraza la caja. Se la pide y

Carmen, despertando más sospechas, se niega a dársela. Él guardia impone su autoridad, forcejean y logra quitársela. Lee escrito sobre la caja que ha sido enviada a la Sra. Augusta, conocida por todos en el pueblo y le pide una explicación.

Carmen, sintiéndose descubierta, le confiesa al agente su intención de robarse la caja. Aturdida, descalza de un pie y con un aspecto que da grima, se deja conducir hacia la casa de la anciana.

Augusta vuelve a la sala vestida de limpio y ve la puerta abierta. Descubre la falta de lo que llegó por correo. Desesperada, sale a buscar ayuda segura que se lo han robado. El alivio a su desesperación llega inmediatamente con la presencia del policía trayendo su paquete y a Carmen sujetándola de la mano. También se siente mejor al ver a Jaime que llega del trabajo en ese momento.

El agente le explica a Augusta lo sucedido y espera la acusación de la anciana que se ha refugiado en los brazos de su sobrino. Jaime no habla, consuela a su tía con caricias y, preso de estupor, intercambia miradas con las miedosas y suplicantes de Carmen.

Augusta, más calmada y haciendo honor a su nombre, trata de arreglar la situación y se dirige al policía diciendo: - La pena me embarga. Muchas gracias por la efectividad de su trabajo; pero yo no quiero acusarla. Carmen debe haber escuchado que me enviaban una herencia y a los desposeídos de buenos principios, no se les puede tentar. Tenemos que compadecernos de los débiles que caen en las tentaciones. Déjela libre, que ella aprovechará esta lección.

Carmen había bajado la vista. El raro vacío que tenía en los oídos, después de ser golpeados por el rítmico ruido de los vagones pasando tan cerca de su espalda, ahora está ocupado por las palabras benévolas de la anciana, y la desolación que sintió en el alma al descubrirse su fechoría, se ha convertido en una gran vergüenza.

No se dan más explicaciones. Se cumple el deseo de Augusta: Carmen y el policía se alejan cada uno por su lado.

Jaime, cargando la caja, entra en la casa. A su lado, la anciana todavía un poco afectada, se apoya en el brazo de su sobrino, que promete traer otra señora conocida para que la ayude como lo hacía Carmen.

Augusta ha olvidado el calor. Sin apuro, hace intentos para abrir la caja. Jaime continúa la tarea mientras ella se acomoda en un asiento. Con voz pausada, la anciana comienza a decir: - No me extraña que estés aquí. Dios te trajo para aliviarme este terrible momento. Le dije a mi familia que todo estaría bien y por poco se pierde este paquete tan valioso. Perdóname la falta de confianza. Debí contarles por qué estaba tan contenta el día de la llamada y se hubiera evitado lo que hoy ha sucedido. Entiende querido sobrino, para mí, hace años quedó atrás el impulso o la necesidad de pregonar las alegrías, y por eso calle la noticia; tuve miedo que al decirla, se rompiera su encanto.

Jaime termina de abrir el paquete y Augusta desliza sus manos en el interior visiblemente emocionada. Son sobres abultados. Busca y registra entre ellos hasta encontrar una pequeña caja de dónde saca una sortija preciosa. La contempla con fervor y continúa hablando:

- Siempre la usó mi madre. Como ves, su valor material no es mucho pero, sí el sentimental como en todo lo demás que está aquí dentro. ¡Al fin me la mandaron!

-Sabes que pertenezco a una familia numerosa. Al lado de mis padres, de tantos tíos y primos, mi niñez y mi juventud fueron encantadoras. Tristemente, las cosas cambiaron. No sé si te conté que nos reuníamos muy a menudo. Siempre encontrábamos ocasiones para hacerlo y era como tener fiestas en las que compartía nuestra prima Juliana, mientras su carácter no se amargó. Llegamos a reconocer en ella, que en paz descanse, excelentes condiciones administrativas, superiores a las de su padre que era un destacado contador público. Ella era autoritaria, muy dominante, y por diferentes circunstancias, casi todos tuvimos que agradecerle importantes favores. Con tal de no sufrir su mal genio tan explosivo, accedíamos a sus deseos. Así logró sus caprichos, como el derecho de acaparar los títulos y documentos de nuestros antepasados, además de las fotografías familiares. Prometió hacer una organización ejemplar de todo aquello y nunca lo hizo.

Augusta se inclina acercándose a su sobrino para corroborar sus palabras al decirle:

- A mí, no me perdonó que me fuera de su lado. Como nunca se casó y tenía quince años más que yo, pretendió dominarme después de la temprana muerte de mis padres, hasta el punto de quitarme las cosas de ellos, incluida esta sortija que tanto he anhelado tener. En el testamento de Juliana, yo no aparezco como beneficiaria, pero pidió que me entregaran lo que, según ella, me tenía guardado. Esta es la herencia tan valiosa que he recibido, como también todo lo que mi prima no organizó. Ahora yo intentaré hacerlo cronológicamente, devolviéndolo después, para el disfrute de toda la familia. ¿Te imaginas lo que significa tener esta caja?

Jaime mantiene verdadera atención en las palabras de su tía, mientras ella sigue diciendo: - Mirar estas fotografías y documentos será volver a revivir, casi palpables, tantos y tantos momentos buenos y malos de mi pasado. Yo no me arrepentí de dejar mi tierra cuando me enamoré porque, te consta, que el amor de tu tío me proporcionó, la felicidad y la estabilidad a que aspira toda mujer; pero los hijos no vinieron y no eché raíces aquí. Sin abandonar el calor de mi matrimonio, que sigue latente en mi soledad, pertenezco más a todo lo que dejé allá en mi patria. Lo bonito que me queda de la vida, es sentir a Dios conmigo, compartir con amistades en la Iglesia, tener tu cariño e ir al teatro como tu compañera, además del maravilloso viajar de mis pensamientos. -Termina de decir Augusta suspirando profundamente y con los ojos llenos de lágrimas por la nostalgia.

Jaime no sabe qué contestarle, pero ahora comprende su mundo, donde ella quiere entretejer los recuerdos con el aliento que todavía tiene para formar el camino final de su destino.

Hoy no se va el sobrino porque su querida tía, tiene que compartir con él la fortuna que llegó por correo. Trae muchas emociones y el corazón de la anciana, pudiera estallar si no lo hace.

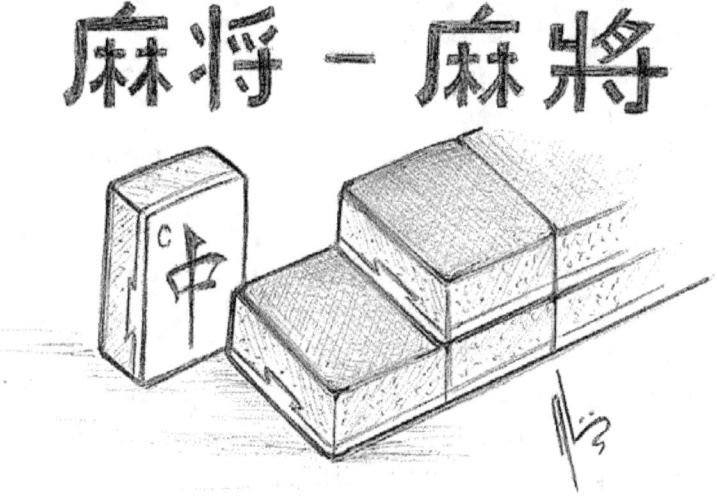

麻将 – 麻將

MAH-JONG

Melisa estaba recostada en su cama, y al sentir que entraban en la habitación, puso la mirada perdida hacia el vacío.

La señora que había entrado era una vecina suya del barrio donde ella vivió varios años. Se le acercó sonriente y le preguntó con su voz peculiar, bastante estridente:

-¿Cómo estás?

Al escuchar su pregunta, Melisa se arropó con la sábana en un rápido movimiento, como quien busca protección. Después, la miró a los ojos fijamente, hizo una mueca de extrañeza y escondió la cara sin contestar. Melisa quería permanecer en aquel lugar y tenía que fingir.

La señora en cuestión, repitió la pregunta, no tuvo respuesta y al cabo de unos segundos salió al pasillo. Se encontró a una empleada y dijo bastante decepcionada:

-Ya no me reconoce...

-Créame que lo siento-. Respondió la muchacha uniformada y agregó:

-¿Este paquete que está al lado de la puerta, lo ha dejado usted?

-Sí, por favor, guárdeselo a Melisa. No sé lo que contiene, pero tengo entendido que son cosas que ella siempre ha querido conservar. Le diré, que antes que Melisa ingresara aquí, vivía con una sobrina, y menos esto que yo he logrado salvarle, esa mujercita malcriada, al desmantelar su cuarto, se lo botó todo.

-¡Qué pena! El caso de Melisa no parece tan serio. Ella puede recuperarse.

-La sobrina piensa todo lo contrario-. Terminó de decir la visitante.

Melisa se había quedado tranquila y razonaba pensando en lo sucedido:

"Mi mirada para el techo era la legítima de un cordero degollado. Seguro que la impresioné. Creo que debo agradecer la visita de mi vecina doblemente. Parece que me aprecia de verdad, y es la chismosa que yo necesitaba. Todos tienen que saber que tengo la memoria perdida y ella se encargará de divulgarlo a los cuatro vientos."

Al rato, Melisa atisbó por la ventana medio abierta. Vio irse a la señora en su automóvil y muy alegre, empezó a dar vueltas en el cuarto como una verdadera loca. Después, miró el reloj de la mesita de noche, se cambió de ropa, y dijo entre dientes:

-Melisa, te mereces una felicitación. Actuaste como una profesional. ¡Conseguiste engañarla! ¡A correr que ya se fue!

Melisa se apresuró para llegar a tiempo al gran salón a reunirse con tres jugadoras. Eran señoras muy mayores, y ni por asomo tenían un aspecto normal. Lógicamente, si en el plan premeditado de Melisa, estaba aparentar que tenía la cabeza perdida, era con ellas con quienes debía compartir.

Con esas tres mujeres Melisa, que no era tan anciana, y que por su agilidad representaba menos edad de la que tenía, disfrutaba un buen rato jugando con barajas.

Ni al observador más agudizado, le era fácil detectar el tipo de juego de cartas con que se entretenían. Podía parecerse a la canasta o al tute, pero ciertamente, había sido inventado por ellas.

El tiempo transcurría bien. Lo malo era, que por sus largas vidas, esas tres jugadoras arrastraban mucha carga emocional. Por cualquier supuesto error cometido, escaseaba la tolerancia, la prudencia y salían al aire palabras y expresiones feas, que es mejor no repetirlas en este relato, para no ofender la sensibilidad de los que no las dicen y, además, para no empeorar la imagen de las ancianas.

Cuando Melisa salió del cuarto se tropezó con el paquete. No tenía que verle escrito su nombre para reconocerlo. Se emocionó y rápidamente, lo arrastró colocándolo en una esquina de su habitación. Pensó sonriendo: "Mi fiel vecina me ha traído lo único que yo deseaba conservar. Siempre se lo agradeceré."

Era una suerte que la visitante no hubiese retrasado a Melisa. Ella estuvo a tiempo para jugar y ese día, se encontró algo diferente. Una de las jugadoras faltaba por estar indispuesta.

-Hoy somos tres. ¡Jugaremos con Mata!- Gritó una de ellas.

Melisa quiso saber quién era Mata y se quedó sorprendida. Esa tarde jugarían con el espíritu de un muerto. Había sido muy amigo de la que lo mencionó, y según explicó, la acompañaba todo el tiempo.

La diversión de esa tarde prometía ser fabulosa. Jugar con un muerto era una verdadera locura. Se le repartieron cartas al fantasma y la trifulca no se hizo esperar. Las ancianas comenzaron a discutir. Las dos querían decidir, cómo debían ser realizadas las jugadas del espíritu de Mata.

Melisa no pensó que formarían tal algarabía. De momento se quedo muda. Después, quiso tranquilizarlas poniéndose a la altura de aquellas mentes tan gastadas por el tiempo. No pudo ser y luchó por hacerlas razonar de la forma más inteligente. Todo resultó inútil. Cuando Melisa casi se daba por vencida, descubrió que una señora, en silla de ruedas, se había acercado lo suficiente, para presenciar lo que sucedía. Con unas señas le pidió a Melisa que se le aproximara. Ella obedeció y le habló casi al oído:

-Perdone mi atrevimiento, pero no concuerda su forma de comportarse, tan ecuánime y sensata, al lado de estas dos mujeres desquiciadas. Usted demuestra ser una persona capaz, comprensiva... ¿Por qué prefiere compartir con ellas en lugar de buscar otro tipo de distracción?

Melisa se dio cuenta que su plan para convencer a todos, del mal funcionamiento de su cerebro, no había dado resultado con esa señora. Antes de contestarle la observó, y un sentimiento de confianza deshizo sus temores.

La señora le indicó a Melisa que debían alejarse. Las dos juntas se fueron a un sitio tranquilo del amplio salón, donde todos los internados podían distraerse. La señora, por supuesto, permaneció en su silla de ruedas y Melisa se acomodó en un butacón. Las jugadoras no notaron su falta, y siguieron enfrascadas en una discusión incoherente con el fantasma de Mata.

Melisa comenzó diciendo:

-Voy a contarle la verdad desde el principio: Soy viuda sin hijos. Mi edad ya no me permitía estar sola y viví varios años con una sobrina. Cuando tuve que renunciar a mi independencia enfermé de los nervios. Créame, sufrí demasiado estando agregada a una casa que no era mi hogar; pero yo no pertenezco al grupo de los que se matan, porque no sé qué misión estoy cumpliendo al estar viva-. Melisa hizo una pausa y continuó:

-Como querer vivir es la chispa poderosa que mueve nuestra maquinaria, mi instinto de conservación me ayudó. Me alejé de la realidad que me rodeaba. Me refugié en un mundo particular, formado por recuerdos muy lejanos, y por planes que ya eran imposibles de realizar. No me cohibía y disfrutaba mencionándolos en alta voz. Todos, al escucharme, creyeron que ya estaba "senil", como se le llama en mi pueblo a los viejos que hacen y dicen boberías. Pero sucedía, que a pesar de mis sueños, me dominaban los ataques de depresión. El último fue tan serio, que perdí el conocimiento. Entonces, me trajeron para acá.

-Yo me llamo Raquel. ¿Cuál es tu nombre?

-Melisa.

La señora puso una de sus manos sobre las de Melisa y las encontró frías. Reflejaban la tensión con que ella había hablado. Raquel les dio unas palmadas diciendo:

-Melisa, puedes contar con mi amistad-. Y agregó: -Las familias, por mucho que se empeñen, no siempre comprenden la soledad de los que nos vamos poniendo viejos.

-Raquel, yo comprendo que cuando llegamos a la etapa inevitable del final, sin la energía ni la lucidez de antes, tenemos el deber de agradecerles a los que nos ayudan, ya sea de la forma que sea. Pero entiéndeme, trato de huir del ambiente que me enferma. Por favor, guárdame el secreto. Yo no quiero que me saquen de aquí. Hasta delante de los médicos digo disparates, para que crean que tengo avanzada la enfermedad de Alzheirmer; si descubren que estoy bien, me devuelven a la casa de mi sobrina.

- Tranquilízate. Ésta es una magnífica institución que cuenta con dos centros. Uno de salud asistencial para personas sin recursos y otro, donde estamos nosotras, que admite a las personas retiradas de sus trabajos, ya sea que estén enfermas como yo, impedida para caminar, o que su único mal radique en la vejez. Si tu sobrina te trajo para acá, es porque puedes quedarte después de vencer la depresión por la que ingresaste.

- Me has tranquilizado… Gracias Raquel. Si eso es así, cuando los médicos me mejoren no me iré a otra parte.

-¡Alégrate por esa decisión! Los lugares como éste, son ideales. La ofensa de un desconocido no duele tanto, y podemos escoger a los amigos.

- Raquel, si te parece bien, creo que es tiempo, de olvidarnos de mi enfermedad y de las extrañas jugadoras. ¿A ti te gusta jugar a las cartas?

-Sinceramente, no. Añoro el tiempo en que jugué Mah-jong. Pero no es fácil encontrar a personas que conozcan ese juego. Ahora prefiero leer.

-¡Yo sé jugar Mah- jong! Aprendí a los ocho años con mis tías-. Se apresuró a decir Melisa para contentar a su nueva amiga.

-¡Qué sorpresa! ¿Melisa, de que país tú eres?

-De la isla mayor de Las Antillas.

-¿Recuerdas cómo se juega?—Preguntó ansiosa Raquel.

-Creo que sí. Durante mucho tiempo, en mi familia se jugó Mah-jong. Sólo cuando los pequeños que iban naciendo, prefirieron otra clase de juegos, fue que entre los mayores se perdió el interés por el Mah-jong. Fíjate, puedo recordar que yo era la más joven de las primas. Ellas se fueron casando y la tía que lo guardaba me lo dio a mí.

-Melisa, yo nunca tuve un juego de Mah-jong. La dueña de la casa donde nos reuníamos para jugar era quien lo tenía. ¿Tú conservas el de tu familia?

-En este momento, no sabría decirte. ¡Han pasado tantos años! Buscaré en un paquete que me trajo una vecina. La memoria me falla y no puedo precisar dónde lo vi por última vez.

-No te preocupes, conseguiremos otro, y dependiendo, de cómo ustedes supieron del Mah-jong, será que lo juguemos igual o diferente.

-Raquel, me encantaría conocer del Mah-jong. Aprendí a jugarlo y nada más. A ti, que te gusta leer, ¿has leído algo de su historia?

-Sí, hace tiempo leí sobre el Mah-jong. El juego tiene un lejano principio. Hay que remontarse a miles de años atrás. Se dice que desciende de un antiguo oráculo que los adivinos chinos consultaban. Los astrónomos de aquellos tiempos, consiguieron calcular sobre un tablero, los movimientos que tenían los cuerpos celestes a través de los cielos. El parchís, y otros juegos muy populares, posiblemente tuvieron el mismo origen, pero es en el Mah-jong donde se juega con los puntos cardinales invertidos; por lo tanto, es el que mejor se acerca a esa teoría. El Mah-jong representa un mapa celeste, y las trece fichas que se reparten, corresponden a los meses del calendario lunar.

-¡Qué interesante lo que me cuentas! ¿Sabes más del Mah-jong?

-Sí, todavía recuerdo algo de toda la información que existe. Antes se le llamaba al Mah-hong "Juego de hojas en tiras", porque las fichas eran de cartulina, igual que los naipes de nuestros juegos de cartas. Después, poco a poco, las fichas se hicieron de marfil, madera, pero mayormente de bambú.

Melisa estaba maravillada con la explicación y se atrevió a interrumpirla para decir:

-Nuestro juego es de marfil y bambú. ¿Has visto alguno así?

Los ojos de Raquel se volvieron muy expresivos para contestar: -¡Tiene que ser hermoso! No, yo no lo he visto. Yo jugaba con uno de fichas plásticas. Es el material que resulta barato, y tengo entendido que por hacerlos así, el juego se ha popularizado.

Melisa la escuchaba atenta y Raquel continuó:

-Siguiendo con el tema, debes saber que hay cantidad de leyendas. En una de ellas se cuenta que Confucio, el filósofo chino, fue el que inventó el Mah-jong, y que las fichas de los tres dragones: Rojo, Verde y Blanco representaban virtudes confucianas de: Benevolencia, sinceridad y piedad filial, a diferencia, que para los chinos corresponden al centro, la prosperidad y el blanco. Cuando este juego llegó a Inglaterra y a Estados Unidos, llamó la atención por venir del oriente. Las reglas del juego sufrieron varios cambios, los cuales aparecen reconocidos y explicados en un libro. Se llegó a decir que era un juego judío porque muchos jugadores lo eran, pero había sido aceptado por todas las razas. El juego del Mah-jong, como lo conocemos ahora, tiene una historia corta.

Melisa, agregaré, a todo lo que te he dicho, que soy judía y que siempre he jugado con mujeres. Nosotras, siempre lo hemos jugado más que los hombres.

Las horas de la tarde habían resultado pocas para las dos jugadoras de Mah-jong. Quedaban minutos para que se repartiera la cena y suspendieron la conversación.

Ya sentadas a la mesa del comedor, sólo hablaron de situaciones importantes relacionadas con el plantel. Raquel explicó su funcionamiento y Melisa sintió cierta admiración por ella. Estuvo segura que, además de inteligente y ser buena comunicadora, conocía cómo calcular lo más conveniente para no desperdiciarlo. Al terminar de comer regresaron a sus respectivas habitaciones.

Después de esa tarde, a Melisa le quedó claro que su futuro, durara lo que durara, tendría tranquilidad.

Cuando Melisa entró en el cuarto, buscó con la vista dónde había puesto el paquete. Sabía que no se atreverían a tocarlo, y ella seguiría teniendo en su poder, los tesoros adquiridos en las batallas más tempranas de su vida. Necesitaba descansar antes de abrirlo. El día había estado lleno de emociones.

Aunque Melisa durmió plácidamente, despertó más temprano que de costumbre. Su primera tarea sería abrir el paquete y no quiso demorar en hacerlo. Se levantó y corrió la cortina que cubría la ventana. La luz del día sería una buena compañía. Después, lo acomodó frente a un asiento y quitó las cintas adhesivas de su amarre. Seguramente, al destaparlo, se transportaría a su juventud y hasta su lejana niñez. Así sucedió.

-¡Aquí está el álbum de las fotografías tomadas antes de casarme!— Exclamó despreocupada y en alta voz, al igual que cuando vivió con la sobrina, se atrevía a declamar sus sueños irrealizables, sin que le importara que fueran escuchados. Melisa se sentía feliz y siguió hablando sola:

-Este... ¡Este es el trofeo que gané por haber corrido como una liebre en el concurso de la escuela! ¡También tengo el muñeco de goma que me regaló mi adorado vecinito! ¡Fantástico! Yo creía que ya no existía. Que esto esté aquí quiere decir, que puedo estar segura que, en este paquete, está el famoso juego de Mah-jong de mi familia.

Melisa, razonando que sobraría el tiempo para revisarlo todo, y que encontrar el juego de Mah-jong era la prioridad, siguió sacando las cosas que estaban dentro del paquete, casi sin mirarlas.

Al fin, entre los últimos objetos, encontró los atriles de madera donde se colocan las fichas para jugar. Su tío los había hecho con gran perfección, y hasta les había puesto sus iniciales: A.L. Al lado de ellos, Melisa reconoció el tapete de pana rojo, que protegía la caja del Mah-jog. Contentísima, y con el cuidado que se le da a una joya valiosa, le quitó la tela y la puso sobre la mesa de su cuarto. Acarició la caja hecha de cedro. La tapa tenía tallado un llamativo dragón. Suavemente, la hizo correr por las ranuras laterales y quedaron al descubierto las fichas. Absorta, Melisa las contempló. En ese momento, su excitación contrastaba con la serenidad de su espíritu, y le ocurrió lo que le pasa a la mayoría de los viejos. En ese instante, prevalecía la memoria antigua. Recordó, claramente, aquella época maravillosa en que jugaba Mah-jong con sus tíos, con sus primas, y cuáles eran las reglas del juego. Rápidamente lo guardó, ordenó el cuarto y salió en busca de Raquel para poder contarle que ella tenía el Mah-jong de su familia. Cuando la localizó, juntas regresaron al cuarto de Melisa.

No demoraron en sacar todas las fichas de las bandejas en donde se ordenaban, y las colocaron sobre la mesa.

Raquel observó el Mah-jong. El bambú y el marfil lucían nuevos. Las fichas de los tres palos: Oros o Círculos, Bambúes y Caracteres conservaban intacto el color, al igual que las fichas de los Dragones, los Vientos, las Flores y las Estaciones.

Con todas las fichas expuestas, cada una de las jugadoras, explicó cómo jugaba el Mah-jong, y pudieron concluir, que la manera en que la familia de Melisa desarrollaba las jugadas era menos simple pero más interesante. Fue entonces, que Melisa contó lo que sabía, de cómo en su casa llegaron a tener un Mah-jong. La tía que lo guardaba, era una jovencita en aquel entonces y disfrutaba hablando de lo sucedido:

Un chino, bastante jovial, que se llamaba Juan, trabajaba en la lavandería donde ellos enviaban las ropas sucias. Juan no era su nombre original. Al llegar a occidente, los chinos tenían la costumbre de cambiarse los nombres. Él entabló una sincera amistad con la familia y una tarde, junto con la ropa limpia llevó el Mah-jong. Todos se quedaron encantados al verlo. Juan no perdió tiempo y propuso que les enseñaría a jugar si, en cambio, lo dejaban estar con ellos para practicar un idioma tan diferente al suyo. Así comenzó toda esa historia.

El chino Juan impartía las clases con su Mah-jong y, de paso, practicaba el español. Esto sucedía muy a menudo, y él tenía la costumbre de llevarse el juego. Cuando el maestro no hizo falta, Juan manifestó, claramente, que le gustaba jugar, y pidió permiso para seguir siendo otro jugador en la casa.

Una tarde, como siempre, llevó el Mah-jon junto con la ropa limpia. Lo extraño que ocurrió esa vez, fue que le entregó el juego a la familia y, sin explicar por qué, no se quedó a jugar. Todos pensaron que se debía a que otras actividades lo ocupaban, y el hecho que hubiera dejado el Mah-jong se entendía. La familia le ofrecía suficiente confianza. Si el juego estaba con ellos, nunca lo perdería.

Juan siguió cumpliendo con su trabajo, pero al poco tiempo, comunicó que regresaba a su país y no reclamó el juego.

A Raquel le pasó lo mismo que a Melisa con el Mah-jong, queriendo saber su historia. Ella quiso escudriñar en su caja. Muy curiosa, revolvió en una bandeja adicional, donde se guardaban, entre otras cosas, varillas para el control de los puntos ganados, dados, y hasta fichas de repuesto. Le quedaba mirar en el fondo de la caja, y allí descansaban unos pliegos de papel escritos en chino.

-Estas deben ser las instrucciones del juego -. Dijo Raquel y Melisa, que seguía los movimientos de su amiga enseguida alegó:

-Me imagino que mi familia no las necesitó porque tenían al maestro.

-Tienes razón-. Contestó Raquel que, con paciencia, había logrado separarlos. Los miró con detenimiento, y con una sonrisa de triunfo exclamó:

-¡Fíjate en este pliego! ¡Es completamente diferente! Amiga mía éste no parece contener instrucciones. ¿Me prestas estos escritos chinos? Te prometo que les daré el tratamiento adecuado para que se sigan conservando igual que ahora.

-Y… ¿Para qué los quieres?—Indagó Melisa muy extrañada.

-Me ha llamado la atención que uno sea tan distinto a los otros. Es una casualidad, pero debes saber que las terapias que necesito me las da un chino. Estoy segura que él, nos haría el favor de traducir estos pliegos con toda responsabilidad. Vamos a estar seguras que sólo son instrucciones. No perderemos cosa alguna por probar.

-Está bien, los puedes llevar.

Por suerte, ese mismo día, Raquel tenía terapia, y le entregó los pliegos al terapista. Él no demoró en hacer la traducción, y al entregarlas sólo dijo:

-Me resultó fácil hacer este trabajo. Eran unos pliegos con las reglas de un juego, y otro que es una carta personal muy interesante.

Raquel prefirió esperar a estar con Melisa, para leer el pliego traducido que pertenecía a la carta, y en cuanto se reunieron la leyó en voz alta. Decía así:

"Mi amor, perdóname si prefiero despedirme escribiéndote. Llévate este juego de Mah-jong, que agradezco haber podido comprar. Es mi regalo para tu viaje. Sé que te gusta. Tú, como muchos, estás enviciado con este juego, aunque el gobierno lo tenga prohibido.

Saber que perdías dinero jugando, no me importó. Pero ha sido terrible que por ese juego, estuviéramos separados tantas noches. Te vas, y deseo que sigas jugando para que lejos, el Mah-jong, tu entretenimiento favorito, ocupe el lugar de una mujer. Yo entiendo que te vas en busca de libertad. A un lugar donde no te humillen y puedas discutir tu razón con la cabeza erguida. ¿Entenderás tú, que es tanto lo que te quiero, que preferiría que no te fueras? Por favor, regresa cuanto antes. Regresa por mí, para saber que me necesitas. Uniríamos nuestras fuerzas, a los que luchan por esa libertad de pensamiento que vas buscando, y a la que todos tenemos derecho."

Terminó la lectura. Melisa se quedó pensando, igual que Raquel, que al fin comentó:

-Este Mah-jong ha tenido encerrado el drama y el dolor.

Melisa se sonrió antes de dar su opinión:

-Es cierto que es una carta escrita por una mujer enamorada, que reclama su amor con desesperación. Pero por el final que tuvo la historia que te he contado, Juan recapacitó. Prefirió el amor, razonó la importancia de lo que ella le proponía, y se sobreentiende que regresó al lado de su compañera. Pero el detalle principal es, que el chino Juan abandonó el Mah-jong, y la carta prueba que él era un vicioso. ¿Qué te parece si le damos algo de mérito a mi familia? Él jugaba con ellos, cuando ganar o perder dinero, nunca era lo importante. ¿A caso lo ayudó ese magnífico ejemplo, para que dejara el vicio? Recuerdo que la tía joven contó, que tenían una amiguita china que les dijo: "Mi papá no quiere un Mah-jong en mi casa, porque dice que es un juego del diablo." ¿También tendremos que admitir que los chinos se enviciaban, fácilmente?

-Melisa, tu explicación ha sido fantástica. Ahora sólo nos queda jugar con esta reliquia maravillosa que perteneció a tu familia. Su caja conservará, celosamente, la carta de amor unida a las instrucciones del juego, porque ahora, tú serás la maestra. Enseguida, Raquel propuso reclutar los jugadores que faltaban preguntándole:

-¿Será buena idea organizar reuniones para enseñar cómo se juega el Mah-jong?

Y Melisa, conociendo a su amiga contestó:

-Acepto lo que propones, pero prométeme, que no vamos a cobrar por las clases.

A este relato se le puede agregar algo más: Es posible que al contar Melisa la historia del Mah-jong, el espíritu del chino Juan, su verdadero dueño, se sintiera aludido. Claro está, que ni Melisa ni Raquel, iban a tener la ocurrencia de evocar su presencia para ocupar un puesto en la mesa de juego, como pasaba con el espíritu de Mata; pero él, que había sido un vicioso de ese juego exótico y entretenido, su fantasma se les pudo acercar para ensañarles, mientras jugaban, las picardías que sabía porque… siempre, hay que buscar ventajas en un juego de azar como es el Mah-jong.

EL ÁRBOL

Octavio siempre quiso tener un árbol que le diera dulces mangos; se fue al vivero y allí lo compró. El tronco, de apenas tres pies de alto lucía tierno; pero prometía ser grande porque las tímidas ramas estaban adornadas con muchas hojas saludables y lustrosas, de colores rojizos y verde claro. Este hombre serio, tranquilo y amante de la naturaleza, siempre que podía, disfrutaba haciendo el papel de jardinero para aliviar la tensión, del trabajo diario, en el negocio que compartía con Igor, su vecino, a quien no le interesaban las plantas. Octavio razonaba que en el silencioso crecimiento del reino vegetal, se podía encontrar mucho de la misteriosa sabiduría eterna y, cuando sembró el pequeño árbol, le puso por nombre Hermoso, pidiéndole que sus frutos fueran deliciosos. Estaba convencido que su árbol le haría caso al saber su deseo.

Igor, un poco fanfarrón e inquieto, con su personalidad frívola, distraía todo el tiempo posible en los eventos deportivos. A estos dos hombres los unía una amistad sincera. A pesar de tener caracteres diferentes y que casi nunca estaban de acuerdo, se llevaban muy bien. Se comportaban como dos panelistas, que teniendo puntos de vista diferentes, saben mantener la armonía en un programa televisivo.

Al cabo de muchas semanas de haber sido plantado, Hermoso resultó lo que se esperaba. Su desarrollo era superior a lo normal. Esta vez los dos amigos, parados frente al árbol, coincidieron en eso y en que Octavio, se había equivocado al escoger el sitio donde lo sembró, porque quedaba muy próximo a la cerca divisoria de los dos patios.

Mientras Igor se reía haciendo chistes y burlas por lo ocurrido, su amigo callaba y pensaba lleno de preocupación: "Cuando las ramas de Hermoso tengan un tamaño considerable, ya su tronco habrá superado la altura de la cerca y el perímetro de su follaje, igual al de sus raíces, irá penetrando en el otro patio. Si en el futuro son otras personas las que ocupan la casa de Igor... ¿Querrán compartir el árbol?... Si no les gustan los mangos... ¿Preferirían cortar sus ramas para no tener la molestia de las hojas secas?"

A Igor le encantaban los mangos y el error de su vecino lo favorecía. Se puso tan contento con la idea de llegar a ser dueño de los mangos que nacieran para el otro lado de la cerca, que contagió al amigo con su alegría, logrando que participara de sus bromas, que decidiera no trasplantar el árbol y, hasta consiguió, que se considerase un jardinero incompetente por la burrada que había hecho.

Durante dos primaveras, Hermoso tuvo pocos mangos y Octavio los compartió con su vecino, al que mantenía informado de los progresos del árbol. Igor, por su parte, después de saborear tan exquisita fruta, quiso contemplar a Hermoso muchas mañanas antes de ir para el trabajo. Le interesaba ver cómo las ramas cruzaban por encima de la cerca. El confiaba tener en la próxima parición, gajos repletos de mangos al alcance de su mano, pero... pasó el tiempo, llegó la primavera y no sucedió así.

"¿Por qué Hermoso no está creciendo para mi patio?" Se preguntaba Igor, pudiendo ver desde su casa, que el frondoso árbol, que ya sobrepasaba la altura de la cerca, no tenía intenciones de darle mangos. Efectivamente, sucedía algo raro. Las ramas que debían estar pasando para su terreno, no desarrollaban igual a las otras, no tenían flores y lucían extrañamente pasmadas.

Una tarde, cuando nunca lo hacía; a la hora en que el sol está bajando en el horizonte, Igor sintió el impulso de salir a la terraza que daba para el patio. Se quedó sorprendido, no podía creer lo que estaba viendo y se escondió detrás de una columna para observar mejor. Desconcertado se dijo entre dientes: -¿Es eso lo que está evitando que Hermoso quiera darme mangos-? Después, indignado, se fue a buscar a su amigo Octavio y le contó que su primo cascarrabias, quien eventualmente le pidió vivir en su casa sin saberse hasta cuándo; esa tarde, mientras regaba las plantas, se dirigió, con palabras muy ofensivas, a las ramas de Hermoso que asomaban por la cerca. Gesticulando groseramente, las amenazó para que no se atrevieran a dejar caer sus hojas secas para la casa, porque era él quien las tenía que barrer.

Igor, antes de confrontar al primo, por su absurda conducta, había preferido buscar la ayuda de Octavio, que tanto conocía de los árboles. Quería saber si existía relación entre el comportamiento insólito de su pariente y el extraño crecimiento de Hermoso.

Octavio se sintió muy mal al saber que su árbol estaba sufriendo. Le contó a su amigo de varios experimentos hechos que prueban la sensibilidad de las plantas, y lo convenció que solo tendría mangos de Hermoso, cuando se terminara el atropello de que era objeto. Igor comprendió que la respuesta del árbol a los insultos de su primo, fue dejar de crecer para huir del mal trato y le prometió a Octavio, arreglar esa situación.

A partir de entonces, Igor empezó a interesarse por su patio, pudo cosechar de Hermoso, dulces mangos, y le dio la razón a su amigo, cuando un día le dijo: - Es posible, que con las investigaciones, lleguemos a saber que las plantas, tienen un alma parecida a la nuestra.

CODICIA

"Querida Ana, para allá va todo lo que dejó mi hija Josefina. También las monedas. Después se lo entregas todo. La mandaron a dar brincos por ahí. Muchas gracias."

En voz alta y con trabajo para descifrar la letra, Ana le había leído a su esposo Petronio, la nota emborronada que venía junto al gran paquete que mandó su hermana Emilia por correos.

Petronio quiso que repitiera la lectura y después preguntó: -¿Dice que mandó monedas?

-A mi hermana siempre le costó trabajo escribir. Pero sí, eso dice y no explica más. Cuando Josefina vea las monedas, sabrá de qué se trata. Es una pena que Emilia prefiriera quedarse tan sola, en lugar de seguir a su hija a esta ciudad donde se vive mejor-. Terminó de decir Ana.

Efectivamente, en esa ocasión, Josefina estaba de viaje porque por cuestiones de trabajo, a veces la trasladaban fuera de la zona. Ana sabía que su hermana quería devolverle a su hija, las cosas y recuerdos que conservaba de cuando era una niña.

Ana guardó el corto escrito de Emilia y se dispuso, con la ayuda de Petronio, a buscar un lugar para aquel bulto o caja grande de cartón mal embalada.

Como el matrimonio habitaba una casa modesta y sin amplitud, tuvieron que valerse del ingenio para colocar el envío sin que fuera un estorbo. Lo pusieron en una esquina de la sala entre dos butacones, y enseguida, Ana hizo un tapete de tela gruesa cubriéndolo hasta el suelo. Lo adornó con retratos de la familia, y al agregarle una lámpara quedó camuflado como una mesa perfecta en espera de Josefina.

Petronio miró embobecido la nueva mesa y Ana se alejó pensativa. Recordaba a Emilia, y en lo sola que había quedado con su viudez.

Las dos hermanas crecieron sin ánimo para progresar. Les faltó el instinto lógico de lucha que todos traemos al nacer, pero por suerte para ellas, vivieron acomodadas con sus padres hasta que se casaron.

La formación de Ana en un ambiente de campo, rodeada de las leyes de la naturaleza, le mantenía bien clara la idea que es mejor la sencillez porque todo lo que esté sobre la tierra se acaba, más tarde o más temprano. Los límites en la vida de la buena mujer se habían extendido un poco, gracias a su matrimonio con Petronio, pero no había sido suficiente; sólo trabajó en los quehaceres de la casa y no disfrutó del trajín maravilloso de criar hijos. A la pareja le sobraba el dinero, y a Ana nunca le molestó que fuera su esposo quien controlara la economía.

Mucho antes que Petronio se retirara del trabajo, la pareja se había acomodado, por separado, en las dos únicas habitaciones de dormir que tenía la vivienda. De esa forma podían tener cierta independencia en sus gustos. Ana en la suya, planificaba las cenas leyendo las recetas de cocina que traían las revistas y además, organizaba los patrones y las telas con las que confeccionaba ropas de niños para regalarlas después. Él mientras tanto, hizo de su cuarto un mundo secreto que ella desconocía. Petronio, astutamente lo escogió alejado de la terraza donde ella se entretenía en coser y cantar.

Ana reconocía que no sabía entonar las canciones pero no se cohibía. Su potente voz, o los gritos estridentes como los llamaba Petronio y que tanto lo disgustaban, era el motivo ideal para que su esposo, se quedara encerrado en la habitación. Entre esas cuatro paredes, el hombre permanecía cautivo de un raro pasatiempo.

Pasaron los días, y una tarde en que Ana cosía despreocupada cantando a voz en cuello, entró una llamada telefónica que ella no pudo escuchar. Petronio, que se dirigía a su cuarto la contestó. Era Josefina para anunciarles que demoraría en llegar, porque después que terminara el trabajo, pasaría el fin de semana en un balneario.

En todo el tiempo que esperaron por la joven para entregarle el envío de su madre, Petronio no había encontrado la forma de deshacerse de su esposa para tener tranquilidad. Rápidamente lucubró un plan. Le suplicó a Josefina que Ana se le uniera en ese viaje y, para asegurar el triunfo de la propuesta, se comprometió en asumir los gastos de su esposa. La joven aceptó gustosa. Quería mucho a su tía, y nunca sería una molestia para ella; además, en ese corto paseo de descanso, iba sin compañía.

Era la segunda vez que Ana viajaba en su vida. Aunque lamentó que su esposo prefiriera quedarse, se fue muy contenta.

Cuando Petronio regresó del aeropuerto y entró en la sala, respiró lleno de satisfacción exclamando: -¡Solo, al fin solo!

Desde que llegó el paquete enviado por Emilia, Petronio tuvo el capricho de abrirlo para ver algo que le interesaba. Se dirigió a donde estaba la caja camuflada y, entornando los ojos, le clavó la mirada con codicia. Allí, sobre la falsa mesa, descubrió una botella de Amaretto. Recordó que su esposa le había pedido dinero para comprarle un obsequio a su sobrina, y se dijo en voz baja:

- Este debe ser el regalo que la infeliz de mi mujer ha dejado olvidado-. Y cargó con el licor para su cuarto. Para Petronio, un individuo de raro comportamiento; tanto el mareo como la sensación de euforia que sentía al ingerir alcohol, le proporcionaba la falsa realidad que era poderoso. Esa era la verdad oculta de esta persona ambiciosa, quien no supo buscar normalmente, la satisfacción de ser un hombre triunfante. Él no tenía predilección por alguna bebida en especial. A la vista de cualquiera de ellas, su paladar reaccionaba exigiendo degustarla. Pero no había tenido suerte. El alcohol comenzó a hacerle daño y muy a su pesar, había dejado de tomar lo que, sutilmente, lo llevaba a extremos de alegría.

Al sostener el Amaretto en su mano, le creció dentro el deseo de repetir emociones pasadas. No podía substraerse a la tentación de beber. La justificación era celebrar la oportunidad que se le presentó de registrar en la caja y razonó: *"Ya ni recuerdo desde cuándo no bebo. No tengo dudas que la providencia está conmigo. Tomar un sorbito de este delicioso licor no me hará daño. La sobrina de Ana es condescendiente. Ella no encontrará mal mi atrevimiento."*

Petronio tomó un sorbo del Amaretto. A un lado, sobre la mesa plegable que le resultaba de mucha utilidad, y que permanecía abierta en su habitación, dejó la botella. Después, regresó a la sala con una tijera que buscó entre las cosas de costura de Ana. Antes de quitar los cuadros y la lámpara para ponerlos en uno de los butacones, trató de fijarse con una mirada fotográfica, en la colocación que tenían. Cuando terminara lo que iba a hacer, contando con su retentiva, devolvería todo a su lugar. La tela gruesa que cubría la caja, también la dobló con cuidado para que al final, los dibujos del improvisado tapete siguieran en su posición. Estaba seguro que lo que hacía era perfecto y que no dejaría huellas.

"Mi cuñada Emilia es muy vieja. Se le puede achacar que se confundió al explicar el contenido del paquete." Volvió a razonar el hombre convencido que, si le convenía lo que iba a buscar, no tendría escrúpulos para robarlo.

Impaciente, Petronio usó la tijera para cortar las cintas adhesivas de los amarres en los lugares precisos y al fin, abrió la caja. El orden de lo que había allí dentro no le preocupaba y sus manos se movieron palpando afanosamente, hasta encontrar lo que quería. Era un paquete pequeño mal envuelto que, fácilmente al tacto, delató su contenido. Como si temiera perderlo, corrió con él a su cuarto. Antes de abrirlo tomó más licor lleno de entusiasmo. Al tirar al suelo la primera envoltura se le pasó observar que la misma tenía pegado un papel doblado. Entre los dedos del hombre quedó una bolsita de fieltro rojo y de su interior salieron varias monedas relucientes como el oro.

Petronio estaba contentísimo; las monedas que había enviado su cuñada ya estaban en su poder. Consideró que era su nuevo tesoro y lo puso, hecho un pequeño montón, cerca de la botella de Amaretto. De nuevo, se atrevió a deleitar el licor. Entonces, comenzó a sacar de varios escondrijos de su cuarto, bolsas que también contenían monedas y las desparramó en la misma mesa.

Petronio no era un numismático. Desde hacía mucho tiempo almacenaba las pequeñas piezas metálicas; algunas muy relucientes y costosas en forma desordenada y no le interesaba el valor que pudieran tener, o que fueran adquiriendo. Él invertía el dinero ahorrado en comprar las diferentes emisiones de monedas extranjeras puestas en el mercado por otros países. El placer de poseerlas y poder contemplarlas todas juntas, justificaba su defecto: la codicia.

Cuando Petronio sacó sus monedas de las bolsas como tantas veces, y las tuvo juntas, las observó, las acarició, las revolcó e impulsándolas con sus dedos, las hizo saltar para que la luz amarilla de un bombillo, colocado a propósito cerca de la mesa plegable, las iluminara. Se sentía feliz, pero sus ojos se habían cerrado un poco y no pudo mirar los reflejos de las monedas. Al sonreír, escuchando el sonido que entre ellas producían al chocar, la boca se le desfiguró en una mueca, y cuando quiso unir a las suyas las monedas que había sacado de la caja, sus manos se volvieron un poco torpes. Petronio se dio cuenta que el licor estaba haciendo su efecto y decidió que primero, debía regresar a la sala para dejarla ordenada, antes de seguir su disfrute. También sintió un poco de miedo, aunque eso, lo tenía confundido con el éxtasis provocado por el alcohol y no le importó tanto. De todas formas, antes que la intoxicación se hiciera más manifiesta, se apresuró para eliminar las pruebas de su fechoría.

A duras penas, Petronio remendó con pedazos de una nueva cinta que llevó de su cuarto, los cortes que había hecho en los amarres de la caja. No veía claro y al cubrirla con la tela formó un enredo, se olvidó de los dibujos y acabó poniéndola al revés. La pantalla de la lámpara le quedó torcida, y no todos los cuadros estaban en su lugar ni derechos. De pronto, se quedó pensativo. Presentía que no había terminado, que algo importante se le olvidaba y debía hacerlo antes de regresar a su cuarto. Sus pensamientos se iban tras las relucientes monedas, pero instintivamente se inclinó y pasó las manos sobre los cojines de los muebles, en busca de algo. La vista se le nublaba más y más. Se enderezó volteándose en dirección a su cuarto. Trató de erguirse mejor para estar más estable al caminar y entonces, ya no pudo sostenerse e inconsciente, se desplomó sobre un butacón.

Petronio no contestó la llamada que le hizo Ana desde el aeropuerto. Cuando ella llegó a la casa acompañada de su sobrina y abrió la puerta, las dos se enfrentaron a un terrible espectáculo. Petronio estaba inerte y pálido sobre un mueble. Tenía los ojos cerrados y una extraña mueca en la boca. Un charco de sangre, negruzca y seca a sus pies, les indicó que habían pasado muchas horas desde que él había muerto.

Ana, a pesar de ver al mundo con tanta realidad, se había sobrecogido de dolor y de espanto. Llorando en silencio quiso acercarse a Petronio y Josefina no la dejó. Llamaron a la policía. Ana le comentó a su sobrina que la caja que envió su mamá no estaba igual a cómo ella la dejó al salir de viaje, y juntas caminaron al cuarto de él, para descifrar un poco lo sucedido.

Josefina no entendió la enorme sorpresa de su tía cuando dijo llevándose las manos a la cabeza: -¡Nunca me imaginé que tuviera tantas monedas!-. Pero más horrorizada se había quedado la buena mujer al ver la botella de Amaretto abierta y faltándole casi la mitad del licor. Josefina, por su parte, fue atraída por la bolsita de fieltro rojo y el pequeño grupo de monedas separadas en la mesa. Le recordaban demasiado a las arras de su fracasado matrimonio. Miró al lado de la mesa, y se animó a recoger del suelo la envoltura con el papel doblado que tenía unido a ella. Abrió el papel y reconoció la letra de su madre. También a Josefina se le dificultó descifrar el escrito y lentamente, y en voz alta leyó: -*"Querida hija, no abras esto porque te trae malos recuerdos. Son para Petronio. Ana me dijo un día, que le gustaban las monedas raras."*

Tía y sobrina quedaron en silencio. Regresaron a la sala. No se atrevían a especular sobre la actuación de Petronio, después de lo que habían visto. Sólo querían comentar que el alcohol le hacía daño.

Las investigaciones de las autoridades pudieron decir la causa del deceso: Por la condición física de Petronio, el alcohol lo intoxicó hasta el punto de dejarlo sin conocimiento. Se desplomó sobre el butacón, y la larga punta de una tijera que, accidentalmente estaba al lado del cojín, colocado en el mueble, se le clavó atravesándole la arteria femoral. En poco tiempo se había desangrado hasta que murió.

Tanto Ana como Josefina, se negaron a hilvanar los pasos que pudieron llevar a Petronio a un final tan triste, porque la conclusión siempre sería penosa. Procuraron conseguir la normalidad y olvidar un poco.

Las monedas del codicioso hombre, se vendieron después de ser clasificadas por un experto. Con el dinero, Ana se compró una casita cerca de su hermana

Emilia. Volvió a disfrutar su compañía y de todo lo que representaba el campo para ella. En aquel lugar creía tener más cerca los espíritus de sus padres y, si el de su esposo la hubiera seguido, también lo tendría.

Pasó tiempo para que Ana deseara cantar. Caminaba una mañana por el campo y el trinar a los pajaritos la animó. Antes de hacerlo se preguntó: "¿El espíritu de Petronio, se molestará con los "gritos estridentes" de mi canto, cómo él los llamaba?" La respuesta surgió rápidamente en su mente. "¡No, él ya no está sobre la tierra para poder escuchar de la misma forma." Entonces, los árboles y el camino, con respetuoso silencio, vibraron con la potente voz de Ana, la sencilla mujer que nunca quiso razonar que a su esposo, lo había matado la codicia.

SORPRESA DE UNA DESPEDIDA

El padre de Agustín, por amor, formó y tenía su familia lejos de la patria donde nació; y a la que se considera una de las naciones de más progreso en el mundo. Él quiso que su hijo cursara los estudios universitarios allá en su país, donde estaban sus raíces. Para su hijo Agustín, la noticia; que iba a estar cerca de sus abuelos paternos, y que estudiaría frecuentando sitios donde su padre se desarrolló, le resultaba sensacional. No existían los impedimentos, porque hasta el idioma, que era diferente al suyo, su padre tuvo la precaución que lo aprendiera desde pequeño.

Faltaban diez días para el viaje. Antes de irse, Agustín tenía que dejar su habitación recogida. Se alejaba de su casa porque había crecido, pero él quería que se conservaran todas sus pertenencias. Esa era una buena decisión. Al volver a su cuarto, cuando contemplara nuevamente sus cosas, se harían presentes muchos de los momentos que vivió siendo un chico.

Entre los objetos que ya no eran de su interés, encontró un sobre hecho de cartulina color oro. Su tamaño era más grande que el normal para las cartas, y tenía escrito el nombre de Julieta con colores llamativos. Agustín recordó, sonriendo, por qué ese sobre estaba en su poder, y como no había sido un regalo, ese mismo día localizó a la muchacha para entregárselo.

Julieta, que ya estaba enterada del viaje del joven, se alegró al saber que lo vería antes que se fuera.

Los dos llegaron puntuales a la cita. Julieta también se presentó con un paquete que era para Agustín. Sin hacer comentarios, cada uno hizo su entrega, y ellos recuperaron lo que les pertenecía.

Cuando estos jóvenes eran niños, algo sucedió entre ellos que los distanció. Por la edad que ya tenían, el hecho que cada cual diera lo que había guardado, no era el tema que querían tratar. Presumían de ser mayores, con inquietudes serias e importantes, pero… el alto que habían hecho de sus actividades, en esa tarde espléndida de verano, y que los tenía otra vez frente a frente, era el resultado directo de eso, a lo que no querían prestarle atención. Prefirieron hablar, animadamente, de las aspiraciones futuras, y los dos se desearon los mayores triunfos.

Ellos parecían estar ávidos por recuperar la camaradería perdida. Ninguno daba señales de querer terminar la entrevista; pero las horas pasaron, y llegó la despedida extrañamente seria.

En el camino hacia su casa, Agustín reconoció que Julieta lo había impresionado. Se había convertido en una muchacha atractiva. Su conversación, pausada e inteligente, hizo que él discurriera de la misma forma que pensamos cuando se nos acaba el postre favorito: "Me supo a poco." El tiempo de estar con Julieta le resultó escaso a Agustín. Él hubiera preferido seguir conversando con ella.

Julieta llegó a su cuarto. Sentada en la cama contempló el precioso sobre color dorado. Lo había recuperado. Sus pensamientos retrocedieron al tiempo lejano, de cuando era niña y su mamá le leía historietas para que se durmiera. Se dijo con picardía mirando el sobre: "Mi mamá, en ocasiones, se burla de mí recordándome el trabajo que pasaba por las noches, para conseguir que me rindiera. Querido sobre, juntos fuimos protagonistas de algunas de esas funciones, tan terribles para ella. ¡Yo era tremenda! Me separé de ti porque quería mucho a Agustín… Me alegro que estés conmigo, pero… hoy vi a Agustín… ¡Ojalá que no se fuera!"

El joven Agustín, en cuanto pudo, abrió su paquete. Se trataba de un cuaderno. Era uno de los tesoros de su infancia que se quedó inconcluso en las manos de Julieta.

En sus hojas aparecían pegadas, muchas de las postales que coleccionaba. Tenían las fotografías de los peloteros que formaban los diferentes equipos, y al pie de las que pertenecían a sus ídolos, Agustín había escrito comentarios de su puño y letra. Palabras sencillas, de acuerdo a su edad de entonces, y que expresaban la admiración que les tenía. Cuando el joven hojeó el cuaderno reviviendo la emoción del alboroto de los juegos, apretó una de sus manos, y hasta agitó el brazo en alto como lo hacía al ganar su equipo. Al hacer eso, cayeron al piso varias postales. Las recogió y observó contento las fotografías que tenían impresas. Con esas postales que se habían quedado sin pegar, él ya tenía un motivo para ver de nuevo a la joven.

****

A Julieta, de chiquita, la mimaron mucho. Su mamá le leía todas las noches, uno o varios cuentos según fuera la dificultad de la niña para rendirse. Y sucedió que Julieta, empezó a ir a la escuela y seguía pidiendo cuentos. La mamá llegó a agotar las historietas del los libros infantiles que tenía la niña y decidió inventarlas. En el primer intento, la voz le salió suave, melodiosa como un canto de cuna para decirle:

-Había una vez, una princesa que se llamaba Julieta. Un príncipe iba a verla todas las noches y le regalaba una flor para que su perfume la durmiera.

-¡El príncipe se llama Agustín!- Interrumpió la niña.

-¿Cómo tú sabes su nombre? Yo no te lo he dicho. – Reclamó su madre, sorprendida que Julieta permaneciera tan alerta.

-Yo quiero que se llame igual que mi amigo del colegio, y la princesa guarda las flores en el sobre dorado que tiene mi nombre–.Terminó de decir la niña. A partir de esa noche, ese era el cuento que tenía que repetir la mamá para lograr adormecer a la imaginativa niña: *"La princesa Julieta recibe una flor del príncipe Agustín, y ella la guarda en su sobre color de oro."*

Efectivamente, Agustín era el compañerito predilecto de la niña. Ellos coincidieron en el aula cuando empezaron en la escuela. Enseguida fueron amiguitos con espontánea solidaridad, y como a la edad temprana de los pequeños, las hembras casi siempre son más listas que los varones, se produjo el balance. Agustín era alegre, pero tímido, y se dejaba guiar por su amiguita zalamera y ocurrente.

Los niños se llevaban tan bien, que al pasar un poco de tiempo, se hicieron noviecitos. Julieta propuso para sellar aquella relación infantil, que se intercambiaran las cosas que más apreciaran. Agustín le entregó a la niña el álbum de los peloteros, y el pequeño galán recibió de ella, el lindo sobre dorado con su nombre donde, imaginariamente, en el relato de por las noches, se guardaba la flor que le traía el príncipe a Julieta. Así, parte importante de cada niño, quedó al cuidado del otro.

Al carácter controlador de la niña, le vino bien lo que recibió; Agustín tenía que ir a su casa para pegar las postales nuevas que salieran al mercado.

****

Quizás, porque fue consentida en exceso, Julieta, también era dominante. Si las situaciones no marchaban acorde a sus deseos, echaba por tierra lo que estuviera edificado, así fuera lo que más le podía convenir y por eso… cierto día, se acabó la unión de carácter ingenuo que existía entre ellos.

Eso había sucedido una tarde, en que el muchacho caminaba despacio hacia la casa de Julieta. Estrenaba un traje de pelotero, cosido por su mamá. En la espalda de la chaqueta, ostentaba el número del jugador famoso del equipo que le gustaba. Muy ufano, quería que todos en el barrio lo vieran. Cuando entró donde vivía la niña, Julieta lo felicitó por lo bien que lucía vestido de esa forma, y después se quedó pensativa. Le pidió a Agustín que la esperara en la sala porque tenía algo que hacer, y desapareció dentro de los cuartos. El niño se quedó solo. Inesperadamente, el papá de Agustín se presentó a buscarlo porque había conseguido los boletos para el juego de pelota que se efectuaba en esa tarde. Debían correr para llegar a tiempo. Como las familias de los dos niños se trataban con confianza, Agustín gritó: –¡Julieta me tengo que ir con mi padre!– Y salieron de la casa entornando la puerta.

Julieta no había escuchado las palabras de Agustín, porque se estaba cambiando de ropa. Al rato regresó muy ansiosa. Quería la opinión de su compañerito cuando viera su transformación. La niña estaba ataviada, fabulosamente, con corona, vestidura de princesa, y su carita maquillada. "¡Qué decepción!" Era la frase más acertada para explicar el efecto producido en los sentimientos de Julieta. Agustín no estaba allí para admirarla. "¿Cómo pudo irse sin decírmelo?" Pensó la niña. El desencanto fue muy serio. Se sintió tan dolida, como imaginó que debía sentirse una princesa de verdad, ofendida por su súbdito, y por poco le da una rabieta.

Julieta creyó que Agustín regresaría suplicando perdón por lo que había hecho. Pero, a la tarde siguiente de ese suceso, él sólo le habló que quería visitarla para pegar postales nuevas, además de contarle la fantástica experiencia de haber ido, por primera vez, a un juego de pelota. La niña no atinó a pedirle una aclaración, y siguió con su resentimiento.

El niño, ignorante que Julieta no lo había escuchado cuando él se excusó al irse de la casa, no podía entender su actitud. Desde ese momento ella, por su carácter bastante soberbio, evitaba que Agustín volviera. Así, dejó de ser una costumbre que él la visitara y terminó aquel compromiso infantil. Los días fueron pasando, y dedicados a estudiar, los muchachos fueron creciendo y, poco a poco... olvidaron el intercambio de sus cosas.

****

Gracias al viaje de Agustín, los jóvenes podían revivir el momento, en que con un bello trueque, sellaron una relación. Increíblemente, aquel compromiso parecía seguir latente. En los dos, renacían los sentimientos de entonces.

El muchacho, que tenía la coartada para visitar a Julieta, le pidió otra entrevista y ella, aceptó sin vacilar. La comunicación por teléfono fue breve. Ambos parecían decir: "¡Vamos! ¡De prisa! ¡No perdamos tiempo! ¡Tenemos que vernos y hablar personalmente!"

Julieta no podía analizar que ella había sido la culpable de tanta distancia. Sólo sabía, que desde el instante en que volvió a tener cerca a su amiguito Agustín, algo le pasó. Ella no estaba acostumbrada a que su corazón latiera de la forma que lo hacía. Era una combinación de exaltación y feliz presentimiento. Ningún otro joven, había provocado la alegría desconocida y maravillosa que golpeaba en su pecho.

El joven, por su parte, decidió que no era sólo su cuarto lo que dejaría ordenado, sino también sus anhelos. Después de haber conversado con Julieta, no le quedaron dudas. Ella había sido la única muchacha capaz de conquistarlo y no quería perderla.

Agustín saludó a Julieta, al mismo tiempo que le enseñaba el álbum y las postales sueltas. Al verlas,

Julieta sufrió el reclamo de su conciencia: *"Las coleccionaste por tu cuenta porque lo querías pero, por tu soberbia, no dejaste que te visitara para que las fuera pegando, ni tampoco, tú lo hiciste."* Rápido, ella quiso contentar a Agustín y le preguntó: -¿Me las traes para que las peguemos juntos?

El joven se sintió satisfecho. La pregunta de ella despejaba el camino para sus planes y contestó: -Vamos a dejar esa tarea para otro momento. Guárdalas, y el álbum también. -Y siguió diciendo en tono de súplica. –Quisiera llevarme tu sobre de color oro. Me será útil para guardar en el, papeles especiales.

-Sí, por supuesto que yo te lo devuelvo.

-¿Qué te parece si salimos a pasear todos los días que me quedan por aquí antes de viajar?

Julieta no titubeó para decir emocionada: -Se te ocurrió algo magnífico, y… ¿Eso, de dejarme el álbum, quiere decir que en los días de vacaciones que tengas, volverás y te ayudaré a pegar las postales?

-¡Claro! Y además, cuando termine mis estudios ejerceré aquí, en mi país. Siempre quedaré agradecido por la preparación que reciba en la gran nación de mi padre y de mis abuelos, pero mis conocimientos estarán al servicio del lugar donde he nacido.

Agustín y Julieta seguían siendo tan afines, como lo fueron de niños. Compartieron juntos hasta la hora en que Agustín tuvo que marcharse. Se rieron muchísimo al quedar comprometidos formalmente, porque la ocurrente Julieta dijo con gran prosopopeya:

-Sellamos esta relación, renovando el intercambio de nuestras cosas más preciadas, yo me quedo con tu álbum de los peloteros, y tú te llevas el gran sobre dorado con mi nombre.

UNA CAJA CON MISTERIO

Esteban, con sus años, creía haber llegado al umbral espacioso del tiempo, donde se puede analizar toda la experiencia vivida; pero no era el momento de sentirse cansado. Él podía emprender muchos trabajos con gran habilidad, y no admitía el fracaso porque siempre estaba dominado por la lógica. Le gustaban las aventuras y sabía salir a flote por difíciles que fueran. Como ingeniero mecánico, confiaba en sus conocimientos como también contaba con su intuición privilegiada, de la que muy a menudo tenía pruebas.

Esteban sorprendía con sus actividades atrevidas; lo mismo subía a un árbol para salvar un nido después de un mal tiempo, que confeccionaba un mueble de dimensiones regulares.

Durante un paseo por la playa, al amanecer, Esteban se encontró una caja parecida a un pequeño baúl, enterrada en la arena lejos del agua. Le vio señales de estar allí abandonada y sin vacilar, decidió llevársela. En su mente de aventurero, hubiese preferido encontrar el cofre de algún pirata, pero no había sido así. No pesaba lo suficiente, como para contener muchas joyas y monedas. Al llegar a su casa, la colocó sobre la mesa y la observó detenidamente. El fondo y los angulares que ajustaban las paredes de la caja, eran de metal, y el resto de madera. A los tornillos, como a la cerradura, los cubría la herrumbre. Sucedía lo mismo con un orificio lateral y una palanca muy pequeña que le quedaba al lado. La cerradura, parecida a la de muchos cofres, no le ofreció resistencia. Había buscado el juego de ganzúas que, por muchos años utilizó para abrir diferentes tipos de ellas (no para robar, sino para resolver problemas) y, casi sin usar su intuición, pudo abrirla. Se trataba de una caja de música, algo rara, pero por suerte conservada en su interior.

En un lado de la caja estaba el cilindro, propio de las cajas de música unido con su eje al orificio lateral y en el otro lado, sobresaliendo ambos, una campana de bronce labrado cuyo badajo de acero, grande en proporción, colgaba más abajo, o fuera de la campana, y nunca la haría sonar por su posición. Esto último le resultó muy extraño al ingeniero, aunque comprendió el mecanismo complicado de aquella caja de música.

Esteban le dio cuerda improvisando una llave y vio bajar el badajo hasta casi llegar a tocar el fondo de la caja. Cuando accionó la pequeña palanca el cilindro quedó liberado, y al empezar la música, el badajo subió lentamente a su posición anterior. El funcionamiento completo era posible con la caja abierta. La música era tan linda que acaparó toda su atención. Diferentes toques de campanas, combinados con un gran sentido musical, habían logrado una exquisita melodía infantil muy pegajosa. El buscar la lógica en el movimiento del badajo pasó a un segundo plano. Disfrutó al imaginar a su nieta oyendo esa música y decidió repetirla en otra caja.

Esteban se deleitó escuchando la música varias veces. Vio bajar el badajo cuando le daba cuerda y subir al empezar la música. Quien hizo la caja, así lo había planificado. Podía ser algo sin importancia o guardaba un misterio.

Además de ingeniero mecánico, Esteban tenía conocimientos musicales; era tan hábil, que pudo hacer otra caja diferente copiando la música con exactitud, y puso sobre el nuevo cilindro, que daba vueltas, un muñeco con cara alegre vestido de payaso.

¡Qué alborozo! ¡Qué alegría, deliciosamente ingenua, manifestó su nieta de seis años, al sentirse dueña de aquel tesoro! Esteban la acompañó al parque, donde ella buscó a sus pequeños amigos y a otros niños para enseñarles, orgullosa, la caja de música.

Un señor, al igual que los muchachos, pero tan viejo como Esteban, se acercó para ver el payaso. Al rato, muy educado, el señor se identificó como Roberto y compartió con el ingeniero, el mismo banco del parque. Esteban sostenía la caja de música, para que la niña jugara. Le dio cuerda y nuevamente, se escuchó la melodía con campanas.

Esteban quedó sorprendido, porque Roberto fue invadido hasta las lágrimas por una gran tristeza. Consternado, se atrevió a preguntarle al señor qué le pasaba, dando pie a su compañero de asiento, para que contase con palabras la angustia que no podía ocultar.

Roberto comenzó diciendo:

–Perdone si le robo su alegría con los recuerdos de mi infancia. Esa música me ha remontado muy lejos en el tiempo, y estoy lleno de confusión. Me duele aceptar que mi abuelo me mintió. Él hizo una caja de música exclusiva para mí. Me explicó que la música, con toques de campanas, la había hecho él. Siempre lo creí, porque para muchas cosas era un gran técnico, además de músico…

Esteban quiso interrumpirlo, pero Roberto seguía hablando como si fuera la única oportunidad de leer en el libro de sus penas.

-Mi caja tenía una campana preciosa. Fue el mejor regalo que tuve cuando era un niño. En nuestra familia, repleta de envidias y conflictos, mi abuelo y yo, habíamos logrado ser dos seres diferentes. Nos tratábamos con cariño, con toda la sinceridad posible en este mundo. Cuando enfermó, lo cuidé mejor que su propio hijo y, al morir, me dejó una carta. Era su testamento, y en ella repetía que la caja de música la había hecho para mí. Después de muerto, pocas veces le presté atención a su regalo, y un terrible día, descubrí que me la habían robado. Nunca supe si fue la maldad de algún pariente, o un verdadero ladrón.

Esteban, muy interesado, prefirió dejarlo hablar, y Roberto, tras una pausa, continuó diciendo:

-Desde que aquí en el parque, vi otra caja con la misma música, me siento tristemente decepcionado. ¿Por qué me mintió si era tan honesto?

Esteban no esperó más, dio a Roberto unas palmadas en el hombro para tranquilizarlo y le dijo: -Amigo, su abuelo no le mintió, yo tengo su caja de música, la encontré abandonada cerca de la playa.

-Pero… ¿Qué pasó? -Inquirió Roberto dirigiendo la mirada al payaso.

El ingeniero le contó con detalles todo lo ocurrido. Le dejó claro que no dudaba de su historia, pero le pidió que cuando lo visitara para recoger la caja original, llevara la carta que le había dejado su abuelo, porque sentía gran curiosidad por verla. A Esteban, algo le decía que debía leerla. Con la caja de Roberto se iría una incógnita que se quedó sin despejar, porque no estudió bien su mecanismo. El confeccionar una nueva caja, copiando exactamente, la música de la original, le había robado todo el tiempo,

Roberto fue a recoger su caja, y lo complació y llevándole la carta. Esta decía:

"Mi querido nieto, ya estoy viejo y lo más natural es tener que abandonar todo cuanto tengo en esta efímera vida, para acudir a la cita definitiva con la muerte. Aunque nuestro espíritu, al llegar a ese encuentro, tenga facultades impredecibles de permanencia o de escape infinito, hay cosas que se resuelven antes. Por eso te di un regalo que disfrutaste con tus cortos años. Entonces no podías entender de testamentos, pero sí alegrarte con la caja de música que te hice. Combiné diferentes toques de campanas, logrando esa música infantil que te ha gustado.

Sabrás al leer esta carta, que ese regalo encierra el interés de demostrarte cuanto te quiero. Te pedí conservarla siempre y en eso confió, porque tú también me quieres.

Contémplala mientras escuches su música. Sé que me recordaras, pero no te pongas triste ni lloroso. Hay que eliminar esas pequeñas trabas, y el imán de tu determinación para ser feliz, atraerá y quitará lo interpuesto para encontrar la dicha que tú mereces y deseo para ti."

El ingeniero terminó la lectura de la carta con la excitación de poder vivir otra aventura. Sorpresivamente le quitó la caja de música a Roberto, quien la acariciaba recordando momentos felices de su infancia.

Roberto, completamente extrañado, preguntó: -Pero... ahora... ¿qué pasa?

-Ahora nos enteraremos de todo, querido amigo-. Contestó Esteban, que al volver a tener la caja en sus manos, se fijó que su fondo de metal estaba dividido en dos partes. La división se veía disimulada por los efectos del tiempo. Una parte la ocupaba el cilindro y la otra la campana.

El ingeniero contó con los infalibles recursos de su lógica y, para hacer partícipe a Roberto de sus deducciones y razonamientos, leyó de nuevo la carta en voz alta. Se detuvo donde el abuelo escribió: "ese regalo encierra". Esteban explicó:

-Si hay algo encerrado, tiene que estar en un doble fondo de la caja. Y cuando escribió: "Contempla la caja mientras escuches su música", es porque hay que prestarle atención a su raro mecanismo.

El ingeniero siguió leyendo y paró en otra frase: "hay que eliminar esas pequeñas trabas".

Esteban dijo emocionado: -Las pequeñas trabas que hay que eliminar son los tornillos que sujetan la tapa del doble fondo de la caja a los angulares inferiores de la misma."

Por último, mientras el rostro de Roberto manifestaba incredibilidad, asombro y alegría. Esteban leyó la parte que consideraba la verdadera a clave del enigma: -"el imán de tu determinación para ser feliz, atraerá y quitará lo interpuesto..."

Esteban, con movimientos firmes y rápidos, comprobó que el badajo de acero estaba imantado y, muy eufórico, al descubrir el misterio, terminó su razonamiento:

-Tu abuelo te pedía que contemplaras la caja, para averiguar por qué el badajo no toca la campana. ¡El imán es el raro badajo!

Sin perder más tiempo, limpió la división del fondo, quitó los tornillos correspondientes al lugar donde bajaba el badajo y, al darle cuerda a la caja, el badajo imantado bajó. La mitad del fondo, liberada ya de los tornillos, comenzó a ceder atraída por el imán.

Al accionar la pequeña palanca y comenzar la música, subió el badajo, y pegado a éste, se elevó una delgada lamina de metal que dejó al descubierto el doble fondo de la caja. Allí, protegidos por algodón, el abuelo había guardado unos diamantes como herencia para su nieto Roberto. La música sonaba espléndida. Ya no había misterio.

COMIDA PARA LOS PECES

El cuerpo ya estaba dentro del saco con un amarre perfecto. Horacio se tomó un respiro que no se debió al cansancio. Él era un hombre fuerte. Sucedía que, desde hacía muchas horas, su alma estaba llena de ansiedad. Había llegado el momento de cumplir con la orden recibida, y todos los detalles eran importantes.

Horacio estaba muy interesado en que el cuerpo no se dañara. Con extremo cuidado, arrastró el bulto fuera de la casa y lo subió a la cama de su camioneta.

Faltaba mucho para el amanecer cuando puso el vehículo en marcha. Con la radio descompuesta, el hombre se embullaba a canturrear yendo al volante, pero en esa ocasión, le faltó ánimo para hacerlo. Prefería aturdirse y el ruido del motor no le bastó. En todo el trayecto que hizo por la carretera, improvisó una melodía que sonaba discordante. Entonó una frase bien aprendida durante las instrucciones: "Comida para los peces… Comida para los peces…"

Horacio dejó de cantar el estribillo cuando llegó a una costa desierta. Todavía era de noche. Allí, por previo contrato, le habían dejado una lancha. Él sólo haría la travesía y, al atardecer, en ese mismo lugar, recogerían la embarcación. En el plan de Horacio tenía que regresar antes del medio día.

La iluminación que daban los faroles de la camioneta, le permitió pasar el cuerpo, del vehículo a la lancha, como también una soga y un bloque de cemento de los que se usan en la construcción. La primera parte de la orden recibida, estaba terminada.

El hombre puso la lancha en movimiento y surcó la mar, en busca de un lugar adecuado. Al fin se detuvo en aguas profundas. Suficientemente lejos, para no ser observado desde ningún punto del litoral. El tiempo transcurrido desde que dejó su camioneta, zarpando rumbo al norte, y la aparición de la aurora, eran las señales de que estaba en un buen sitio.

Antes de proseguir la tarea proyectada meses atrás, Horacio cerró los ojos. Se sintió menos mal, sumiéndose en recuerdos muy importantes. Respiró despacio, y con el aire cargado de yodo, sus sentidos se fortificaron ayudándolo a acelerar lo que faltaba. Él quería terminar rápido el aspecto más difícil del mandato.

Horacio le quitó el saco al cuerpo desnudo. Con la soga, le ató el bloque a los pies, dejándolos bien amarrados. La bolsa, que sirvió de mortaja, la dobló varias veces y la dejó sujeta con uno de los cabos de la cuerda, ya que también tenía que desaparecer en el fondo del mar. Por último, calzó como pudo el cuerpo delgado sobre la borda, hasta dejarlo en equilibrio. Cuando tiró el bloque fuera de la embarcación, el peso de la piedra arrastro el cadáver y desapareció en el agua, provocándose las salpicaduras y el consabido ruido. El hombre se estremeció y se quedó con la vista fija, en el lugar donde dejó de ver el cuerpo. En pocos momentos había vuelto la calma y quedaba un oleaje imperceptible. Horacio recordó otra frase clave: "Los despojos no siempre son un final."

El sol ya se veía por levante. Sobre la superficie del agua, puntos inquietos y luminosos como diamantes, le anunciaron a Horacio que la mañana había llegado. Todavía le faltaba la tercera parte de la encomienda, y él pensaba que era la más fácil. Creyó que podía sobreponerse a todo el esfuerzo mental que, hasta ahí, había hecho; pero su memoria marcaba pasos confusos. Así y todo, pudo o le quedó decisión para enfilar la lancha rumbo sur, y llegar a la costa. En la embarcación, lo dejó todo en orden, cambió para su camioneta y regresó a su casa.

Lamentablemente, Horacio no llevó a cabo la tercera parte de la orden que recibió. Lo que debía hacer quedó bloqueado en su mente. Sencillamente lo olvidó, y su futuro dependía de eso. Aunque volvió disciplinado a la rutina del trabajo, en lo personal, se comportaba con un descontrol absoluto.

Al cabo de unos días, una señora dio la voz de alarma:

- Al padre de Horacio ya no se le ve, ni se escucha la música que él pone en su fonógrafo a todo volumen.

Otros vecinos, también se hicieron eco de la preocupación de ella. Horacio fue asediado con preguntas, y él sólo contestaba: -¡No tengo que hablar! - Por lo que todos los interesados, se quedaron sin saber el paradero del viejo, y pensaron que el hombre estaba loco. Horacio ni sufría, ni le preocupó el interrogatorio.

Las personas que trataban al padre de Horacio, sabían que lo protegía y evitaba que le hablaran de él. El anciano era muy reservado. Nadie conocía de dónde habían venido cuando llegaron a la ciudad. Desde el principio, los dos comenzaron a trabajar en los patios, y gracias al esmero con que lo hacían, contaban siempre con clientela.

"Pueblo chico infierno grande." Casi siempre se sospecha lo peor y los comentarios seguían:

-Hace más de una semana, que Horacio empezó a salir solo a trabajar. Su padre se quedaba en la casa escuchando las músicas de: "Marea baja" y "Sobre las olas." Las repetía muchas veces. ¡Es muy extraño que ahora, Horacio sale y todo queda en silencio!

Hasta los oídos de Joaquín, un señor mayor retirado de la policía, llegaron comentarios que el padre de Horacio había desaparecido. Él no quería inmiscuirse en la charlatanería de personas que, por lo general, no tienen vida propia y están pendientes de cómo viven los demás; pero no le quedó otro remedio que ajustarse al lema que tenía cuando vigilaba el bienestar del prójimo: "Muchos sucesos de carácter delictivo se esclarecen, porque se les hace caso a los presentimientos y a los chismes." Y, para que todos en la ciudad se tranquilizaran prometió, en su carácter de ex agente de la policía, investigar la supuesta desaparición del anciano. Como Horacio también laboraba en su patio una vez por semana, le hablaría en la primera oportunidad.

Joaquín tenía fama de persona seria. Vivía como ermitaño, dedicado a ver películas viejas, y lo que le pareció mejor a este señor, para resolver el caso en cuestión, era que vivía lejos de la casa de Horacio. Tanto él como su padre, desconocían donde él había trabajado y pensó: "¡Será divertido sentir que tengo puesto el uniforme, y que lucho, de nuevo, contra lo mal hecho! Yo no tuve escuela para ser investigador pero... ¡Me parece ideal realizar algo diferente! Anotaré las averiguaciones que haga, y se las daré a leer a los vecinos, o a las autoridades pertinentes si el asunto es grave."

Llegó el día de la limpieza de su patio, y el antiguo agente de policía observó a Horacio desde una ventana. Lo vio flaco y desmejorado. Se le acercó antes que terminara el trabajo, y lo invitó a comer el asado que tenía para la cena. La personalidad de Joaquín atraía. Sabía sonreír en el momento adecuado y no tuvo que insistir para que Horacio aceptara gustoso la invitación.

En ese primer encuentro, Joaquín no le hizo preguntas a Horacio y después de cenar lo conquistó para que se quedara más tiempo. Aunque el ex policía prefería ver películas de acción, con al menos tres muertos en las primeras escenas, que le recordaban situaciones en que ayudó a frenar la descomposición moral, juntos vieron una película del gordo y el flaco. Horacio lucia tan retraído en su comportamiento que Joaquín creyó que se trataba de un infeliz.

Horacio, además de alimentarse, se divirtió como un chiquillo. La tensión perenne que tenía en la cabeza, o el tormento por querer recordar la tercera parte de la orden que le dieron para cumplirla, se alivió cuando disfrutó la trama jocosa de la cinta. Al irse, se llevó el resto de la comida que Joaquín le ofreció, y aceptó contento el compromiso de que, siempre que trabajara cerca de su casa, lo visitaría. El jardinero se sentía igual que el perrito callejero que encontró dueño. Le pareció maravillosa su amistad, sobre todo para seguir viendo películas cómicas. Por su parte, Joaquín estuvo seguro de haberse ganado su confianza.

Para el ex agente, Horacio era un personaje cerrero que debía ser domado a las buenas y, astutamente, se inventó una historia en la segunda visita que le hizo su jardinero, para que se animara a hablar de su vida:

-Tengo suficientes años para poder ser tu padre. No te imaginas Horacio, cuánto me complace que estés aquí. Mi padre me enseñó casi todo lo que sé. Lo quise mucho. Le agradezco su orientación que, para encontrar la tranquilidad en los años donde ya somos viejos, hay que buscar un entretenimiento que podamos tener en la quietud del hogar. Él me dio la idea de mi filmoteca y ahora, hasta puedo disfrutarla con un amigo como tú.

Gracias a la cuerda que le daba Joaquín, contándole anécdotas sobre su padre, además de permitirle disfrutar las películas almacenadas en su filmoteca, el jardinero dejó de estar inhibido y comenzó a hablar. Al principio su conversación no mantenía una secuencia normal ni era lógica; quedaba interrumpida con una frase que repetía: "Yo sé obedecer órdenes." Joaquín razonó que su jardinero estaba fuera de sus cabales, y que la averiguación sobre el paradero de su anciano padre, la debía hacer un siquiatra, y no quedar en las manos de un investigador improvisado como él. Aunque de todas formas, era posible que con esas entrevistas le adelantara al médico algún dato esencial.

De pronto, Horacio le dijo a Joaquín: -Voy a recordar bien... - Y la incoherencia del jardinero cuando hablaba tuvo un cambio total. Relató, fríamente, cómo realizó dos partes de la orden que había recibido.

Joaquín acababa de escuchar una confesión terrible. Atónito, no supo qué comentar y se quedó inmóvil esperando que completara la información, ya que a la secuencia comprensible de los hechos contada por el jardinero, le faltaban los datos más importantes. En su descripción, no dejó claro si el muerto era su padre, ni si entonces, se hubiera cometido un asesinato; Horacio se limitó a describir cómo se deshizo de un cadáver, llevándolo a que se lo comieran los peces.

El asunto era grave, pero el ex agente de la policía tuvo que frenarse antes de hacer un juicio, porque Horacio, para dar por terminada la explicación de lo que había hecho, hizo una pregunta reflejando en su cara la mayor angustia y desilusión posibles:

-¿Cómo puedo recordar la tercera parte de la orden que me dieron para cumplirla? Joaquín, completamente confundido, cambió la tónica de aquella entrevista. Con naturalidad, le llamó la atención a Horacio que tenían que ver una película musical y no demoró en proyectarla.

Esa tarde, a Horacio no le dio pena exteriorizar alegría con fuertes carcajadas, mientras miraba la cinta cinematográfica, y agradeció con timidez la comida que volvieron a compartir.

Cuando Joaquín se quedó solo no sabía qué hacer. Sus sentimientos resistían, sin inmutarse, la crudeza de muchas acciones. Se suponía que no debía estar horrorizado por lo que escuchó, pero lo estaba. Concluyó que Horacio era anormal y que no estaba consciente de sus actos.

Con el grado de confianza que logró Joaquín en su jardinero, no quiso parar su investigación. "Descubriré en qué consiste la tercera parte de la orden que le dieron, para dejar armado este rompecabezas, así no me quede otro remedio, que seguir con la misma actitud de querer ser un padre para él." Pensó Joaquín, y el uniforme imaginario de policía lo cambió por una bata médica. Sería el siquiatra de Horacio y, muy ansioso, esperó su regreso.

-Hoy te voy a ayudar a recordar lo que has olvidado. ¿Te parece bien? –Comenzó a decirle Horacio en la nueva visita.

El jardinero se sentía tan confortable y protegido en la casa de Joaquín que, al sonreír como un niño, le dijo que estaba de acuerdo y que se lo agradecía.

A decir verdad, el relato extrañamente macabro hecho por Horacio, había sido lo más inteligible que Joaquín escuchó de los labios de Horacio y, pausadamente, lo repitió para que, al llegar al final, él reaccionara y recordara la parte olvidada. Esa táctica no funcionó y, entonces, comenzó un interrogatorio:

-¿Quién te dio la orden…? ¿Qué tiempo ha pasado desde que te la dieron…? ¿La tercera parte tiene que ver con otra persona…?

Esas preguntas y otras muchas, fueron repetidas por Joaquín. Exigían, de manera suave, una respuesta de parte de Horacio, y éste ni pestañaba. Los recuerdos del jardinero pasaron por un trance especial. Necesitaron un tiempo hasta que gritó:

-¡Ya sé, yo no tengo que hablar! ¡Tengo que buscar dentro…! ¡Sí, dentro del refrigerador! – Terminó de decir Horacio con el rostro desencajado por el esfuerzo.

Después que Joaquín escuchó la historia del muerto desnudo, y que fue llevado al mar para que se lo comieran los peces, no trató de especular lo que podía estar metido en el refrigerador. Sin hacerle más preguntas, acompañó a Horacio a su casa.

Dentro del refrigerador, solamente se hallaba un paquete preservado de la humedad. Horacio lo tomó en silencio y se lo entregó a Joaquín. Desplegó una sonrisa, de oreja a oreja, marcando el cumplimiento de la tercera parte de la orden.

Para el ex agente, la ayuda que le prometió a su jardinero había terminado, mientras que él, ni remotamente se libraba del enredo en que estaba metido. Conocía el relato macabro de Horacio, y tenía entre sus manos un paquete que decía: "Para cualquier persona."

Joaquín abrió el paquete casi seguro que no representaba un riesgo. El primer envoltorio era plástico. Lo quitó y apareció otro de papel. La envoltura doble había conservado muy bien, un sobre grande dirigido al padre de Horacio y enviado a su dirección. Un llamado en una esquina del sobre decía: "Para la persona." El remitente, anónimo tenía, extrañamente, la misma dirección. Joaquín se llevó el misterioso sobre sin abrirlo y dejó a su jardinero con la cabeza despejada y feliz.

Al día siguiente, Joaquín visitó a un juez retirado muy amigo suyo. Podía confiar en su discreción. No lo puso al corriente de lo que sucedía, pero le pidió que fuera testigo cuando el abriera esa correspondencia, tan rara.

Los dos hombres observaron con una lupa los sellos y marcas originales del correo, que tuvieron que ser puestos en ese sobre, certificado y con entrega especial. Como estaban intactos, levantaron un acta para que quedara constancia que no había sido abierto hasta la fecha en que Joaquín lo hizo.

Efectivamente, la tercera parte de la orden que Horacio tenía que cumplir, era que le entregara ese sobre a alguien, y ese alguien, por disposición de quién sabe qué misterios, era él. El gran sobre contenía otros dos sobres de tamaño normal. Joaquín terminó la entrevista en ese punto. Le quedó muy agradecido al juez por su cooperación, y se fue con la tranquilidad que él avalaría cualquier contratiempo referente al caso.

No es posible describir el ánimo con que Joaquín se dispuso a terminar la investigación. Uno de los sobres estaba abierto y no titubeó para ver lo que había dentro. Era un documento serio que favorecía a Horacio, permitiéndole regresar a una casa de salud, de gran prestigio, en el momento que quisiera. El ex agente no se equivocó, Horacio era un enfermo mental.

En el otro sobre se leía: "Para la persona". Joaquín se sintió aludido... o dueño, de esa carta cerrada. Sus manos le dieron calor por unos minutos. Podía encerrar detalles espeluznantes que hirieran la sensibilidad, y se felicitó por no haberla compartido con el juez. Existía un muerto, un delito, o un asesinato, quizás cometido por Horacio. El ex agente titubeó. Como con los años a veces se aplaca el espíritu combativo, Joaquín había dejado de ser el policía que se enfrentaba a los mayores peligros, pero a pesar de eso, no pensó en buscar ayuda, se llenó de coraje y la abrió. La carta estaba escrita y firmada por el padre de Horacio. Decía así:

"Mi hijo era un niño pequeño cuando la muerte se llevó a su madre. Quise cuidarlo, pero su cerebro pertenecía a las sombras de la anormalidad.

En aquel desventurado momento, odié mi destino. Quise huir y me fui al mar. Sus aguas recibieron mis lágrimas. Su inmensidad empequeñeció mi desdicha y me ofreció consuelo. Convertido en pescador, formé parte del mar. Sólo me alejaba de él para recibir las ganancias de mi trabajo que llevaba, casi íntegras, a la casa de salud donde cuidaban de mi hijo. Gracias a esas visitas, Horacio se acostumbró a mi presencia.

Ya llegó el tiempo en que mi cuerpo, endeble por los años, necesita compañía, y estamos juntos. Horacio disfruta a mi lado. Él no distingue lo bueno de lo malo. Sus luces para razonar son muy limitadas. Se comporta como un autómata y eso facilita la convivencia. Puede aprender actividades manuales, y las repite si se lo ordenan.

He planificado el futuro de los dos. Un documento asegurará el de él, y cuento con mi hijo para tener el mío como yo quiero. Él sabrá qué hacer cuando yo lleve dos días sin respirar. Lo que hará al quedarse solo, ya lo estamos practicando. En este momento, casi se sabe todos los detalles. Hasta alquilar la lancha y dar el viaje al mar lo repite sin fallar.

Horacio me obedece como a un Dios, y de lo que haga mal, soy el único responsable. Cuento con su obediencia. Despojos de mi persona no significaran un final sobre la tierra, sino una comida para los peces. Como no sé si soy un monstruo me pregunto: ¿Debo pedir perdón a la vida, o la vida debe pedirme perdón a mí?"

Después de leer varias veces la carta, Joaquín reflexionó largamente antes de decidir qué hacer. Como no era un juez, no podía juzgar al padre de Horacio y se dejó llevar por sus sentimientos.

A su jardinero, ya le profesaba una mezcla de lástima y cariño, y quiso que se quedara a su lado. Así, podía durar el hermoso vínculo que se había creado entre la mente enferma del jardinero con la vida de las plantas. A los vecinos los engañó diciéndoles que al anciano, en un amanecer, un pariente se lo llevó de viaje. Lo único que resultaba problemático era la tercera parte de la orden que recibió Horacio. Ya estaba cumplida y tendría que ser realizada una vez más. Joaquín preparó otro sobre grande enviado a su nombre y con remitente anónimo. Especificó, igualmente, que era con atención a: "Para la persona." Colocó dentro el documento para la casa de salud, la carta del padre de Horacio, el acta levantada por el juez, y una nota suya que redactó explicando lo sucedido y su decisión. El nuevo sobre recibió el proceso del primero, incluyendo que fue puesto en un paquete dentro del refrigerador dirigido también a: "Para cualquier persona."

Joaquín había guardado silencio de lo que averiguó. Esa resolución contribuyó a que quedara cumplido el móvil de esta historia: "Comida para los peces".